UNION GÉNÉRALE D'ÉDITIONS
8, rue Garancière - Paris VIe

Du même auteur
dans la même collection

On soupçonne le rabbin, n° 1560.
Dimanche, le rabbin est resté à la maison, n° 1705.

— A vrai dire, c'était du fil blanc. Je l'ai coloré avec mon stylo. De toute façon, pendant l'office, il sera caché par le *kittel* (1).

— Et pendant le trajet ? Et après le service, quand tu discuteras avec les fidèles ? Par-dessus le marché, tes chaussures sont couvertes de poussière.

Il se frotta négligemment le pied contre la jambe de son pantalon.

— David !

— Mais puisqu'elles vont de nouveau se salir pendant le trajet !

— Prends la brosse à chaussures.

Il ébaucha un faible soupir de protestation, mais se dirigea néanmoins vers le placard au fond du vestibule. Quand il revint, elle l'aida à enfiler sa veste, la lui plaça bien sur les épaules comme le font les tailleurs et la lui boutonna.

— Voilà qui est mieux, dit-elle en applatissant le col d'une petite tape satisfaite.

— Ça va ? Je suis correct ?

— Tu es splendide, David.

— Alors, finissons-en avec les derniers préparatifs.

Il prit dans son portefeuille deux billets d'un dollar, lui en remit un et garda l'autre pour lui. Il faillit remettre machinalement le portefeuille dans sa poche, mais se ravisant, il alla le ranger dans le tiroir de son bureau. Il ne gardait pas d'argent sur lui pendant le sabbat. Il revint un livre de prières à la main.

— C'est cet endroit-là, indiqua-t-il.

Elle lut le passage en hébreu où il était expliqué

(1) Vêtement mortuaire rituel.

que cet argent devait être donné aux pauvres en rachat de ses péchés, puis elle glissa le billet plié dans la fente du petit tronc en fer blanc qu'elle gardait en permanence sur une étagère de la cuisine.

— Tu crois qu'un dollar suffit, David ?

— Ce n'est qu'un gage symbolique, dit-il en glissant à son tour le billet plié dans le tronc. A présent, passons vite à table, si nous ne voulons pas être en retard.

Ils s'assirent et il récita la formule de bénédiction. Ils n'avaient pas encore attaqué le repas quand le téléphone sonna. Le rabbin qui se trouvait plus près de l'appareil décrocha.

— Allô, Monsieur le Rabbin, fit une voix sonore. C'est Stanley, Stanley Doble.

Stanley était tout à la fois le concierge et le factotum du temple. Malgré ses talents de bricoleur et d'électricien, il considérait apparemment le fil du téléphone comme un tube creux dans lequel il fallait hurler pour se faire entendre.

— Désolé de vous déranger, Monsieur le Rabbin, mais c'est rapport à la sono.

— Qu'est-ce qui se passe ?

— Elle est complètement détraquée ! Quand on la branche, ça fait comme un sifflement.

— Elle remarchera peut-être ce soir, suggéra le rabbin pour qui tout ce qui touchait à la mécanique était un mystère insondable. C'est peut-être une simple question de réglage.

— J'ai vérifié tout le circuit, je n'ai rien trouvé. Pour moi, ça vient du micro. Je crois qu'il est fichu.

— Ne pourrait-on appeler un dépanneur ? Si vous vous adressiez à la compagnie qui a fait l'installation ?

— C'était une équipe de Boston.

— A cette heure, ce n'est même plus la peine d'appeler. Et vous ne connaissez personne à Lynn ou à Salem qui accepterait de faire un saut ?

— Il est tard. Presque tout est fermé.

— Alors, je parlerai un peu plus fort. Vous devriez peut-être avertir le cantor.

— Entendu, Monsieur le Rabbin, et désolé de vous avoir dérangé.

Le Rabbin retourna à son assiette de potage. Il y avait à peine touché quand le téléphone sonna de nouveau. C'était Mme Robinson, la présidente du comité féminin.

— Ah ! Monsieur le Rabbin ! Sue Robinson à l'appareil ! (Elle parlait d'une voix essoufflée comme si l'ayant aperçu au loin elle avait dû courir pour le rattrapper.) Pardonnez-moi de vous interrompre dans vos pieuses méditations au seuil de ce grand jour, mais c'est très important. Vous deviez bien faire une annonce au sujet des décorations florales, n'est-ce pas ? rappela-t-elle d'un ton accusateur.

— En effet. Un instant, ne quittez pas. (Il chercha dans son livre de prières le feuillet qu'il y avait glissé.) Voilà, je l'ai sous les yeux. Décoration florale, don du Comité Féminin.

— Il y a un changement. Vous avez un papier et un crayon sous la main ? Je reste au bout du fil.

— Je vous écoute.

— Décoration florale, don de Madame Ira Bloom — non, mettez plutôt don de Monsieur et de Madame Ira Bloom, à la mémoire de son père David Isaac Lavin...

— Lavin ?

— C'est cela, Lavin, L-A-V-I-N, elle y tient

beaucoup. Elle affirme que cette orthographe est plus proche du nom hébraïque que l'orthographe habituelle avec un E. C'est vrai, ça, Monsieur le Rabbin ?

— Probablement.

— Ah ! Si vous le dites ! Mais si vous voulez mon avis, je trouve quand même que ça fait prétentieux. Bon. Vous avez bien noté : décoration florale, don de Monsieur et Madame Ira Bloom. Vous n'oublierez pas, n'est-ce pas, Monsieur le Rabbin ?

— Je n'oublierai pas, affirma-t-il.

— Parfait. Et puis, prévenez aussi Miriam. Il vaut mieux qu'elle soit au courant.

— Ne vous inquiétez pas, je le lui dirai.

Il recopia soigneusement en lettres majuscules les noms qu'il avait griffonnés sous sa dictée, puis il revint s'asseoir à table et avala quelques cuillerées de potage.

— Je crois que je ne peux vraiment pas finir, j'en avais trop, dit-il en repoussant l'assiette.

— Il doit probablement être froid à présent.

De nouveau le téléphone sonna. C'était une certaine Mme Rosoff.

— Je regrette de vous déranger à cette heure, Monsieur le Rabbin, dit-elle d'une voix qu'elle s'efforçait de contenir, mais il faut que je sache. Combien pèse la Torah ? Vous savez bien, le Rouleau de la Loi ?

— Ma foi, Madame Rosoff, je ne me suis jamais posé la question. Il y a toutes sortes de Rouleaux et je présume donc que leur poids est assez variable. Est-ce très important ? Je suppose que la plupart des nôtres doivent peser dans les trente livres chacun, mais ce n'est qu'une vague approximation.

— Je pense bien que c'est important ! La semaine dernière, mon mari a appris que pour Yom Kippour il aurait l'honneur d'être « appelé ». On lui a annoncé qu'il serait *hagboh,* et je viens seulement de découvrir ce que ça signifie. Ça veut dire, Monsieur le Rabbin, qu'il est censé prendre le Rouleau par les poignées et le lever au-dessus de sa tête. Vous trouvez que c'est intelligent pour un homme qui a eu une crise cardiaque pas plus tard qu'il y a trois ans et qui encore aujourd'hui n'aurait pas l'idée de sortir dans la rue sans son petit flacon de trinitrine ? C'est comme ça que vous décernez les honneurs, Monsieur le Rabbin ? Qu'est-ce que vous diriez si mon mari avait une attaque, là-bas devant l'autel ?

Il essaya d'expliquer que les honneurs étaient attribués par la commission religieuse laquelle ignorait vraisemblablement tout de l'état de santé de M. Rosoff.

— N'importe comment, vous n'avez aucune raison de vous inquiéter, Madame Rosoff, parce que *hagboh* va de pair avec *glilloh. Hagboh* lève le Rouleau, *glilloh* l'enroule et l'attache. Il suffit que votre mari dise qu'il préfère l'honneur d'enrouler le Rouleau à l'honneur de le lever, et les rôles seront inversés.

— On voit que vous ne connaissez pas mon mari, Monsieur le Rabbin. Vous croyez qu'il voudra admettre qu'il ne peut pas soulever le Rouleau après qu'il aura été désigné pour le faire ? Il préférera plutôt courir le risque d'avoir une attaque.

Le rabbin lui promit d'arranger l'affaire et pour être sûr de ne pas oublier, il appela aussitôt Mortimer Schwartz, le président de la congrégation, qui était chargé d'annoncer les honneurs.

— Je suis content de vous avoir au bout du fil, Monsieur le Rabbin, fit Schwartz après que le rabbin lui eut transmis son message, je voulais moi-même vous appeler, mais je craignais de vous déranger. Vous êtes au courant pour la sono ?

— Oui, Stanley m'a prévenu.

— Ce n'est pas aussi dramatique qu'il a dû vous le dire. Quand on parle bien en face du micro, on entend un léger bourdonnement qui peut facilement s'éliminer si on baisse le volume. C'est seulement quand on ne parle pas directement dans le micro que le bruit devient épouvantable. Si vous pouviez donc vous rappeler de toujours bien vous placer devant...

— Je doute d'en être capable, Monsieur Schwartz, mais d'un autre côté, je pense que je peux très bien me débrouiller sans micro.

— Je m'inquiétais surtout pour demain. La journée sera fatigante. L'office dure toute la journée et vous aurez l'estomac vide.

— Ne vous tracassez pas, je m'arrangerai. La salle possède une excellente acoustique.

— Si je pouvais mettre la main sur un artisan qui consente à venir la réparer ce soir après l'office...

— Il n'en est pas question, interrompit vivement le rabbin.

— Vous avez peut-être raison. Cela nous coûterait les yeux de la tête et quelqu'un pourrait remarquer qu'il y a une lumière allumée dans le temple le soir de Kippour. J'espère que cela ne vous gênera pas trop.

Le rabbin retourna à son repas.

— Mortimer Schwartz se montre tout d'un coup bien attentionné, remarqua-t-il. Un effet de l'esprit saint de Kippour assurément.

Il en était au poulet frit quand le téléphone sonna

de nouveau. Miriam voulut se lever pour prendre la communication mais il devança son geste :

— C'est probablement pour moi. J'ai l'impression d'avoir passé la soirée au téléphone à répondre à des gens qui ne voulaient pas me déranger.

— Ah ! Monsieur le Rabbin ! Quelle chance ! Madame Drury Linscott à l'appareil. Je ne suis pas de votre confession, mais mon mari et moi, nous avons tous deux beaucoup de sympathie pour les israélites. D'ailleurs le principal collaborateur de mon mari, un homme en qui il a la plus grande confiance, est israélite lui-même.

Elle fit une pause pour qu'il puisse marquer sa gratitude.

— Je vois, murmura le rabbin.

— Or mon mari affirme que Morton — c'est ce collaborateur dont je vous parlais, Morton Zoll — vous le connaissez ?

— Je... Je ne pense pas.

— Un homme très bien et véritablement digne de confiance. Mon mari, donc, affirme que Morton lui aurait dit qu'à partir de ce soir et jusqu'à demain soir, il est censé ne rien manger ni ne rien boire, pas même de l'eau. Moi, j'ai peine à le croire, et je suis certaine que M. Linscott a dû mal comprendre.

— Non, c'est absolument exact, Madame Linscott. Nous jeûnons du coucher du soleil au coucher du soleil.

— Vraiment ? Et pendant tout ce temps, il lui est interdit de travailler ?

— En effet.

— Ah bon, très bien ! Et elle raccrocha.

Le rabbin regarda avec ironie l'écouteur, puis il le reposa doucement sur son socle.

— Qu'est-ce que c'était ? demanda Miriam.

Il lui rapporta la conversation.

— A partir de maintenant, c'est moi qui répondrai, dit-elle d'un ton ferme.

Presque aussitôt le téléphone sonna. Elle lui fit signe de ne pas bouger et décrocha. « C'est le cantor Zimbler », chuchota-t-elle, une main posée sur l'écouteur.

— Il vaut mieux que je prenne la communication.

Le cantor semblait au bord de l'apoplexie :

— Allô, Monsieur le Rabbin ? Vous êtes au courant pour la sono ? Stanley m'a téléphoné et je me suis précipité immédiatement au temple. J'appelle de là-bas. Je viens de faire un essai et c'est absolument épouvantable. J'ai commencé à chanter mon *Hineni heoni memaas* (1). On aurait dit un vieux disque de phonographe avec une aiguille éraillée. Si je tourne un tout petit peu la tête, ça fait waouh waouh comme un signal d'incendie. Alors ? Qu'est-ce que vous comptez faire ?

Le rabbin sourit. Il se demandait si le cantor avait revêtu pour la répétition ses vêtements de cérémonie et sa *yarmulka* (2) blanche. C'était un petit homme grassouillet dont le visage s'ornait d'une barbiche et d'une petite moustache noire qui lui donnait l'air d'un chef cuisinier italien sur une publicité pour une marque de spaghetti. Ils partageaient le même vestiaire et le cantor avait tenu à ce qu'on y place un miroir en pied. Il servait auparavant dans une congrégation orthodoxe. En posant sa candidature à

(1) « Dépourvu de tout mérite... » Prière psalmodiée par l'officiant.

(2) Toque rituelle de satin blanc.

ce nouveau poste, il avait joint à son curriculum vitae une des affiches par lesquelles il annonçait ses récitals. Sur celle-là, il se présentait sous le nom de Yossele Zimbler. Depuis il en avait fait imprimer de nouvelles sur lesquelles il s'appelait dorénavant le Révérend Joseph Zimbler.

— Avec une voix comme la vôtre, cantor, vous n'avez sûrement pas besoin d'un amplificateur !

— Vous croyez ?

— La question ne se pose même pas. De plus, vous êtes orthodoxe, n'est-ce pas ?

— Et alors ?

— Alors je suis sûr que vous ne tenez pas vraiment à utiliser un micro. Si je ne me trompe, c'est un appareil qui transforme les inflexions de la voix en énergie électrique.

— Et alors ?

— Alors, c'est à peu près comme allumer et éteindre la lumière pendant tout l'office.

— Ma foi... (Le cantor ne paraissait pas convaincu.)

— C'est pourquoi d'ailleurs beaucoup de congrégations orthodoxes préfèrent s'en passer pendant le sabbat.

— C'est vrai, fit le cantor songeusement. Pourtant, l'année dernière, à Kippour, nous nous sommes bien servis d'un micro.

— Parce que nous sommes une congrégation consistoriale. Chez les consistoriaux, cet usage est admis. Mais cette année, Kippour tombe un samedi. Cette année, c'est donc le Sabbat des Sabbats des Sabbats (et il accompagnait chaque mot d'un geste circulaire de la main, à la façon talmudique, pour souligner la sainteté sans cesse croissante de ces sabbats accumulés.) On pourrait considérer que si la règle s'applique au sabbat chez les orthodoxes, chez nous, consistoriaux, elle devrait s'appliquer au moins à Kippour ; et lorsqu'il s'agit d'un sabbat au troisième degré, comme c'est le cas cette année, même les synagogues libérales devraient s'y conformer.

Le petit rire étouffé du cantor, à l'autre bout du fil, lui apprit qu'il avait gagné la partie.

— Ça, c'était un fameux *pilpoul !* s'exclama Miriam.

— Je sais bien, mais puisque le *pilpoul* est une subtile argumentation de coupeur de cheveux en quatre que les rabbins utilisent depuis deux mille ans pour établir un point dont leur bon sens a déjà fait connaître la justesse, la méthode a du bon. Dans le cas présent, j'ai fait apparaître comme une bénédiction un état de choses dont il fallait de toute façon s'accommoder. J'ai donné au cantor le sentiment qu'il agissait par piété plutôt que par nécessité. Tous ces cantors, ajouta-t-il en riant, ce sont de vrais enfants. C'est peut-être la raison pour laquelle ils se font appeler par leur diminutif : Yossele, Mottele, Itzekel.

— Peut-être que si je t'appelais Dovidel, j'arriverais à te faire rester à table jusqu'à ce que tu aies terminé ton repas. N'oublie pas qu'une longue journée de jeûne nous attend.

Le téléphone se tut enfin et il put boire son café en paix. Miriam débarrassa le couvert, fit la vaisselle, et s'habilla.

— Tu es sûre que la marche ne va pas trop te fatiguer ? s'inquiéta-t-il.

— Pas du tout. Le docteur m'a recommandé au contraire de faire beaucoup d'exercice. Mais partons vite avant que ce satané téléphone ne recommence à sonner.

Il était six heures et demie et le soleil ne se coucherait pas avant une heure. Toutefois le service commençait un quart d'heure avant la nuit. La synagogue n'était qu'à une vingtaine de minutes à pied de chez eux, mais aujourd'hui mieux valait arriver tôt. Ils étaient déjà sur le pas de la porte lorsque le téléphone sonna.

— Laisse-le sonner, David.

— Pour que je me demande ensuite toute la soirée qui c'était ? Mais ne t'inquiète pas, je dirai que nous sommes pressés.

— Monsieur le Rabbin ? fit une voix étouffée. C'est Ben Goralsky. J'ai une faveur à vous demander. Pourriez-vous passer à la maison avant d'aller au temple ? C'est très important. Il s'agit de mon père. Il est très malade.

— C'est que vous n'habitez pas sur le chemin, et nous ne sommes déjà pas tellement en avance.

— Il faut que vous veniez, Monsieur le Rabbin. C'est une question de vie ou de mort. Je vous envoie une voiture et je vous accompagnerai ensuite moi-même à la synagogue. On a le droit de rouler en voiture avant l'office, n'est-ce pas ? C'est seulement après le coucher de soleil que c'est interdit ? Ne vous inquiétez pas, vous serez là-bas à la même heure que si vous y étiez allés à pied.

— Je ne sais...

— Le chauffeur est déjà parti. Il sera chez vous dans quelques minutes.

2

Hugh Lanigan, le commissaire de police de Barnard's Crossing, pivota dans son fauteuil pour faire face à son visiteur. C'était un petit homme trapu, au visage typiquement irlandais, sous des cheveux d'un blanc neigeux.

— Qu'y a-t-il pour votre service, Padre? demanda-t-il d'un ton courtois.

Son visiteur ne devait guère avoir plus de trente-cinq ans. Il était grand et large de carrure, le torse puissant, le cou épais. Son beau visage buriné était surmonté d'une chevelure blonde et bouclée qui commençait juste à s'éclaircir aux tempes. En dépit du col ecclésiastique et du rabat de soie noire, il ressemblait davantage à un joueur de football qu'à un ministre anglican. Et de fait, Peter Dodge avait été gardien de but du Onze National à l'université de Wabash (Indiana) et était même passé professionnel avant de répondre à l'appel de la vocation.

— Je suis Peter Dodge, l'adjoint du Révérend Sturgis à St Andrew's, annonça-t-il d'une voix de baryton.

Lanigan inclina la tête.

— Et je viens porter plainte contre deux de vos hommes.

— Ah ! Et qui cela ?

— J'ignore leur nom.

— Vous ne connaissez pas leur numéro ?

— Non, mais il s'agit des deux policiers qui conduisaient la voiture de ronde mercredi soir.

Lanigan jeta un coup d'œil sur le tableau d'affichage :

— Dans ce cas, c'était Loomis et Derry. Deux braves garçons, l'un comme l'autre. Que leur reprochez-vous ?

— Il y a eu ce soir-là un petit accrochage *Chez Bill*, le café qui se trouve...

— Je connais l'endroit.

— L'atmosphère était sans doute un peu survoltée, et Bill — c'est le propriétaire — a prié certains participants de vider les lieux. Ils ont obéi sans discuter, mais une fois dehors, au lieu de s'éloigner, ils sont restés devant la porte, empêchant les gens d'entrer. Bref, ils faisaient les malins, mais je suis sûr que ce n'était pas bien méchant. Ils cherchaient à s'amuser sans penser à mal.

— Ils empêchaient toutefois les autres consommateurs d'entrer ?

— J'ai parlé au propriétaire et il m'a assuré qu'il n'avait pas pris l'affaire au sérieux.

— Vous n'étiez donc pas sur les lieux à ce moment-là ?

— Non, je suis passé là-bas un peu plus tard.

— Au cours de votre promenade quotidienne ?

Le pasteur ne cacha pas sa surprise :

— Comment savez-vous que je fais une promenade quotidienne ? Ne me dites pas que la police me surveille !

Le commissaire sourit :

— Barnard's Crossing est une toute petite ville, Padre. Mais nous avons un vaste territoire à couvrir et nous manquons d'hommes. Nous ne pouvons pas être partout à la fois. C'est toujours la même histoire. Compte tenu de l'étendue du district, nous aurions besoin de beaucoup plus de policiers que la municipalité n'est disposée à en payer. Et il nous faudrait davantage de motos et de voitures de ronde. Alors, pour compenser, nous essayons de savoir les choses avant qu'elles se produisent. Vous n'êtes ici que depuis quelques mois, n'est-ce pas ?

Dodge acquiesça.

— Et je présume que vous venez d'une grande ville. (Il hésita.) Du Midwest, d'après votre accent.

— South Bend.

— C'est déjà une grande ville. En général, dans les grandes villes, les gens ne prêtent pas attention à leur police. Ils ne s'aperçoivent même pas de son existence jusqu'au jour où ils ont besoin d'elle. Pour eux, c'est un service public sur lequel ils comptent de la même façon qu'ils s'attendent à obtenir de l'eau en tournant le robinet ou de la lumière en appuyant sur l'interrupteur. Mais dans les petites villes, la police n'a pas encore ce caractère impersonnel. L'agent que vous croisez est un voisin, une connaissance, son visage est familier. Savoir ce qui se passe fait partie de notre travail. Quelqu'un se promène-t-il dans les rues à la nuit tombée, l'agent dont c'est le tour de ronde se fera un devoir de lui adresser la parole. (Il regarda le jeune pasteur d'un air narquois.) Vous n'avez jamais été abordé par un policier ?

— Si, peu après mon arrivée. Mais il m'a seulement demandé s'il pouvait m'être utile. Il devait croire que je cherchais mon chemin.

— Et vous lui avez expliqué que vous faites toujours une petite promenade le soir, après dîner ?

— Ah ! Je comprends !

— Vous partez de chez Mme Oliphant, votre logeuse, vous remontez Oakstreet, vous contournez Colonial Village, puis vous redescendez Main Street jusqu'à la voie de chemin de fer, et vous rentrez enfin chez vous par le bord de mer.

— Je vois ! Et si au lieu de ce col ecclésiastique, j'avais porté — euh — des vêtements ordinaires ?

— Dans ce cas, il aurait été exactement aussi courtois, mais il vous aurait probablement posé quelques questions supplémentaires. Et si vous lui aviez expliqué que vous alliez simplement à pied jusqu'à l'arrêt d'autobus, il vous aurait offert d'attendre que la voiture de ronde vous y dépose.

— Je saisis.

— Je présume donc que vous êtes passé devant *Chez Bill* vers huit heures et demie. Vous avez aperçu là nos lascars furieux et vous leur avez demandé...

— Il y avait parmi eux un de nos fidèles. Or d'après lui — et les autres étaient d'accord — vos hommes les ont malmenés avec une brutalité parfaitement injustifiée. Il y avait deux nègres dans le groupe. Vos hommes se sont montrés particulièrement grossiers envers eux.

En l'écoutant, Lanigan songea un instant que le Père O'Shaughnessy, le curé de sa paroisse, eût employé plutôt le terme « hommes de couleur », mais il doutait que Dodge accepterait de croire qu'il ne fallait y voir aucune intention injurieuse.

— Vous êtes donc venu vous plaindre de l'attitude brutale de mes hommes. Les ont-ils frappés ? Se sont-ils servis de leur matraque ?

— Je tiens d'abord à préciser que personne n'a appelé la police. Il se trouve que la voiture de ronde passait par là...

— Oui, nous faisons un tour dans le coin deux ou trois fois par nuit.

— Ce qui prouve bien qu'il s'agissait d'un incident sans gravité.

— D'accord.

— Je m'élève surtout contre les brimades dont les deux nègres ont été l'objet. Nous ne sommes pas en Alabama ici, j'espère.

— C'est donc cela ! Vous faites partie de la ligue des droits civiques, n'est-ce pas ?

— En effet.

— Très bien. Et de quelles brimades ces gens ont-ils été l'objet ?

— En premier lieu, ils ont été victimes d'une odieuse discrimination. Vos hommes les ont poussés à part si brutalement que l'un d'eux est tombé. Ils les ont grossièrement injuriés, et j'estime qu'en tant que fonctionnaires...

— C'est peut-être ça l'explication, Padre. Ce sont des fonctionnaires, mais ils se considèrent d'abord comme des employés de la municipalité. Or vos amis n'étaient pas d'ici.

— Qu'en savez-vous ?

— Nous n'avons pas de famille noire à Barnard's Crossing, et avant que vous n'en tiriez des conclusions hâtives, laissez-moi vous assurer que ce n'est ni par discrimination raciale ni par une sorte de convention tacite. Simplement le prix du terrain est trop élevé pour leurs moyens.

Il se demanda si c'était la peine d'essayer de faire comprendre à cet étranger comment les choses se passaient à Barnard's Crossing.

— Il faut que je vous explique un peu la situation, Padre. Ed Loomis (si c'est bien de lui qu'il s'agit) ne nourrit aucun préjugé contre les Noirs, non plus qu'à l'endroit d'aucun autre groupe ethnique. Ce n'est pas notre genre ici. Notre devise a toujours été « Vivre et laisser vivre », et quand vous aurez été des nôtres quelque temps vous vous en rendrez compte. Cette ville a été fondée par des gens qui avaient fui Salem parce qu'ils refusaient de se laisser gouverner par une théocratie, et d'ailleurs pendant longtemps il n'y a eu à Barnard's Crossing ni prêtre ni église. C'étaient des gens rudes mais ils étaient tolérants, et j'incline à croire qu'il leur en est toujours resté quelque chose. Le fait que mes ancêtres, catholiques irlandais, aient pu s'installer à Barnard's Crossing pendant l'époque coloniale donne une idée de l'esprit de tolérance qui y régnait. Par contre, nos deux lascars venaient de Salem et nos concitoyens ont un préjugé, je l'avoue, contre les gens d'ailleurs, d'où qu'ils viennent, fût-ce de la ville voisine. Ils les appellent les « Etrangers ». Mais je puis vous assurer qu'Ed Loomis n'y mettait aucune animosité particulière. Si la police de Barnard's Crossing a tort de rabrouer les pertubateurs étrangers un peu plus énergiquement que s'ils étaient d'ici, du moins cela s'explique.

— Parce que vous trouvez cela normal !

— Je ne trouve pas normal, mais je le comprends.

— Eh bien, moi, cela ne me suffit pas, Commissaire. M. Braddock, le Président du Conseil municipal, est un de nos fidèles et j'ai bien l'intention de lui en toucher un mot.

Lanigan pinça les lèvres, puis après avoir jeté un coup d'œil sur sa montre, il se pencha en arrière dans son fauteuil et tendit le cou vers le bureau du sergent, de l'autre côté du couloir :

— Il faudrait appeler la voiture de ronde, Joe, cria-t-il. Dites-leur de se diriger tout de suite vers la synagogue pour régler la circulation. Le rabbin m'a dit que les fidèles commenceraient à arriver vers six heures et demie et qu'il y aurait affluence surtout entre sept heures moins le quart et sept heures et quart. Ensuite Lem'l peut rester seul encore une demi-heure. Ils n'auront qu'à passer le reprendre vers huit heures moins le quart.

Il se redressa et sourit à son visiteur :

— Allez voir Alf Braddock si vous y tenez, Padre. Il connaît très bien Ed Loomis. Aux régates, Ed fait justement partie de son équipe.

3

Colonial Village était le premier lotissement que Barnard's Crossing eût connu. Il était situé dans le faubourg de Chilton, et grâce à la subtilité de son agencement il échappait aux traditionnelles plaisanteries sur les grands ensembles. A Colonial Village, aucun risque pour qu'un mari distrait croyant rentrer chez lui fasse irruption chez le voisin. Bien que tous les plans d'aménagement fussent identiques, on avait prévu trois types de constructions et jamais on ne trouvait côte à côte deux maisons du même type. Impossible de confondre le type Moderne, dont la porte pleine s'accompagnait de trois losanges en verre dépoli, avec le type Nouvelle-Angleterre dont la porte à panneaux peinte en blanc était flanquée de deux étroites fenêtres à meneaux, ni avec le type Renaissance aisément reconnaissable à sa porte d'aspect massif ornée de ferrures généreusement parsemées de clous et surmontée par un œil de bœuf cerné de noir. Dans chacun des cas, la lumière de la véranda et la grille qui menait à la porte d'entrée étaient dans le même style. A l'intérieur également, ainsi que l'agent immobilier ne manquait jamais de le souligner, les lampes et les poignées de portes étaient merveilleusement assorties. Le type Nouvelle-Angleterre avait des boutons de porte en verre et des chandeliers en cristal, le type Renaissance des poignées en fer forgé et des lanternes teintées, et le type Moderne des boutons en cuivre et des plafonniers en verre dépoli. Enfin, bien que le terrain autour de chaque maison fût relativement petit — quinze cents mètres carrés dans la plupart des cas — il permettait une certaine intimité tout en présentant l'avantage de resserrer les liens entre voisins. Quand le temps s'y prêtait, les uns et les autres se retrouvaient autour d'un barbecue et à la belle saison il n'était pas rare qu'une grande soirée réunisse le samedi tout le quartier.

Les habitants de la vieille ville avaient tendance à considérer dédaigneusement Colonial Village. Un long passé de demeures victoriennes laides mais solides et spacieuses les portait à traiter ses cottages de vulgaires « boîtes à biscuits » et ils ne manquaient pas de plaisanter ses piscines intérieures, allusion ironique à ses caves inondées après la pluie. C'était injuste. Les caves de Colonial Village n'étaient pas toutes sujettes aux inondations. Celles du bas du lotissement uniquement. De même qu'il n'était pas tout à fait exact que le Village ne fût habité que par des juifs. Il y avait à Colonial Village presque autant de non-juifs. Bradford Lane, par exemple, où habitaient Issac et Patricia Hirsh, était peut-être carrément juif de leur côté, mais l'autre bout de la rue comptait un Venuti, un O'Hearne, et Stan Padefsky qui était polonais.

Présentement, une vive activité régnait dans beaucoup de foyers de Colonial Village en cette veille de Yom Kippour. La maison des Hirsh, toutefois, était relativement calme. Patricia Hirsh, une grande jeune femme rousse, aux formes sculpturales, des taches de rousseur et des yeux d'un bleu lumineux, avait déjà terminé son repas et rangé la vaisselle. Elle dînait souvent seule car son mari ne savait jamais à quelle heure il rentrerait du labo. En temps ordinaire, cela ne la dérangeait pas, mais ce soir, elle avait promis à Liz Marcus, leur voisine d'en face, de garder son bébé pendant que celle-ci assistait à l'office. Le retard de son mari était ennuyeux d'autant que Pat lui avait fait jurer de rentrer tôt. Son couvert était mis dans le minuscule coin-repas séparé du reste du salon par une bibliothèque à deux étagères. (Dans le type Renaissance, c'était une grille en fer forgé, et dans le type Moderne un mur bas en verre dépoli.) Elle jeta un coup d'œil sur la pendule et s'apprêtait à appeler le laboratoire pour demander à quelle heure il était parti quand elle entendit sa clé tourner dans la serrure.

A la différence de sa jeune et séduisante épouse, Issac Hirsh était petit, ventru, et frisait la cinquantaine. Une couronne de cheveux grisonnants entourait son crâne dégarni et une petite moustache poivre et sel soulignait son nez volumineux strié de rouge. Elle se pencha machinalement pour l'embrasser.

— Je t'avais pourtant bien dit que j'allais garder le bébé de Liz Marcus, dit-elle avec reproche. Je lui avais promis de venir tôt.

— Tu as largement le temps, mon chou. L'office ne commence jamais avant sept heures, sept heures et quart. Juste avant le coucher du soleil.

— Qu'en sais-tu ? Ça fait des années que tu n'as plus mis les pieds dans une synagogue !

— Il y a des choses qu'on n'oublie pas, dit-il en s'attablant.

— Alors pourquoi n'y assistes-tu pas ? Je veux dire que c'est un peu comme Noël, non ? Ainsi moi, je ne vais pas à l'église, et à la maison on n'a jamais fait beaucoup de tralala, mais c'est plus fort que moi, il faut que je fête Noël. Quand mes parents étaient encore en vie, je me débrouillais toujours pour aller passer les fêtes à South Bend. C'est comme ça, tu ne crois pas ?

Il réfléchit pendant qu'elle commençait à lui servir son repas :

— Oui, pour certains, c'est comme ça. Mais pour la plupart, c'est lié à la religion. Ils obéissent à une sorte de superstition. Et il se trouve que je ne suis pas superstitieux.

Elle s'assit en face de lui et le regarda manger. Il poursuivait son idée entre deux bouchées :

— Il y a des juifs qui s'enorgueillissent d'être juifs, bien qu'ils n'y soient vraiment pour rien, et d'autres qui en ont honte. En fait c'est le même sentiment, vu à l'envers. Rien ne ressemble plus à un creux qu'une bosse. Alors, les pauvres diables, ils font n'importe quoi pour cacher leurs origines. S'ils déménagent, ils changent de nom. S'ils restent chez eux, c'est plus compliqué, mais ils essaient de se camoufler comme ils peuvent. Moi, je suis juif et je n'en suis ni plus fier ni plus malheureux. Je n'essaye pas de m'en cacher, mais je ne m'en fais pas non plus une gloire. Je suis né comme ça, voilà tout. Ce n'est qu'une étiquette, une façon de cataloguer les gens, et on peut les cataloguer de toutes les façons possibles, les mélanger, les séparer, les tirer dans un sens ou dans un autre.

— Je ne vois pas ce que tu veux dire.

— Bon, prenons un exemple. Tu es de South Bend. Tu en es fière ? Tu en as honte ? Tu es une femme. En es-tu plus...

— Il y a des fois où je l'ai bien regretté, crois-moi.

— D'accord, peut-être que moi aussi j'ai regretté une ou deux fois d'être juif. C'est humain. De ce côté, je dois reconnaître que j'ai eu de la chance. Pour un scientifique, ça n'a pas tellement d'importance. Si j'étais entré dans les affaires, ou si j'avais choisi une de ces professions, comme la médecine, dans lesquelles un tas de portes vous sont fermées si vous êtes juif, j'aurais peut-être moi aussi réagi d'une façon excessive en essayant de m'en cacher, ou le contraire. Mais dans mon domaine, les mathématiques, ce n'est pas un handicap. Au contraire, beaucoup de gens se figurent même que nous avons un don spécial. Dans ma partie, être juif, c'est une sorte de référence comme être italien pour un chanteur d'opéra.

— On est bien profonds, ce soir !

— C'est sûrement parce que je suis crevé. Ça vous rendrait quasiment un homme philosophe !

— Sykes t'est encore tombé sur le poil ? Au fait, il a téléphoné.

— Sykes ? Quand cela ?

— Peut-être un quart d'heure avant que tu n'arrives. Il a demandé que tu le rappelles.

— Bon.

— Tu ne vas pas le faire ?

— Non, je passerai le voir au labo dans la soirée. C'est probablement pour ça qu'il a téléphoné.

— Mais tu es fatigué, protesta-t-elle. Et puis, pour toi c'est jour férié.

— Bah ! Sykes sait bien que je ne vais pas à la synagogue. Le vieux l'a engueulé et comme de juste, c'est sur moi que ça retombe.

— Tu as des ennuis, Ike ? demanda-t-elle avec sollicitude.

Il haussa les épaules :

— Les embêtements habituels. On a une idée qui paraît bonne, on la creuse, et puis on s'aperçoit qu'on a fait fausse route.

— Mais dans ton travail, c'est une chose qui arrive tout le temps, non ?

— Bien sûr. Sauf que pour les types qui font de la recherche pure dans les universités, etc., c'est sans importance, tandis que nous, dans le secteur privé, on doit présenter au bout du compte la facture au client, et ça fait des histoires. Ce boulot-là, c'était pour Goraltronics. Déjà en temps ordinaire, ce ne sont pas des clients faciles, mais en ce moment, je ne sais pas ce qu'ils ont, ils ne sont pas à prendre avec des pincettes, et ça se répercute d'un bout à l'autre de l'échelle. Enfin, laissons les gros pontes se faire du mouron. Je ne suis qu'un employé. Je fais mon boulot et je touche ma paie.

— Tu crois que tu vas en avoir pour longtemps ?

— Une heure ou deux. Pourquoi ?

— Peter Dodge a appelé. Il a dit qu'il passerait peut-être.

— Pour me voir ou pour te voir ?

Elle rougit :

— Voyons, Ike...

Il rit de son embarras :

— Je plaisantais, mon chou. Viens là, près de moi.

Il passa un bras autour de sa taille, blottit la tête contre sa cuisse et la caressa doucement.

— Nous sympathisons Peter et moi parce que nous sommes tous les deux de la même ville, c'est tout.

Le téléphone sonna.

— C'est sûrement Sykes qui se demande pourquoi tu ne l'as pas rappelé.

Mais c'était la voix pétulante de Liz Marcus :

— Alors, Pat, qu'est-ce que tu fabriques ? Je croyais que tu devais venir tôt !

— Il faut que je file, mon chéri. Tâche de ne pas rentrer trop tard, lui rappela-t-elle.

— C'est promis.

Elle lui adressa de loin un petit baiser d'adieu

4

L'imposante demeure des Goralsky, bien que ceux-ci l'eussent achetée plus de trois ans auparavant, était toujours restée pour les vieux habitants de Barnard's Crossing « la Propriété Northcliffe ». C'était une vaste bâtisse en pierre de taille, séparée de la rue par quelques acres de gazon, et entourée d'une haute grille en fer. L'arrière de la maison, d'ailleurs contigu à la digue, donnait sur la mer, et comme la voiture approchait de la porte d'entrée, le rabbin et Miriam pouvaient entendre le bruit du ressac contre le mur et sentir l'air froid du large.

La voiture s'engagea dans l'allée et stoppa devant le porche. Le chauffeur se précipita pour leur ouvrir la portière. Presque aussitôt ils furent rejoints par Ben Goralsky, un homme grand et lourd, le teint basané, le menton bleu, le front barré par d'épais sourcils noirs. Il saisit la main du rabbin et la serra avec reconnaissance :

— Merci, monsieur le Rabbin, merci ! Je serais bien venu vous chercher moi-même, mais je ne voulais pas abandonner mon père. (Il se tourna vers le chauffeur : Vous pouvez partir maintenant, mais laissez la voiture ici. Je les raccompagnerai.) Tous les domestiques ont congé ce soir et demain, expliqua-t-il à ses hôtes. Mon père considère qu'ils ne doivent pas travailler puisqu'ils font partie de la maison. Mais je vous conduirai moi-même à la synagogue. Ne vous inquiétez pas. Vous y serez à temps.

— Comment va-t-il ? demanda le rabbin.

— Mal. Le médecin sort d'ici. Le docteur Hamilton Jones. Vous avez dû en entendre parler. C'est le meilleur spécialiste. Il est professeur à Harvard.

— Il a toute sa conscience ?

— Oh ! Absolument ! Il somnole de temps à autre mais il est parfaitement lucide.

— C'est arrivé tout d'un coup ? Il me semble l'avoir vu il n'y a pas si longtemps au miniane (1).

— C'est exact. Mardi. Mardi, il est allé comme d'habitude au miniane. Et puis mercredi, il s'est senti un peu patraque, jeudi, il nous a fait un peu de fièvre et il a commencé à tousser. Et aujourd'hui, comme il n'allait pas mieux, j'ai préféré appeler un médecin. C'est une infection à streptocoque, paraît-il. Et vous savez ce que c'est. Il n'est plus tout jeune. A son âge, le moindre rhume, c'est sérieux.

Ils firent halte dans le vestibule luxueusement décoré.

— Cela ne vous ennuie pas d'attendre ici, Madame Small ? La femme de charge est en haut.

— Pas le moins du monde. Je serai très bien. Ne vous inquiétez pas pour moi.

— Par ici, Monsieur le Rabbin.

Ils se dirigèrent vers un grand escalier de marbre recouvert d'un épais tapis rouge.

(1) Assemblée de dix hommes — quorum nécessaire pour la prière publique.

— Quand a-t-il demandé à me voir ? questionna le rabbin.

— A vrai dire, il n'a rien demandé. C'est une idée à moi. (Goralsky paraissait soudain embarrassé.) Vous comprenez, il ne veut pas prendre ses médicaments.

Le rabbin s'arrêta et le contempla d'un air incrédule. Goralsky s'arrêta également :

— Je m'explique peut-être mal. Le médecin lui a ordonné de prendre ses médicaments toutes les quatre heures. Ce soir et toute la nuit. Nous devons même le réveiller pour les lui donner. J'ai dit au médecin que ça m'ennuyait de le réveiller. Il m'a dit qu'il le fallait si je voulais que mon père guérisse. Ils n'ont pas de cœur ces médecins. Pour lui, un malade c'est un malade. Voilà ce qu'il faut faire. Faites-le ou ne le faites pas, c'est votre problème.

— Et vous voulez que ce soit moi qui lui donne ses médicaments ?

Goralsky désespérait de se faire comprendre :

— Les donner, je peux les donner. Ou la femme de charge peut les donner. Mais il ne veut pas les prendre parce que c'est Yom Kippour et que ce serait rompre le jeûne.

— Mais c'est ridicule ! La règle ne s'applique pas aux malades !

— Je sais bien, mais il est têtu. J'ai pensé que si c'était vous qui le lui disiez, il se laisserait peut-être convaincre.

Ils gagnèrent le palier et Goralsky précéda le rabbin le long d'un petit corridor.

— C'est ici, annonça-t-il en ouvrant la porte.

A leur arrivée, la femme de charge se leva. Goralsky lui fit signe d'attendre dehors. La chambre contrastait étrangement avec le reste de la maison ou du moins avec la partie que le rabbin avait aperçue en montant l'escalier. Tout le milieu de la pièce était occupé par un grand lit de cuivre à l'ancienne dans lequel reposait le vieil homme, soutenu par des oreillers. Un vaste bureau à cylindre en chêne massif, vermoulu, éraflé, et encombré de paperasses, était appuyé contre un mur. Il était flanqué d'un fauteuil à pivot en acajou tout aussi antique, recouvert de simili cuir craquelé et garni d'un vieux coussin de sofa dont la tapisserie fanée montrait la trame. Deux chaises à dossier droit recouvertes de peluche verte, vestiges probables de l'ancienne salle à manger des Goralsky, complétaient le mobilier.

— Le rabbin est venu te voir, papa, annonça Goralsky.

— Je le remercie, fit le vieillard.

Il était petit, le visage cireux sous une maigre barbe. Ses yeux sombres profondément enfoncés dans les orbites brillaient de fièvre. Ses mains décharnées se crispaient nerveusement sur le couvre-lit.

— Comment vous sentez-vous, Monsieur Goralsky, demanda le rabbin.

— J'aimerais que Nasser soit dans le même état !

Il sourit de cette finesse d'un air faussement modeste. Le rabbin lui rendit son sourire :

— Alors pourquoi ne voulez-vous pas prendre vos médicaments ?

Le vieillard secoua lentement la tête :

— A Kippour, Monsieur le Rabbin, je jeûne.

— Mais la prescription ne s'étend pas aux médicaments. C'est un cas d'exception.

— Pour les exceptions, Monsieur le Rabbin, j'en sais rien.

« Je fais comme mon père m'a appris. C'était pas un homme instruit, mais pour la prière, chez nous y en avait pas deux comme lui. Il croyait en Dieu comme on croit à un père. Il posait pas des questions, il connaissait pas des exceptions. Une fois, j'avais peut-être treize ou quatorze ans, il était à la maison en train de dire ses prières du matin. Des paysans sont entrés brusquement dans la pièce. Ils avaient bu et ils cherchaient des histoires. Ils ont crié à mon père qu'il leur donne *bronfen*, de l'eau-de-vie. Ma mère et moi, on tremblait et elle a commencé à me prendre dans ses bras. Mais mon père, il a même pas tourné la tête. Il a même pas sauté un mot dans sa prière. Un des paysans s'est dirigé vers lui. Ma mère a poussé un cri. Mais mon père, il a continué ses prières. Alors les autres, ils ont dû être impressionnés, parce qu'ils ont tiré leur ami en arrière, et ils ont quitté la maison.

A en juger par sa grimace d'impatience, son fils devait connaître l'histoire par cœur, mais le vieux Goralsky poursuivit sans se troubler :

— Mon père travaillait dur et sa vie n'a pas été toujours facile. Mais grâce à lui, nous n'avons jamais manqué de rien à la maison. Et moi je fais comme il m'a appris. J'ai toujours observé la loi, et Dieu a toujours pris soin de moi. Il y a eu des années, j'ai dû travailler plus dur, et il y a eu des années, j'ai eu des embêtements, mais quand je regarde derrière moi, il y a eu plus du bon que du mauvais. Alors je fais comme j'ai appris, et c'est sûrement comme ça que Dieu veut, puisqu'Il m'a donné une bonne épouse qui a vécu des longues années, et des bons fils, et dans mes vieux jours, Il a même permis que je devienne riche.

— Vous imagineriez-vous que les commandements,

prier, observer le sabbat, jeûner à Kippour, sont des rites magiques ? protesta le rabbin. Dieu vous a aussi donné une tête pour réfléchir et veiller sur la vie dont Il vous a confié le soin. (Le vieillard haussa les épaules.) En fait, dans votre cas, la Loi stipule expressément que vous ne devez pas jeûner. Et ce n'est pas non plus une exception. Le respect de la vie est même le principe fondamental de notre religion.

— Mais qui est-ce qui dit que je suis malade ? Parce qu'un docteur dit que je suis malade, ça veut dire que je suis malade ?

— C'est comme ça toute la journée, dit Ben d'un ton admiratif. Il a toujours réponse à tout. Ecoute, papa, poursuivit-il patiemment, j'ai demandé au Dr Bloom quel médecin il nous conseillait d'appeler. Il a dit que le meilleur qu'on pouvait trouver, c'était le Dr Hamilton Jones. Alors on a pris le Dr Hamilton Jones. Ce n'est pas n'importe quel docteur. C'est un grand professeur. Il enseigne à Havard.

— Monsieur Goralsky, dit le rabbin sévèrement, Dieu a créé l'homme à son image. Attenter à sa santé, c'est attenter à cette image. C'est un péché grave, Monsieur Goralsky. C'est un *chillul-ha-shem,* un blasphème, une offense au Tout-Puissant.

— Ecoutez, Monsieur le Rabbin, je suis un vieillard. Pendant soixante-quinze ans de ma vie, je peux vous garantir, j'ai jeûné à Kippour. Alors vous croyez que cette année, je vais commencer à manger ?

— Mais un médicament, ce n'est pas de la nourriture, Monsieur Goralsky !

— Quand je mets quelque chose dans ma bouche et que je l'avale, pour moi ça s'appelle manger.

— Vous n'arriverez jamais à avoir le dessus avec lui, murmura Ben à l'oreille du rabbin.

— Avez-vous bien songé, Monsieur Goralsky, fit le rabbin d'un ton grave, que si vous mourriez cette nuit, ce qu'à Dieu ne plaise, parce que vous avez refusé de prendre vos médicaments, on pourrait considérer votre mort comme un suicide ?

Le vieillard sourit. Le rabbin comprit tout d'un coup que le vieil homme était ravi de cette petit joute oratoire avec un jeune rabbin. Il avait bien envie, lui aussi, de laisser paraître son amusement, mais il fit un dernier effort pour garder l'air sombre :

— Réfléchissez bien, Monsieur Goralsky. Si je considérais votre mort comme un suicide, je serais dans l'obligation de vous refuser un enterrement religieux. Je ne pourrai pas prononcer d'éloge funèbre sur votre tombe. Il n'y aura pas de kaddish (1) à votre mémoire. Si on s'en tient à la stricte interprétation de la loi, il faudrait même vous ensevelir dans un coin écarté du cimetière. Vous ne pourriez pas reposer aux côtés de votre chère épouse, et vos enfants et vos petits-enfants sur qui retomberait la honte de...

Le vieil homme l'arrêta d'un geste :

— Ecoutez, Monsieur le Rabbin, dans toute ma vie, j'ai jamais fait de tort à personne, j'ai jamais raconté des histoires, j'ai jamais roulé quelqu'un. Ça fait cinquante ans que je suis dans les affaires, et montrez-moi une seule personne qui peut dire que j'ai mis dans ma poche un penny qui m'appartenait pas. Alors je suis bien sûr que Dieu aura soin de moi et voudra pas que je meure cette nuit.

(1) Prière des morts.

Le rabbin ne put pas résister à la tentation de jouer gambit :

— Si vous êtes en si bons termes avec le Tout-Puissant, Monsieur Goralsky, comment se fait-il qu'Il ait permis que vous tombiez malade ?

Le vieillard sourit comme si son contradicteur était tombé dans le piège qu'il lui avait tendu :

— Voyons, Monsieur le Rabbin, s'Il avait pas permis que je tombe malade, comment pourrait-Il permettre que je guéris ?

— Et c'est comme ça du matin au soir, soupira Ben.

— Vous tracassez pas, Monsieur le Rabbin, dit le vieillard d'une voix ferme, je mourrai pas cette nuit. Benjamin, appelle la femme de chambre. Vous feriez mieux de partir maintenant, sinon vous allez être en retard pour Kol Nidre.

— Je crains de n'avoir pas été d'un grand secours, dit le rabbin pendant qu'ils descendaient l'escalier. Mais j'aurais cru que vous, au moins, il vous aurait écouté...

— Depuis quand les parents écoutent-ils les enfants, demanda Goralsky amèrement. Pour lui, je ne suis toujours qu'un gamin. Si quelqu'un dit du bien de moi, il déborde de fierté. L'année dernière, il y a eu un article élogieux sur moi dans le *Time*. Il se promenait partout avec la coupure dans son portefeuille et dès que quelqu'un prononçait mon nom, il la sortait de sa poche pour la faire lire à tout le monde. Si personne ne le prononçait, il trouvait quand même le moyen de la montrer. « Vous avez vu l'article sur mon fils Benjamin ? » Mais m'écouter, c'est une autre histoire. Pour les affaires encore, il me demande mon avis, mais quand il s'agit de sa santé, autant parler à un mur.

— Il a déjà été malade ?

— Il a une santé de fer. Il ne voit même pas le médecin une fois par an. C'est ça le problème. Il se croit indestructible, et quand il lui arrive quelque chose, comme aujourd'hui, il ne veut rien faire pour se soigner.

— Il ne doit plus être tout jeune.

— Quatre-vingt-quatre ans, annonça Goralsky fièrement.

— Alors, peut-être est-ce lui qui a raison. Si à son âge et sans jamais voir de médecin, il se porte aussi bien, c'est probablement qu'il a appris instinctivement à se défendre.

— Dieu vous entende, Monsieur le Rabbin. Merci quand même d'avoir essayé. Je vais vous conduire tout de suite à la synagogue, Mme Small et vous.

— Vous n'assisterez pas à l'office ?

— Non, je crois que ce soir, il vaut mieux que je ne m'éloigne pas trop de la maison.

5

Une fourgonnette à l'enseigne de Jackson's liquor s'arrêta devant la maison des Levenson, en face de chez les Hirsh. Le chauffeur descendit et s'approcha de la porte d'entrée, un petit paquet sous le bras. Il appuya sur la sonnette et attendit. Au bout d'un moment, il sonna de nouveau, et de nouveau attendit en pianotant nerveusement sur la couverture grise de son carnet de livraison. Il aperçut alors Isaac Hirsh qui sortait de chez lui et se dirigeait vers sa voiture. Il le héla et traversa la rue pour le rejoindre.

— Vous habitez ici, Monsieur ?

— En effet.

— Est-ce que vous connaissez (il vérifia le nom sur le paquet :) Charles Levenson ?

— Certainement. Il habite juste en face.

— Je sais bien ! Ecoutez, c'est ma dernière livraison et je suis déjà en retard. Demain, toutes mes livraisons sont à l'autre bout de la ville. Il n'y a personne chez lui, et ça m'embête de laisser ce paquet devant la porte. N'importe qui pourrait le faucher, si vous voyez ce que je veux dire. Ça vous ennuierait de le prendre et de le remettre à M. Levenson quand vous le verrez demain ?

— Volontiers.
— Parfait ! Tenez, signez ici.

D'une chiquenaude Hirsh fit danser au bout de son fil le petit fétiche suspendu au rétroviseur. « N'était-ce pas un glouglou que nous avons entendu, Herr Einstein ? » Le petit personnage à la tignasse ébouriffée parut acquiescer. « Voilà qui mérite examen, si vous voulez mon avis. » Joignant le geste à la parole, il ouvrit délicatement le paquet. Un flacon apparut. « Oh ! Oh ! Une bouteille de vodka, pas moins, et de la bonne marque. » Il approcha du tableau de bord la carte de visite qui l'accompagnait et lut : « A Charlie Levenson, avec tous mes vœux de Joyeux Anniversaire. » « Très émouvant, vous ne trouvez pas, Herr Professor ? J'ai fort envie de porter un toast à la santé de notre ami et voisin Charlie Levenson. Mais d'abord, réfléchissons. Voilà six mois que nous n'avons pas touché à une goutte d'alcool. Que dites-vous ? Presque huit mois ? Oui, vous avez peut-être raison. De toute façon, cela fait un joli laps de temps. D'un côté, c'est dommage de gâcher ce record, mais de l'autre, il faudrait être un mufle pour refuser de boire à la santé de ce vieux Charlie. Vous m'avez parlé ? Vous dites que je ne sais jamais m'arrêter une fois que j'ai commencé ? Bien observé, vieux frère. Mais comment en être certain sans vérifier de temps à autre ? Après tout, nous n'avons rien demandé à personne. Nous ne sommes pas allés la chercher, cette bouteille. Nous nous occupions tranquillement de nos petites affaires. Nous nous apprêtions à nous rendre au labo, et voilà ce paquet qui nous tombe du ciel, en quelque sorte. Moi, j'appelle ça un signe du destin. Un soir comme celui-ci particulièrement. Et même à supposer que nous passions un peu la mesure, où serait le mal ? Demain, c'est samedi et nous pouvons dormir tout notre saoul, c'est le cas de le dire. Levenson n'aura pas sa bouteille, dites-vous ? C'est justement là l'astuce, mon vieil Einstein. Charlie est au temple et il n'est pas près de revenir. Vu que c'est Yom Kippour, il ne risque pas d'avoir envie de boire un verre. Et demain, avant qu'il ne rentre de la synagogue, il nous suffira de racheter une autre bouteille, et le tour sera joué. Je propose un vote. Ceux qui sont pour lèvent la main. Les pour l'emportent. Adjugé ! » Il dévissa la capsule et porta la bouteille à ses lèvres. « C'est bien ce que je disais, vieux frère, c'est la bonne marque. » Il avala encore une gorgée et referma la bouteille. « Eh oui ! Rien de tel qu'une larme de vodka pour vous éclaircir les idées ! Et ce soir, nous avons particulièrement besoin d'avoir les idées claires. » Il mit la voiture en marche.

En cours de route, il s'arrêta à plusieurs reprises pour porter un toast à la santé de Charlie. Derrière lui, il entendit une voiture klaxonner. Il se rabattit sur la droite. Sa roue frôla le trottoir. Il redressa à gauche. De nouveau des coups de klaxon retentirent, une voiture remonta à sa hauteur et roula un moment à côté de la sienne pendant que le conducteur l'injuriait.

« Tu sais quoi, mon vieil Einstein ? La circulation sur la 128 est un peu trop rapide pour nous. Les idées sont claires, mais les réflexes un peu lents. Si nous nous arrêtions un moment ? A deux cents mètres du labo, il y a un accotement, nous pourrions y faire une petite pause. »

Il s'arrêta sur le bas-côté, fouilla maladroitement à

l'intérieur du paquet, puis exaspéré, arracha le papier et la boîte de carton, et avec un geste de grand seigneur, les balança par la portière. « Le tout, c'est de s'organiser. Si on sait s'organiser, il n'y a pas de problème. » Il arrêta le moteur et éteignit les phares. « Pour l'instant, le mieux, c'est de nous reposer une demi-heure, peut-être même de piquer un petit somme avant d'aller au labo, et à notre réveil, crois-en mon expérience passée, vieux frère, notre cerveau tournera aussi rond qu'un ordinateur. »

6

Les Small arrivèrent juste à temps à la synagogue. Laissant Miriam gagner l'entrée principale vers laquelle les retardaires continuaient d'affluer, le rabbin se précipita vers la porte latérale qui menait au vestiaire. C'était une petite pièce contiguë à l'autel qui avait pris avec le temps des allures de débarras. On y trouvait pêle-mêle des piles de vieux livres de prières, les paniers à fleurs destinés à la décoration de l'autel, les partitions de musique du cantor, et deux rouleaux de câble oubliés par les électriciens trois ans plus tôt, à l'époque de la construction du temple. Le rabbin se débarrassa de son manteau et de son chapeau, mit sa calotte, et revêtit la robe blanche qui remplaçait chez les consistoriaux le kittel orthodoxe ou suaire de lin. S'appuyant sur le coffre (la pièce ne contenait pas de chaise) il troqua ses chaussures de ville contre des chaussures d'étoffe et de caoutchouc, se conformant ainsi à la michna (1) qui interdit de porter ce jour-là des chaussures au temple. Il se drapa enfin dans le châle de prières et, après un rapide coup d'œil

(1) Code de la loi orale.

d'inspection dans le miroir, ouvrit la porte qui menait à l'autel.

Quatre chaises à dossier haut recouvertes de velours rouge étaient disposées de part et d'autre de l'Arche. Elles étaient respectivement réservées au rabbin, au président de la congrégation, au vice-président, et au cantor. Le rabbin serra la main du président, puis passant devant l'Arche, il alla saluer le cantor et Ely Kahn, le vice-président. Il revint ensuite vers sa place et contempla l'assistance, saluant d'un signe de la tête les fidèles dont il rencontrait le regard.

Schwartz, le président de la congrégation, se tourna vers lui d'un air légèrement narquois. C'était un homme grand et mince, la cinquantaine mais encore jeune d'allure, le visage maigre, le nez fin et busqué, la bouche sensuelle et bien dessinée. Ses cheveux grisonnants étaient soigneusement rejetés en arrière comme pour souligner la hauteur du front. Il était architecte et quelque chose dans sa façon de s'habiller avec des chemises à cols pointus et de larges nœuds de cravate dénotait sa profession. Il était incontestablement bel homme et on sentait à sa façon d'être qu'il le savait. Avec le rabbin, il avait instauré une sorte de trêve armée sur un ton de plaisanterie enjouée qui parfois prenait un tour acerbe.

— Vous arrivez juste à temps, Monsieur le Rabbin, lança-t-il. Quand il s'agit d'une réunion du bureau de bienfaisance ou du comité féminin, passe encore. Ethel prétend que ces dames s'attendent toujours à ce que vous oubliiez. Elles ont, paraît-il, créé officieusement un Bureau du rabbin chargé de vous rappeler la date et l'heure des assemblées et au besoin de vous ramener. D'après elle, l'incertitude ajoute du piment aux réunions. « Le rabbin viendra-t-il ou ne viendra-t-il pas ? » C'est un trait de caractère qui a ses avantages. Il doit vous permettre de rater à l'occasion quelques corvées. Mais Kol Nidre, tout de même, Monsieur le Rabbin ! J'espère que vous n'avez pas eu trop de mal à vous garer ?

— A vrai dire, nous avons l'intention, Miriam et moi, de revenir à pied. J'avoue que sur ce plan, je suis resté un peu vieux jeu.

— Comment ! Vous êtes venu à pied ! Pourquoi ne m'avez-vous rien dit ? Je serais passé vous prendre.

— Nous sommes cependant arrivés en voiture. Et même en grand équipage. Dans une Lincoln Continental, je crois. Au moment où nous allions partir, j'ai reçu un coup de téléphone de Ben Goralsky. Il tenait absolument à ce que je passe voir son père. A l'en croire, c'était une question de vie ou de mort. Je pouvais difficilement refuser. Il nous a ensuite accompagnés jusqu'ici.

— Le vieux Goralsky va donc si mal ? s'inquiéta Schwartz.

Le rabbin eut un sourire :

— Il refusait de prendre ses médicaments.

Le ton léger de son interlocuteur déplut à Schwartz. Dans leurs relations, l'humour était à sens unique :

— Trêve de plaisanterie, c'est vraiment grave ?

— A son âge, la maladie, c'est toujours grave, mais je crois qu'il s'en tirera.

Il relata brièvement au président sa visite, mais celui-ci ne se dérida pas. Sa mine au contraire s'allongea davantage :

— Quoi ! Vous avez menacé le vieux Goralsky de

considérer sa mort comme un suicide ! Il a dû très mal le prendre !

— Je ne crois pas. Je pense même qu'il était ravi au fond de cette petite joute oratoire. Il a très bien compris que je plaisantais.

— J'ose l'espérer.

— Pourquoi cet intérêt soudain pour Monsieur Goralsky ? Certes, il fait partie de la communauté, mais enfin c'est un membre relativement récent et il a plutôt mauvais caractère.

— En effet, il n'est pas des nôtres depuis longtemps. Les Goralsky sont entrés dans la congrégation il y a un an, si je ne me trompe, au moment du décès de la vieille madame Goralsky, lorsqu'ils ont acheté cette grande concession dans le cimetière. Mais financièrement ce sont des gens importants et vous savez comme moi, Monsieur le Rabbin, que lorsqu'on dirige une organisation telle que la nôtre, on a besoin d'argent. Et quand les caisses sont vides, le mieux pour une communauté, c'est de compter de riches donateurs.

— Je sais, je sais. Mais la fortune, elle est au fils, non ?

Schwartz regarda rapidement autour de lui, puis se penchant vers le rabbin, il lui glissa à l'oreille d'un ton animé :

— C'est ce que vous croyez. Mais en réalité, c'est le père qui tire toutes les ficelles. Le fils suit le mouvement, du moins tant que le père est en vie.

— Et le père veut donner de l'argent mais pas le fils ?

— Vous n'y êtes pas, Monsieur le Rabbin. L'argent, tous les deux ils sont prêts à en lâcher. Avec la fortune qu'ils ont, ils ne peuvent pas agir autrement.

Ils sont tenus de faire des dons. Ça fait partie de leur statut social comme d'avoir une Continental et un chauffeur en livrée. Or le vieux a été toute sa vie un juif pieux. Vous savez bien qu'il vient au miniane tous les jours, sauf en cas de force majeure. Un homme comme lui, quand il fait un don, c'est pour la synagogue. Mais le fils ? Ben est avant tout un homme d'affaires. Quand un homme d'affaires décide de faire un don, il considère son geste comme un placement financier. C'est pour lui une opération-*kovod,* une opération-prestige. Et il veut que son argent lui rapporte le maximum de *kovod,* le maximum de prestige possible. S'il fait don d'un sanctuaire à la synagogue — le Mémorial Goralsky, disons — qui est-ce qui le saura, à part sa famille et ses amis, ici, à Barnard's Crossing ? Mais supposons qu'il fasse don d'un laboratoire à Brandeis ou même à Harvard. Le Laboratoire Goralsky de Recherches Chimiques. Les savants et les étudiants du monde entier en entendront parler.

Les fidèles cependant avaient achevé de gagner leurs places et, tournés vers l'autel, attendaient en silence que l'office commence. Le rabbin jeta un coup d'œil sur sa montre et annonça au président que le moment était venu.

Les deux hommes se levèrent et adressèrent un signe au cantor et au vice-président. Le cantor tira le cordon qui ouvrait les rideaux de velours blanc de l'Arche, puis il en écarta les portes, révélant les précieux Rouleaux de la Loi, tandis que toute la communauté se levait.

Le président lut le nom de six des membres les plus importants de la congrégation. Les appelés s'avancèrent un à un et au fur et à mesure qu'ils gravissaient les marches de l'autel, le cantor leur remettait à chacun un Rouleau ; chargés de leur précieux fardeau, ils se groupèrent autour du pupitre, face à la communauté, tandis que le rabbin récitait par trois fois l'antique formule qui introduit traditionnellement l'office de Yom Kippour « *Tous les vœux que nous pourrions faire depuis ce jour de Kippour jusqu'à celui de l'année prochaine...* » Puis le cantor commença de psalmodier la prière à la fois grave et confiante de Kol Nidre « *Qu'il soit pardonné à toute la communauté des enfants d'Israël, comme à l'étranger qui séjourne parmi eux, car toute la communauté a failli.* »

— Comment la sono s'est-elle comportée ? demanda Miriam sur le chemin du retour. Tu n'as pas eu besoin de trop forcer la voix ?

— Pas du tout. J'ai simplement parlé un peu plus lentement. Mais notre président était dans tous ses états. Chaque fois qu'il devait annoncer les honneurs, il n'arrivait pas à se faire entendre. La commission religieuse nous adresse une note indiquant approximativement l'heure où chacun sera appelé, mais nous avons commencé un peu en retard et une certaine confusion régnait. Un certain M. Goldman qui devait être assis dans le fond n'a pas entendu son nom si bien que M. Schwartz a sauté au suivant, ce qui a bouleversé toute l'ordonnance. Et tu as remarqué cette petite scène, à la fin, quand il a appelé Marvin Brown ?

— Oui. Que s'est-il passé ?

— J'imagine que Marvin Brown n'a pas entendu son nom, lui non plus, mais Schwartz au lieu de passer au suivant, comme il l'avait fait jusque-là, a continué à l'appeler. Marvin est probablement de ses amis et il ne voulait sans doute pas qu'il rate son honneur, encore qu'il s'agissait seulement d'ouvrir l'Arche. Finalement, après qu'il eut répété en vain deux ou trois fois : « M. Marvin Brown, M. Marvin Brown », le vice-président est allé ouvrir l'Arche lui-même. Schwartz était furieux !

— Il n'y avait pourtant pas de quoi en faire un drame.

— Apparemment, tel n'était pas l'avis de notre président. En fait, il a passé une bonne partie de la soirée à pester contre l'acoustique de la salle. J'ai d'abord cru que c'était simplement par jalousie professionnelle — ce n'est pas lui qui a dessiné les plans — mais je me demande à présent s'il n'a pas une idée derrière la tête. D'autant qu'il m'a laissé entendre qu'il nous attendait sans faute chez lui, demain soir après le jeûne. Madame Schwartz t'en a parlé ?

— Elle a téléphoné en effet ce matin pour nous inviter à venir prendre le café. Mais je ne vois pas pourquoi tu t'en étonnes. N'allons-nous pas toujours prendre le café chez le président le soir de Kippour ?

— Certes. Mais du temps où M. Wasserman ou même M. Becker étaient présidents, je ne le considérais pas comme un usage. J'avais le sentiment qu'ils nous conviaient par amitié, pour le plaisir de notre compagnie. Avec Mortimer Schwartz, c'est différent. Tu sais que dans ton état, nous pouvons très bien décliner l'invitation.

— Il y aura beaucoup de monde là-bas, David, nous pourrons facilement nous éclipser et Ethel semble tenir beaucoup à notre présence. Peut-être essayent-ils simplement d'être aimables et de nous montrer ainsi qu'ils veulent tirer un trait sur le passé. (Le rabbin ne semblait pas convaincu.) Vous paraissiez pourtant en bons termes Schwartz et toi, ce soir au temple.

— Naturellement, nous ne pouvons pas rester à nous regarder en chiens de faïence. En apparence, nous avons des relations cordiales et nous échangeons même des plaisanteries, encore que Schwartz ait tendance à prendre avec moi des airs condescendants, comme si j'étais un jeune dessinateur de son agence. Si je lui réponds sur le même mode que lui, je sens qu'il est choqué, bien qu'il ne le laisse pas trop paraître, évidemment.

— Allons, allons, David, je me demande si tu ne te figures pas qu'il est braqué contre toi sous prétexte qu'à la réunion du conseil d'administration il était opposé au renouvellement de ton contrat.

— Je ne pense pas. Il n'était pas le seul de cet avis. Pourtant, après que la majorité m'eut voté un contrat de cinq ans, ils sont tous venus me féliciter. Dans cinq ans, ils voteront peut-être de nouveau contre moi, mais en attendant ils observent une bienveillante neutralité. Tandis que Schwartz, j'ai l'impression que s'il pouvait me sacquer demain, il le ferait sans hésiter.

— Mais justement, David, il ne le peut pas. Tu as un contrat de cinq ans et il t'en reste encore quatre devant toi, alors que lui n'est élu que pour un an. Son mandat terminé, tu seras toujours en place.

— Ce n'est pas un contrat bien solide, tu sais !

— Comment cela ?

— Ce n'est qu'un simple contrat de travail, c'est-à-dire que la congrégation, tant qu'elle est satisfaite de ma conduite, ne peut renoncer à mes services. Ce qu'ils entendent par là, c'est à eux d'en décider. Par contre rien n'est stipulé concernant leur propre comportement. Suppose qu'ils décident de procéder à un changement dans le rituel ou de prendre une mesure d'ordre religieux que je ne puisse tolérer. Que se passe-t-il alors ? Il ne me reste qu'à donner ma démission !

— Et tu crois que Schwartz ferait une chose pareille ?

— Rien que pour le plaisir de me mettre à la porte, non. Mais si un désaccord survenait entre nous, il serait capable de sauter sur l'occasion. Et pour être juste avec lui, il aurait probablement le sentiment d'agir pour le bien de la communauté.

7

L'appel arriva juste avant minuit.

— Commissariat de Police de Barnard's Crossing, répondit le policier. Sergent Jeffers à l'appareil... Attendez, je note... Pouvez-vous me répéter le nom ?... Hirsh avec un S. Madame Isaac Hirsh, Bradford Lane... C'est à Colonial Village, si je ne me trompe... Bien. A quelle heure est-il parti ?... Quand avez-vous appelé le labo ?... Je vois... Pouvez-vous me décrire la voiture ?... Connaissez-vous son numéro minéralogique ?... Très bien, Madame. Je communique tout de suite ces renseignements à la police d'État et à la police municipale. La voiture de ronde passera chez vous dans quelques instants. Si vous pouviez allumer la lumière de la véranda... Nous ferons tout notre possible, Madame.

Le Sergent Jeffers appela aussitôt la voiture de ronde :

— Note ça, Joe. Chevrolet bleu clair à quatre portes, pare-chocs arrière enfoncé, N° d'immatriculation 438.972, je répète 438.972, Isaac Hirsh, 4 Bradford Lane. C'est la maison qui fait l'angle. La lumière de la véranda sera allumée. Il travaille au Laboratoire Goddard, Nationale 128. Sa femme vient d'appeler. Elle gardait le bébé d'une voisine et à son retour il n'était pas là. Il lui arrive souvent de retourner travailler au labo après dîner, mais elle vient de téléphoner là-bas et personne ne l'a vu de la soirée. Passez chez elle. Tâchez de voir si elle a une photo de lui qu'on pourrait diffuser.

— D'accord, Sergent. Dites-donc... Isaac Hirsh, c'est pas le type qui s'était pris une cuite il y a quelques mois et qu'on a finalement retrouvé ivre mort dans une taule pourrie du côté de Boston ?

— Mais bien sûr ! Ça me revient ! Je vais demander à la police de Boston d'ouvrir l'œil. Il a probablement repiqué au truc. Quand vous serez chez lui, demandez donc à sa femme de vérifier s'il ne manque rien dans ses placards du genre eau-de-vie de ménage ou lotion alcoolisée. Ces gars-là, quand ça les prend, ils s'envoient n'importe quoi.

— Entendu, Sergent. Allez, Tommy, on y va.

— Qu'est-ce que c'est ? demanda son collègue. Un poivrot en cavale ? Si on s'arrêtait d'abord dans un ou deux bistrots pour le chercher ? Le Foc'sle, ou le Sea and Sand, ou le...

— Ce n'est pas le style, Tommy. C'est un chercheur scientifique. Il ne picole pas régulièrement, mais quand ça le prend, il est capable de cuver pendant des jours et des jours. La dernière fois qu'on l'a cherché, il avait disparu depuis trois jours. C'était il y a huit mois. Finalement, c'est la police de Boston qui l'a retrouvé dans un petit hôtel de troisième zone. Il était couché tout habillé, la chambre jonchée de bouteilles vides. Il n'avait rien dû manger depuis son départ. Je te parie que si on le retrouve, ce coup-là ce sera pareil. Ah ! C'est ici ! La maison avec la véranda allumée. Maintenant je la reconnais. L'autre fois, on l'avait ramené chez lui en ambulance. Attends-moi dans la voiture des fois que le sergent appelle.

Patricia Hirsh ouvrit la porte avant même qu'il ait sonné.

— Merci d'être venus aussi vite, dit-elle.

Malgré son évidente nervosité, elle s'efforçait de maîtriser sa voix.

— Nous nous sommes mis en route aussitôt, Madame. (Il tira de sa poche un calepin et un crayon.) Pouvez-vous me dire comment votre mari était habillé ?

— Un instant. (Elle se dirigea vers la penderie.) Il portait un pardessus gris à chevrons, un — non, son chapeau est là —, un complet marron foncé, et une chemise blanche.

— Pouvez-vous me donner son signalement, poids, taille, etc ?

— Il est plutôt fort, il doit peser dans les quatre-vingt-dix kilos, et il mesure un mètre soixante.

Comme il levait involontairement les yeux, elle dit d'un ton de défi :

— Oui, il est plus petit que moi. Il est aussi beaucoup plus âgé. Il a cinquante et un ans, il est chauve, et il porte la moustache.

— Auriez-vous une photo de lui ?

— Oui, là-haut, dans la chambre. Vous voulez que j'aille la chercher ?

— S'il vous plaît.

Elle commençait à monter l'escalier quand il la rappela :

— Pendant ce temps, je vais communiquer ces renseignements à mon collègue, dehors pour qu'il les transmette au commissariat.

En rejoignant la voiture, il demanda à Tommy s'il y avait du nouveau. L'autre secoua la tête.

— Tu devrais jeter un coup d'œil du côté de la maison, Joe, conseilla-t-il. J'ai remarqué que la porte du garage est fermée. Quand nous avons pris notre service à huit heures, la plupart étaient ouvertes. Probablement parce que pas mal de gens du quartier sont allés à la synagogue en voiture.

— D'accord, je ferai un tour. Entre-temps, diffuse toujours ce signalement.

Il lui répéta la description qu'avait faite Mme Hirsh et rentra dans la maison. Elle l'attendait avec la photo demandée. Il la prit, l'étudia un moment, puis demanda doucement :

— Vous n'auriez pas remarqué quelque chose qui manquait, par hasard ?

— Je n'ai pas fait attention. De quel ordre ?

— Du whisky, par exemple.

— Nous n'en avons pas à la maison.

— Du Xérès de ménage.

— Je n'en utilise pas.

— De l'eau de toilette ou de l'alcool à 90.

— Non, je n'ai rien de tout ça.

— Très bien, Madame. On va s'y mettre tout de suite. Allez donc tranquillement vous coucher, je sortirai par la porte de derrière.

— Elle n'ouvre que sur le garage.

— Ça ne coûte rien d'y jeter un coup d'œil.

— Vous m'appellerez — quelle que soit l'heure, n'est-ce pas ?

— Je vous le promets.

Il traversa la cuisine, ouvrit la porte du fond, et la referma vivement derrière lui. La voiture était là dans le garage, et sur le siège avant, du côté du passager, il y avait Isaac Hirsh.

Si mince qu'il fût, Joe eut du mal à se glisser entre le mur du garage et la voiture, mais il y parvint. Il ouvrit la portière et se pencha par-dessus le siège du conducteur pour toucher l'homme. A la lumière de sa torche il remarqua la position de la clé de contact et la bouteille de vodka à moitié vide. Puis il se redressa et referma la portière. Se faufilant jusqu'à l'entrée du garage, il souleva la porte juste assez pour se glisser en dessous et la referma derrière lui. En le voyant approcher, son collègue s'apprêta à mettre la voiture de ronde en marche, mais il arrêta son geste :

— Inutile, Tommy, on ne va nulle part. Je l'ai retrouvé. Il est dans le garage.

— Ivre mort ?

— Non, mort pour de bon.

8

L'office du Kippour qui dure jusqu'au coucher du soleil commença à neuf heures par la récitation des prières du matin. A cette heure, seuls quelques fidèles — ceux de la vieille génération surtout — avaient déjà gagné la synagogue et sur l'estrade, seul le rabbin occupait déjà sa place. Le cantor n'était pas encore arrivé. Il était d'usage qu'un membre de la communauté le remplaçât pendant l'office du matin afin qu'il pût prendre quelque repos. Généralement cet honneur échouait à Jacob Wasserman, le premier organisateur de la congrégation et son premier président. La ferveur sincère de sa voix faisait oublier son manque de puissance et le rabbin préférait sa façon traditionnelle de psalmodier aux effets recherchés du cantor qui se penchait discrètement sur son diapason en fredonnant les premières notes avant d'entonner chaque prière.

Tout au long de la matinée, les fidèles ne cessèrent d'arriver. Peu après le cantor, Mortimer Schwartz fit à son tour son entrée. Il serra cérémonieusement la main du rabbin, puis alla serrer celle du cantor. En revenant à sa place, il glissa à l'oreille du rabbin qu'ainsi qu'il si attendait, la veille au soir Marvin Brown n'avait pas manqué de lui téléphoner.

— Vous voulez dire au sujet de l'honneur qu'il a raté ?

— Bien sûr, il ne me l'a pas dit explicitement, mais j'ai très bien compris que c'était de ça qu'il s'agissait.

— Je n'aurais pas cru qu'il y attachait autant d'importance.

— Oh ! Ce n'est pas qu'il soit tellement religieux. Mais Marvin est avant tout un commerçant, et être appelé, pour lui, est un gage de sa réussite. Si on lui saute son tour, il en est malade. Vous saisissez ?

— C'est une façon de penser.

— Pour moi, j'estime qu'Ely Kahn est allé un peu vite en fonçant ouvrir l'Arche lui-même sous prétexte que Marvin n'accourait pas illico. Ce n'était pas une affaire de patienter quelques instants. En tout cas, aujourd'hui je prends mes précautions. J'articulerai chaque nom très distinctement et nous attendrons d'être sûrs que la personne appelée n'est pas au temple avant de désigner un remplaçant.

Vers dix heures et quart, lorsqu'on sortit de l'Arche les Rouleaux pour la Lecture, presque toute la communauté était là. Quelques-uns choisirent ce moment pour aller se dégourdir les jambes, mais la plupart restèrent à leur place. Pour Yskor, la prière à la mémoire des morts, le sanctuaire se remplit de nouveau. Un certain nombre de fidèles ne venaient au temple que pour cette partie de l'office, en souvenir des membres disparus de leur famille. Une tradition voulait qu'assister à Yskor quand les parents étaient encore en vie portât malheur, mais le rabbin Small, de même que la plupart des rabbins consistoriaux, considéraient cette coutume comme

une pure et simple superstition. Il expliqua donc d'abord qu'il était juste que tous assistent à la prière puisqu'ils avaient à célébrer la mémoire des juifs victimes des nazis et que de ce fait chacun était concerné. Néanmoins, il aperçut çà et là quelques vieux juifs élevés dans le rite orthodoxe qui pressaient leurs enfants de partir.

Après Yskor, il ne put s'empêcher d'éprouver une secrète satisfaction en voyant que la plupart des jeunes revenaient pour écouter son sermon. Une partie de l'office de Kippour décrit la façon dont le Grand Prêtre se purifiait jadis avant de procéder au sacrifice destiné au rachat des péchés de son peuple. Dans son sermon, il comparait ce sacrifice rituel au geste d'Abraham résolu à sacrifier son fils Isaac si la miséricorde divine ne l'en avait détourné. Il expliqua que le sacrifice d'Isaac était une sévère injonction contre le sacrifice humain alors universellement pratiqué. Puis il démontra comment peu à peu à l'usage du sacrifice expiatoire s'était substituée la prière dans son acception moderne, élan vers Dieu afin qu'Il daigne accorder à chacun sa miséricorde aussi bien pour les péchés commis contre Lui que contre les hommes.

Il donnait toujours à ses sermons un tour simple et familier sans rechercher les effets oratoires. Il les considérait moins comme une exhortation que comme un enseignement à travers lequel il s'efforçait d'expliquer les apparentes contradictions de la Loi. Il savait que le ton de ces causeries indisposait certains, en particulier le président. Ils eussent préféré un style plus emphatique, mais il jugeait que sa façon de prêcher convenait mieux à sa mission de « maître »

qui est implicitement contenue dans le mot « rabbin ».

L'office se poursuivit toute la journée. Les fidèles entraient et ressortaient, repartaient pour se dégourdir les jambes, ou aller faire un petit somme chez eux, voire avaler un morceau en vitesse. Dehors les garçons et les filles, dans leurs vêtements de fête, riaient et flirtaient. Les plus petits jouaient sur le terre-plein du temple et parfois leurs voix aiguës troublaient l'office, contraignant l'un des huissiers à sortir pour les gronder et leur recommander de faire dorénavant moins de bruit.

A quatre heures, il devint clair qu'ils progressaient trop vite et que le service risquait de s'achever avant le coucher du soleil. Le rabbin s'approcha du pupitre :

— Nous sommes en avance, cantor Zimbler. Ne pourriez-vous ralentir un peu ?

Le cantor haussa les épaules :

— Qu'est-ce que vous voulez que je fasse ? Que je tienne les notes plus longtemps ?

Le rabbin sourit et se tournant vers l'assemblée, il annonça que la congrégation priait avec tant de ferveur qu'elle allait plus vite que le soleil.

— Nous allons donc faire une demi-heure de pause, dit-il.

Une joyeuse rumeur d'approbation accueillit cette proposition. Quelques-uns sortirent tandis que les autres engageaient une petite conversation avec leurs voisins en attendant la dernière partie du rituel qui se termine par la sonnerie du chofar (1).

(1) Corne rappelant le bélier du sacrifice d'Issac dont on sonne aux fêtes austères et aux jubilés.

Le président s'étira sur son siège :

— Vous savez, à propos de votre sermon, dit-il au rabbin, il m'est venu à l'esprit qu'à ma façon j'avais fait un sacrifice moi aussi. C'est la première fois depuis des années que je jeûne, et je me sens parfaitement bien. Les autres fois, on ne peut pas dire que je mangeais ; je ne faisais pas un vrai repas, mais le matin je prenais un jus de fruits, et vers midi je rentrais chez moi avaler une tasse de café et un sandwich. Mais cette année, il m'a semblé qu'en tant que président, je devais faire un effort. Et tout compte fait, à part une légère impression de faiblesse, je me sens parfaitement bien.

— Monsieur Goralsky m'a dit que pendant soixante-quinze ans, pas une seule fois il n'avait manqué de jeûner à Kippour et, apparemment, il ne s'en porte pas plus mal.

— C'est vrai, je l'avais oublié, celui-là ! Comment va-t-il ? Je n'ai pas encore vu Ben aujourd'hui.

— Il n'a pas dû venir ou je l'aurais aperçu.

— C'est mauvais signe, ça, Monsieur le Rabbin. Le vieux doit être au plus mal, sinon Ben serait venu au moins pour Yzkor étant donné que sa mère est morte dans l'année.

— Pas forcément. Ils sont très orthodoxes et chez eux il est de tradition que les proches parents n'assistent pas à Yzkor pendant l'année de deuil.

— Vous me rassurez !

Le rabbin le regarda d'un air intrigué :

— Vous êtes vraiment si sûr d'obtenir de Monsieur Goralsky une généreuse contribution ?

— Nous en avons pas mal discuté. A titre officieux, vous le comprenez, fit Schwartz d'un ton suffisant. Il ne m'a pas fait de promesse définitive,

mais je puis vous assurer qu'il était très favorable à cette idée.

— Et combien espérez-vous en obtenir ?

Schwartz le regarda d'un air étonné :

— Mais je vous ai expliqué tout cela hier soir, Monsieur le Rabbin : le financement d'un sanctuaire pour le temple !

— Vous avez en effet prononcé le mot, mais je croyais qu'il s'agissait d'un exemple. Vous voulez dire qu'il songerait réellement à faire édifier un Mémorial Goralsky ? Et quelle somme y consacrerait-il ?

— Disons, cent ou cent cinquante mille dollars.

Le rabbin émit un sifflement silencieux :

— Ils sont dans l'électronique, n'est-ce pas ?

— C'est ça. L'électronique et les transistors. Ils possèdent une grosse usine sur la Nationale 128 et ils sont bourrés aux as. En ce moment, je crois qu'ils ont l'intention de fusionner avec une importante société de l'Ouest et leurs actions sont montées en flèche. En quinze jours, elles ont presque doublé. Quand on pense qu'ils ont démarré avec une petite affaire de volailles !

— De volailles ?

— Comme je vous le dis. Ma grand-mère, autrefois, achetait ses poulets chez eux, à Chelsea, et le vieux la servait lui-même, un grand tablier blanc taché de sang autour de la taille, la tête coiffée d'un chapeau de paille. Ensuite, ils ont emprunté un peu d'argent et ont commencé à spéculer. Ils ont eu la main heureuse si bien qu'ils avaient un peu d'argent à gauche quand l'occasion s'est présentée d'investir dans une affaire de transistors. Ils se sont lancés comme ça. Après, ils ont racheté les parts de leur

associé, le type qui avait eu l'idée de départ. Et puis c'est devenu une grosse boîte. Ils ont émis des actions au bon moment, ils ont commencé à être cotés en bourse, et ils ont fait leur trou dans la haute finance. Vous avez sûrement dû lire, d'ailleurs, l'article sur Ben Goralsky dans le *Time Magazine.*

— Ma foi, non.

— Une colonne et demie avec une photo. J'aurais bien voulu que Ben fasse partie de notre conseil d'administration, mais hélas il m'a répondu qu'il était trop accaparé par ses occupations.

— Et vous croyez que si vous pouviez le convaincre de faire partie du conseil d'administration, il pencherait en faveur du sanctuaire plutôt que du laboratoire de chimie ?

— Ça le pousserait du moins à s'intéresser à notre organisation et à ses problèmes.

— Mais avons-nous besoin d'un sanctuaire ? Il me semble que nous avons largement assez de place comme cela.

Schwartz le regarda bien en face :

— Une congrégation en plein essor comme la nôtre n'a *jamais* assez de place, Monsieur le Rabbin. Aujourd'hui, c'est suffisant, demain, ce sera trop petit. Par-dessus le marché, notre temple est le plus grand auditorium de la ville aussitôt après le lycée. Une ou deux fois déjà, différents organismes nous ont proposé de louer notre local. De quoi cela aurait-il l'air si une organisation du dehors, Kiwanis par exemple, venait discuter ses affaires devant la Sainte Arche ?

— A vrai dire...

— Mais supposons que nous disposions d'un petit sanctuaire contigu au temple, un petit bijou de sanctuaire qui aurait l'air d'un véritable sanctuaire et pas d'une caserne de pompiers ?

— Vous n'aimez pas cette synagogue ?

Schwartz eut un sourire condescendant :

— N'oubliez pas, Monsieur le Rabbin, que je suis architecte. Ecoutez, vous venez à la maison ce soir, n'est-ce pas ? Ethel y compte absolument.

— Si Miriam n'est pas trop fatiguée.

— Parfait. Je vous montrerai quelque chose dont vous me direz des nouvelles.

Le rabbin aperçut Miriam qui lui adressait de sa place un petit signe de détresse. Il la rejoignit près de la sortie :

— Quelque chose ne va pas ? s'inquiéta-t-il.

— Je me sens un peu lasse. J'ai dû prendre l'habitude ces temps-ci de faire une petite sieste dans l'après-midi. Alice Fine rentre chez elle, je vais lui demander de me déposer en passant.

— Et tu prendras une tasse de thé, n'est-ce pas ? Ou mieux un verre de lait chaud. Promis ? Il faut absolument que tu avales quelque chose.

— Ne t'inquiète pas, David. Je vais très bien, je t'assure.

— Un malaise ? interrogea Schwartz.

— La fatigue sans doute.

— Dans son état, c'est normal. J'espère qu'elle n'a pas jeûné.

— Jusque-là, si. Mais elle m'a promis d'avaler quelque chose.

Le soleil commençait à décliner. Les fidèles regagnèrent leurs places pour assister à la dernière partie du rituel, la confession publique : « Nous avons péché, nous nous sommes rebellés... » et demander une fois encore miséricorde : « Notre Dieu et le Dieu de nos pères, pardonne nos iniquités en ce Jour des Expiations... Reçois, O Seigneur notre Dieu, Ton peuple d'Israël et accepte sa prière... ». Tandis que le jour commençait à disparaître, ils répétèrent en chœur le *Avinou Malkenou,* « Notre Père, notre Roi ». Puis d'une voix pleine de ferveur et d'exaltation, ils s'écrièrent « Ecoute, Israêl, le Seigneur est notre Dieu, le Seigneur est UN », puis trois fois « Béni soit le nom de gloire de Son règne pour toujours et à jamais », puis sept fois « le Seigneur est Dieu », chaque fois plus passionnément, et à la dernière, la sonnerie — étrange, aiguë, exultante — du chofar, la corne de bélier, retentit signifiant ainsi la fin du long Jour des Expiations et des dix Jours de Pénitence.

Il restait encore le Kaddish, la prière des morts, suivi d'une bénédiction par le rabbin, mais déjà les fidèles pliaient leurs châles de prières et se serraient mutuellement la main en se souhaitant une bonne et heureuse Nouvelle Année.

Le rabbin serra la main de Mortimer Schwartz, du cantor, et du vice-président.

— On vous voit ce soir, n'est-ce pas, Monsieur le Rabbin ? rappela Schwartz.

— Si Miriam n'est pas trop fatiguée.

9

A contrecœur Jordan Marcus se dirigea vers le téléphone. Avant de décrocher, il fit néanmoins une dernière tentative :

— Franchement, Liz, nous ne devrions pas nous mêler de cette histoire. Pour commencer, il n'y a pas assez longtemps que nous faisons partie de la congrégation.

— Et alors ? Tu as payé ta cotisation, non ?

— Pour ça oui ! Et on peut dire que je l'ai senti passer, crois-moi ! Cent dollars, plus cinquante pour deux billets...

— Et alors ? Qu'est-ce que tu voulais dire pour les fêtes ? Aller au cinéma ?

— Personne ne nous a demandé notre carte. On aurait pu entrer tranquillement...

— Et une fois à l'intérieur, tu te serais fait invisible ? Tu crois que les Levenson ou les Bayliss ne t'auraient pas vu ? Tu crois qu'ils n'auraient pas su que tu n'avais pas pris ta carte de membre ?

— On aurait pu aller à la synagogue de mes parents à Chelsea. Ça m'aurait coûté dix sacs par personne, et j'aurais économisé cent trente dollars.

— Et l'année prochaine, quand Monte commencera ses cours d'instruction religieuse, tu le conduiras, je suppose, trois fois par semaine à Chelsea !

— L'année prochaine, on avait toujours le temps de cotiser. Soit dit en passant, c'est une belle escroquerie de vous obliger à faire partie de la congrégation pour que vos gosses puissent entrer à l'école religieuse.

— C'est comme ça partout maintenant. Ils sont probablement forcés. Et puis quelle différence qu'on devienne membres cette année ou l'année prochaine ?

— Une différence de cent trente dollars.

— Tu veux que tout le monde sache que tu as pris ta carte à la dernière minute, parce que tu ne pouvais pas faire autrement ? Tu tiens à ce que tout le monde pense que nous n'avons pas les moyens ?

— Eh bien, oui ! Là ! Je commence à en avoir pardessus la tête de craindre que les gens pensent que je n'ai pas les moyens. J'ai dû faire poser une moquette pure laine qui m'est revenue presque mille dollars de peur que les gens pensent que je n'ai pas les moyens. J'ai changé ma Chevrolet pour une Pontiac de peur que les gens pensent que je n'ai pas les moyens. Et quand Henry Bayliss a proposé qu'on aille manger un morceau au Checkerboard en sortant du cinéma, il a fallu que je crie bravo parce que si on propose un endroit où les hamburgers sont à moins d'un dollar, ça veut dire qu'on n'a pas les moyens.

— Et alors ? C'est ça la classe ! Tu habites maintenant à Barnard's Crossing. Il faut savoir hurler avec les loups. On a une responsabilité vis-à-vis des enfants, et c'est pour ça qu'on est entré dans la congrégation. Mais à présent tu es un membre à part entière et tu as des droits comme tout le monde.

Alors arrête de chercher des excuses et appelle le rabbin.

— Mais, Liz, il vient de rentrer du temple ! Il est probablement à table et il doit mourir de faim. Et puis, c'est plus compliqué que tu ne penses. En principe, pour être enterré au cimetière, il faut faire partie de la congrégation, et toi tu veux que je demande au rabbin de fermer les yeux et de faire une exception pour un ami à moi dont la femme n'est même pas juive ! C'est pour ça que je dis que ça ne fait pas assez longtemps que je suis inscrit. Pour demander une faveur de ce genre, il faut être un membre influent. Encore si c'était quelqu'un de ma famille. Mais ce Hirsh, je le connaissais à peine ! Depuis que nous sommes ici, je ne sais même pas si je lui ai dit bonjour trois fois ! Je te le répète, on ne devrait pas se mêler de cette histoire.

— Mais on y est mêlé, qu'on le veuille ou pas ! Patricia Hirsh était ici, dans cette maison, en train de garder les enfants, pendant que son mari agonisait dans son garage, à moins de cent mètres de là. Et puis, c'est quand même bien nous qui lui avons conseillé de le faire enterrer selon le rite juif.

— Toi, peut-être. Moi, je n'ai rien dit. D'ailleurs, si j'ai bien compris, elle avait déjà pris cette décision avant même qu'on arrive. Tu as simplement dit, je me rappelle très bien tes paroles, que c'était une idée merveilleuse et que nous pouvions, si elle voulait, en parler au rabbin. A quoi elle a répondu que le Dr Sykes, le supérieur hiérarchique de son mari, devait s'occuper de prendre toutes les dispositions et qu'il se proposait d'appeler lui-même le rabbin. S'il s'en charge, qu'est-ce qu'on a besoin de téléphoner ?

— Tu oublies que je suis pratiquement la meilleure amie de Pat à Barnard's Crossing et qu'elle gardait notre bébé quand c'est arrivé. Il a presque fallu que je me dispute pour te traîner là-bas quand nous avons appris la nouvelle !

Il n'y avait effectivement pas mis beaucoup d'empressement. Dans son idée, il se représentait les visites de deuil comme un échange de banalités déprimantes entrecoupées de crises de larmes et de pénibles effusions. Mais en fin de compte, la corvée ne s'était pas trop mal passée. Mis à part les Levenson, qui habitaient en face, tous les autres visiteurs étaient des non-juifs. Le fameux Dr Sykes, le supérieur hiérarchique de Hirsh, avait apparemment pris la situation en main. Tout de moins, c'était lui qui était venu leur ouvrir la porte et qui s'était chargé de faire les présentations. Il y avait là un grand gaillard vêtu de gris avec un col ecclésiastique, le Révérend Peter Dodge, qui semblait bien connaître la famille du fait que Hirsh et lui militaient tous les deux à la Ligue des Droits Civiques. Les Mac Carthy, qui habitaient à l'autre bout de la rue, s'en allaient au moment de leur arrivée. Liz s'était jetée dans les bras de Mme Hirsh et les deux femmes avaient sangloté un moment, puis Mme Hirsh s'était ressaisie. Dodge l'avait même fait sourire un peu plus tard en déclarant, lorsqu'on avait soulevé l'éventualité d'une cérémonie religieuse juive, qu'il connaissait bien le Rabbin Small étant donné qu'ils faisaient partie l'un et l'autre de l'Union des Ministres du Culte, mais qu'il considérait que ce n'était pas tellement à lui de le prier d'officier à l'enterrement. « Vu qu'on est tous les deux dans la même partie, Pat », avait-il expliqué, « on travaille en quelque sorte pour des maisons concurrentes ». Sur quoi le

Dr Sykes avait annoncé qu'il se chargeait de prendre toutes les dispositions.

En sortant, Jordan n'avait pas caché son soulagement :

— Je craignais qu'on ne reste bloqué là-bas toute la matinée.

— Quand j'ai compris la situation, tu penses bien que je n'allais pas m'éterniser, avait répliqué Liz d'un air pincé. Ce type, Peter Dodge, Pat le connaît de South Bend, la ville où elle était avant. Il n'est pas marié. Tu as remarqué qu'il l'appelait par son prénom ? Tu as vu de quelle façon il la regardait ?

— Quelle façon ?

— Tu sais bien ce que je veux dire. Il en pince pour elle, c'est évident !

— Ah ! Les bonnes femmes ! Qu'est-ce que vous n'allez pas chercher ! Le mari n'est pas encore enterré, que vous êtes déjà en train de la remarier !

Tout en composant le numéro, il repassa dans son esprit ce qu'il allait dire au rabbin :

— Allô ? Monsieur le Rabbin ?... Ah ! C'est Madame Small ? Vous êtes peut-être à table ?

— C'est la femme du rabbin ? (Liz lui arracha le téléphone des mains.) Madame Small ? C'est Liz Marcus. J'étais assise derrière vous à la réunion du Bureau de Bienfaisance et vous m'avez demandé si votre chapeau me gênait avant la projection... Voilà, il s'agit d'une très grande amie à nous. Elle n'est pas juive elle-même, mais elle est, pour ainsi dire, juive de cœur...

— C'étaient les Marcus, dit Myriam en retournant s'asseoir à table. Ils font partie de la congrégation depuis peu...

— Je sais. Joe, ou plutôt non, Jordan Marcus.

— C'est ça. Ils appelaient au sujet d'un certain Isaac Hirsh qui est décédé hier. C'est d'ailleurs le second appel que je reçois à son propos. Un certain Dr Sykes a téléphoné juste après mon retour de la synagogue. Il voulait te voir pour la même raison. Je lui ai fixé rendez-vous avec toi demain. On connaît un Isaac Hirsh ?

— Ce n'est pas un membre de la congrégation. Au fait, je ne crois pas que nous ayons d'Isaac parmi nous. C'est dommage, d'ailleurs. C'est un vieux prénom yankee très répandu dans la région. Le secrétaire de mairie, par exemple, s'appelle Isaac Broadhurst, si je ne me trompe. (Il posa les yeux sur le ventre rond de sa femme.) Si on choisissait Isaac pour le futur jeune Small ?

— Nous avions décidé que ce serait Jonathan, dit-elle d'un ton ferme.

— Je sais, mais j'ai beaucoup réfléchi ces derniers jours. Jonathan fait penser à David. Or je m'appelle David. Je crains que ce rapprochement ne donne à l'enfant l'impression que nous sommes de la même génération et qu'il n'en oublie le respect qu'il me doit.

— En tout cas, Isaac est hors de question. Ton oncle s'appelle Isaac, et lui vivant jamais tes parents n'accepteront un autre Isaac Small dans la famille. D'ailleurs, ce sera peut-être une fille, après tout.

Le rabbin réfléchit puis secoua la tête :

— Je ne pense pas. Ma mère est très entêtée et

elle a décidé que notre premier-né serait un garçon. Je doute qu'elle accepte de revenir là-dessus.

— Je suis très entêtée moi-même et depuis quelque temps je me demande si je préférerais pas une fille. Les filles sont plus affectueuses, plus douces...

— Et plus entêtées.

— Naturellement, si c'était une fille, poursuivit-elle, il faudrait que je lui donne le prénom de ma tante Hetty. Je ne peux pas faire autrement. L'oncle Zacharias ne me le pardonnerait jamais.

— Et moi, je ne te pardonnerai jamais si tu le faisais. C'est un trop lourd handicap pour une fille et c'est trop demander à un jeune père. Peut-être, si notre cinquième ou sixième enfant était une fille, je ne dis pas. D'ici là, je serai devenu suffisamment blasé pour encaisser un tel prénom.

— Mais tante Hetty est morte il y a moins d'un an, et je ne vois personne d'autre chez nous qui pourrait choisir ce prénom pour son bébé. Dot n'a sûrement pas l'intention d'avoir un autre enfant. Déjà si c'est un garçon et que nous l'appelons Jonathan, j'aurais bien du mal à expliquer à mon oncle pourquoi nous ne l'avons pas prénommé quelque chose comme Harry, Henry, ou Herbert.

— Et quel rapport y a-t-il entre Henry, Herbert, et Tante Hetty ?

— Eh bien, c'est la même initiale !

— Toujours ces superstitions stupides ! Pourquoi alors ne pas appeler notre fille Sally, et on dirait que c'est la même terminaison !

Elle lui jeta un regard de doute :

— Tu crois que ce serait pareil ?

— Ce serait, en tous les cas, à peu près aussi intelligent. (Son visage se radoucit.) Comme tu le sais, chaque enfant juif a deux prénoms : un prénom hébreu qu'on utilise à la synagogue et qui est essentiellement destiné aux actes religieux — tels que la circoncision, la Bar Mitsva (1), ou le mariage — et son équivalent anglais, par exemple *Moses* pour *Mosheh* (2). Lorsqu'on pousse cette règle à l'extrême, on en arrive à des absurdités. Ainsi, en partant du prénom hébreu *Zevi,* on appelle un enfant Harold ou Henry sous prétexte que *Zevi* veut dire *daim* et qu'en Yiddish daim se dit Hirsh. Or Harold en anglais n'a rien à voir avec daim. Harold signifie champion. Nous appelons donc un enfant *champion,* alors que nous avions l'intention de l'appeler *daim* sous prétexte que le mot daim en Yddish commence par un *H!* Ou bien encore, prends le prénom Ytshak. Normalement, son équivalent anglais c'est Isaac. Mais beaucoup de juifs trouvant que Isaac fait trop juif préfèrent le remplacer par Isidore puisqu'il commence par la même lettre, sans songer un seul instant que le seul Isidore célèbre, c'est tout bonnement l'archevêque de Séville ! C'est presque comme d'appeler un enfant Adolf au lieu de Aaron, la transcription anglaise de Aharon ! C'est pourtant le prénom anglais qui servira à l'enfant pendant les quatre-vingt-dix-neuf pour cent de sa vie. Donc, la seule chose intelligente à faire, c'est de choisir un prénom qu'on aime, un prénom qui ne soit pas un fardeau pour l'enfant et qui sonne harmonieusement avec son nom de famille. Et puis de choisir de la même façon un prénom hébreu sans se préoccuper de

(1) Cérémonie solennelle marquant la majorité religieuse du garçon.
(2) Moïse en français.

savoir s'ils correspondent ou pas. Ainsi donc, si c'est une fille, nous pourrions l'appeler Hepzibah, qui est un très joli nom hébreu, et ça règlera la question de Tante Hetty. Et puis, pour le prénom anglais, tu peux soit prendre le même, Hetty, soit l'appeler Ruth, ou Noémi, ou tout ce qu'il te plaira.

— Minna Robinson m'a suggéré de choisir un prénom hébreu pour les deux — c'est-à-dire de garder en anglais la prononciation hébraïque sans chercher à la transcrire. C'est assez à la mode en ce moment.

— Tu veux dire appeler notre fils Yonason au lieu de Jonathan ? Et pour le nom de famille, *Small ?* En hébreu, Small se dit *koton.* Voilà une fameuse idée ! Yonason Cotton, ou même Jonathan Cotton, ou encore...

— Ecoute, si tu continues comme ça, il n'y aura ni Small, ni Koton, ni Cotton qui tienne. C'est Arthur que tu vas te faire appeler ! Les Schwartz nous attendent et nous avons déjà dix minutes de retard.

10

— Et maintenant, annonça Schwartz, j'ai quelque chose à vous montrer.

Il y avait foule chez le président au moment de leur arrivée, mais tout le monde partit vers minuit, et ils furent les deux seuls à rester. Ethel Shwartz apporta du thé et des gâteaux tandis qu'ils s'installaient autour de la table de la salle à manger et se mit à épiloguer sur les événements de la journée : le sermon du rabbin, la voix du chantre, les problèmes avec la sono, la pagaille durant la Lecture. Et pendant toute cette conversation, à la grande surprise du rabbin, Schwartz s'était montré amical et détendu ; mais le rabbin devina qu'ils en étaient maintenant venus à la véritable raison pour laquelle le président avait tenu à ce qu'ils restent après le départ des autres.

— Voici mon bureau, annonça Schwartz par-dessus son épaule. J'y travaille souvent le soir.

Il s'effaça pour laisser entrer ses invités. La pièce ne contenait pas de livres, mais contre le mur était appuyée une grande table d'architecte flanquée d'un large meuble rempli de plans et de rouleaux de papier calque. Toutefois, ce qui attira aussitôt leur attention, ce fut la table qui en occupait le centre. Dessus était posée une maquette parfaite du temple. Même le paysage environnant avait été reproduit, l'herbe dans une matière verte et frisottée, les buissons au moyen de brindilles surmontées d'une touffe de paille de fer, le mur du parking en carton peint dans la couleur de la pierre. Il y avait même de petits personnages en plâtre pour donner une idée de l'échelle.

— C'est adorable ! s'exclama Miriam.

— Soixante-dix heures de travail, annonça Schwartz, mais vous n'avez pas vu le plus beau.

Il leur fit contourner la table. Contre le mur du fond de la synagogue s'appuyait une petite construction dont le rabbin devina que c'était le fameux sanctuaire dont Schwartz l'avait entretenu. Légèrement plus bas que l'édifice principal, il était surmonté d'un dôme hémisphérique qui rappelait l'architecture de la Terre Sainte. Le long de la façade courait un portique soutenu par une rangée de colonnes en forme de double cylindre manifestement inspirées des Rouleaux de la Torah.

— Qu'est-ce que vous en dites ? fit Schwartz.

Et sans attendre la réponse, il poursuivit :

— C'est chic, c'est classique, c'est simple, et c'est élégant. Et qu'est-ce que vous dites de mon idée d'utiliser les Rouleaux de la Loi en guise de colonnes ? Que pouvait-on trouver de plus naturel et de plus approprié ? On a vu des synagogues emprunter aux Grecs leur colonnade. On a vu des synagogues d'inspiration byzantine, et des synagogues d'inspiration coloniale, alors que de tout temps nous avions le Rouleau de la Loi, support on ne peut plus adéquat ni plus gracieux et l'emblème par excellence de notre religion. Alors qu'est-ce que nous avions besoin d'aller imiter les autres ? Regardez-moi un peu maintenant ce portique. Avez-vous jamais songé, Monsieur le Rabbin, à la signification du portique ? Dans notre synagogue actuelle, nous avons une porte. Point final. (Sa voix s'était faite méprisante.) On est dehors ou bien on est dedans. Vous croyez que c'est vraiment adapté à nos habitudes religieuses ? Lors de nos grandes Fêtes, par exemple, nous entrons et sortons toute la journée. Et le vendredi soir ou le samedi, est-ce que nous ne nous attardons pas toujours après l'office pour papoter un brin ? Vous voyez maintenant l'importance du portique ? C'est à la fois dehors et à la fois dedans. C'est un endroit où on aime à flâner. Il exprime notre répugnance à quitter le temple, l'office terminé.

— C'est certainement une idée intéressante, dit le rabbin. Mais vous ne trouvez pas que ça change — heu... — l'allure générale de la construction actuelle ?

— Et comment ! fit Schwartz. Mais ça ne jure pas, ça s'intègre parfaitement. C'était un des problèmes qui se posaient. Si j'avais eu les mains libres, si je n'avais pas été obligé de composer avec le modernisme bidon de Christian Sorenson. (Il s'interrompit brusquement.)... Vous savez, quand la congrégation a commencé à s'organiser et qu'on a formé les comités, j'ai été un peu surpris de ne pas faire partie du comité de la construction. Surpris et, pour être franc, un peu contrarié. Après tout, j'étais le seul membre de la congrégation qui soit architecte. J'en ai même touché un mot en passant à Jacob Wasserman. Il m'a répondu qu'il avait proposé mon nom et que le comité lui avait expliqué qu'on allait très bientôt construire un bâtiment définitif et que, puisque je serais probablement amené à soumettre un projet, ce serait gênant si je faisais partie du comité de sélection. C'était normal. Puis la construction a été décidée. Je ne pouvais quand même pas soumettre un projet de mon propre chef. Après tout, je ne suis plus un jeune débutant frais émoulu de l'université. Je suis un architecte avec pignon sur rue. J'ai l'habitude qu'on me demande un projet avant de le présenter. Vous entendrez peut-être raconter que Mortimer Schwartz ne s'intéresse qu'au fric, mais je vous assure que ce n'était pas pour faire de l'argent que je voulais décrocher ce contrat. Je ne leur aurais pas demandé un sou de plus que le débours de mes frais. Mais rien, pas un mot, pas une allusion. Au bout d'un moment, j'ai ravalé ma fierté et j'ai posé quelques questions par-ci par-là. On m'a répondu que rien n'était encore décidé. Ah ! ils cachaient bien leur jeu, la clique qui menait la danse la première année ! Et puis un beau jour, qu'est-ce que j'apprends ? Ils avaient engagé Christian Sorenson, un non-juif s'il vous plaît, pour construire la synagogue ! Vous voyez un peu ? Je ne peux pas faire partie du comité parce que je suis architecte et que je serai naturellement appelé à soumettre un projet, et là-dessus, on ne me demande pas de projet !

Miriam secoua la tête d'un air compréhensif.

— Je ne blâme pas Jake Wasserman, reprit Schwartz. C'est un grand bonhomme. D'ailleurs, d'une certaine façon, il m'a jeté un os en me nommant au conseil d'administration pour me remercier de tout ce que j'avais fait pour la congrégation, mais cette bande d'incapables du comité... Est-ce que vous imaginez, Monsieur le Rabbin, ce que ça signifie pour un architecte juif ? L'antisémitisme qui sévissait il n'y a encore pas si longtemps dans les milieux médicaux et financiers, ce n'était rien comparé à ma branche, l'architecture. Ça va peut-être un peu mieux maintenant, mais savez-vous quelle chance avait un juif de faire son trou dans une des grosses agences d'architecture du pays ? Absolument aucune. Et il pouvait bien être le meilleur de sa promotion et accepter de débuter comme dessinateur, ça n'y changeait rien à rien.

— Je ne pensais pas que c'était à ce point, dit Miriam.

— Vous ne pouvez pas savoir ! Par-dessus le marché, c'était l'époque de la récession, ce qui n'arrangeait pas les choses. Mais qu'est-ce que vous voulez ? On lutte, on se bat, et petit à petit on fait, comme on peut, ses premières armes ; on acquiert de l'expérience, et puis un jour on se lance et on ouvre sa propre agence. On déborde d'idées, on a un idéal artistique, on a envie de construire quelque chose de valable, quelque chose que tout le monde verra, dont on parlera dans les revues d'architecture, qu'on citera en exemple dans la presse, et qu'est-ce qu'on décroche ? Quelques magasins à grande surface, un entrepôt, une fabrique, on redessine les plans de façade d'une série de pavillons « boîtes à biscuits » pour un lotissement minable dans le genre de Colonial Village. On ne peut même pas proposer de solution originale sinon les clients ont peur que la banque leur refuse les crédits ou que la construction perde de sa valeur si jamais ils veulent revendre.

— Mais n'est-ce pas pareil pour tout le monde ? dit doucement le rabbin. Pour gagner sa vie, il faut accepter de faire des concessions.

— D'accord, Monsieur le Rabbin, on gagne sa vie, on arrive à joindre les deux bouts, et puis un beau jour, on a cinquante ans. On n'est plus un novice, on a dessiné un tas de plans dont on n'est pas très satisfait, et soudain la chance de votre vie se présente. Votre propre communauté va construire une synagogue. Vous avez entendu parler, dans les revues professionnelles, de vastes projets, certains conçus par des gens avec qui vous avez fait vos études et dont vous ne pensiez pas grand bien. Maintenant vous allez enfin avoir la possibilité de montrer ce dont vous êtes capable. Et qu'est-ce qui se passe ? Ils s'adressent à un toquard et sous prétexte qu'il travaille pour une grosse agence qui a construit deux ou trois églises, c'est lui qui décroche le boulot !

— Je vous...

— Mais cette fois, c'est moi qui suis président (il frappa un grand coup sur la table) et c'est moi qui préside d'office le comité de la construction ! On ne peut plus passer par-dessus ma tête !

L'émotion du président embarrassait le rabbin :

— Mais une telle construction reviendrait fort cher, je suppose.

— Le vieux Goralsky est prêt à financer. J'en suis certain. Je lui ai parlé. Je lui ai montré mon projet, l'idée lui plaît.

— Mais avons-nous réellement besoin d'un nouveau sanctuaire ?

— Comment pouvez-vous parler de la sorte, Monsieur le Rabbin ? Il ne s'agit pas de besoin. C'est une question d'ordre spirituel. Pour une communauté, construire un édifice de ce genre, c'est un acte de foi. Visitez un peu les grandes cathédrales d'Europe et demandez-vous combien étaient réellement nécessaires. L'été dernier, Ethel et moi nous sommes allés en Europe avec les Wolff. La visite complète. Et croyez-moi, ce voyage a été une révélation. Eh bien, savez-vous ce qui m'a le plus bouleversé moi, un juif pratiquant et le président d'une congrégation ? Les églises, les cathédrales ! Et pas uniquement par leur architecture, bien que naturellement ce côté-là m'ait intéressé. Non, c'était autre chose. Vous entrez dans une église comme Santa Croce à Firenze — enfin Florence — et sur les murs vous trouvez des fresques de Giotto, les plafonds sont décorés, vous passez devant les tombeaux d'artistes et de savants célèbres dans le monde entier — Michel-Ange, Rossini, Galilée. Charlie Wolff m'a dit — et c'est un simple confectionneur — « Morty, pour moi, ça a été une véritable expérience mystique. » Et j'ai éprouvé la même chose. Et Ethel aussi, n'est-ce pas Ethel ?

— C'est vrai, Monsieur le Rabbin. J'ai ressenti — comment dire — une sorte d'exaltation spirituelle.

— Alors je me suis dit pourquoi eux et pas nous ? Pourquoi ne bâtirions-nous pas — pourquoi ne bâtirais-je pas — une synagogue devant laquelle les nôtres éprouveraient le même sentiment, la même exaltation spirituelle, comme dit Ethel. C'est quelque chose qui nous a toujours manqué. Nos vieilles synagogues, c'était n'importe quoi, et les nouvelles sont toutes dans le style bidon de Christian Sorenson.

— On confond parfois, fit doucement le rabbin, émotion esthétique et émotion religieuse.

— J'ai l'impression, Ethel, fit Schwartz d'un ton amer, que notre projet n'enthousiasme pas beaucoup Monsieur le Rabbin.

Le rabbin rougit :

— Il serait hypocrite de ma part de prétendre que

peu m'importe l'aspect ou la taille de la synagogue où je sers. Je sais bien que son aspect extérieur reflète l'importance de sa communauté, et naturellement étant jeune et non dénué d'ambition, je préfère être à la tête d'une communauté florissante et en pleine expansion plutôt que d'une congrégation sur le déclin. Lorsque des amis à moi, d'anciens condisciples du séminaire, viennent me voir, je ne suis pas insensible à leurs réactions quand ils visitent notre synagogue. Mais s'agrandir pour le plaisir de s'agrandir ? Sans nulle nécessité même à longue échéance ? Barnard's Crossing est une petite communauté et même pour Kol Nidre, l'office de l'année auquel assistent traditionnellement tous les juifs même les non-pratiquants, nous avons des places vides. Et encore ce n'est qu'une fois par an. Votre désir d'édifier un monument de notre foi est tout à votre honneur, monsieur Schwartz, mais il me faut cependant dire que cette aspiration ne s'inscrit pas dans l'esprit de notre tradition. Ces églises, ornées de statues et de peintures merveilleuses, elles sont pour leurs fidèles un lieu saint. Les édifices par eux-mêmes sont sacrés. Leur sol est terre sainte. Chez nous, c'est différent. Nous sommes régis par le commandement « *Tu ne te feras aucune image sculptée...* » Nos synagogues et nos temples — j'entends par-là l'édifice proprement dit — ne sont pas sacrés par eux-mêmes, seuls les mots qu'on y prononce sont sacrés. Et d'ailleurs, nous avons longtemps fort bien abrité notre Arche sainte sous une simple tente.

— Je n'aime pas les sermons, Monsieur le Rabbin, fit Schwartz d'un ton froid. Essayez-vous de me faire entendre que vous comptez détourner Monsieur Goralsky de ce projet ?

— Je n'ai certainement pas l'intention d'aller le trouver, mais s'il me demande mon avis, je serai obligé d'être franc avec lui.

— Vous comptez lui dire que vous n'y êtes pas favorable.

Le rabbin temporisa :

— Tout dépend de ce qu'il me demandera.

— Comment cela ?

— S'il me demande si je vois une objection à l'édification d'un tel sanctuaire, je lui répondrai naturellement que rien dans notre doctrine ne s'oppose à ce projet. Maintenant, s'il me demandait si j'en vois l'utilité, je ne pourrais objectivement prétendre que sa nécessité s'impose. Et s'il me demande si je juge qu'il vaut qu'on y consacre une telle somme, je serais bien obligé de lui répondre que je connais au moins une douzaine d'autres usages pour lesquels cet argent serait mieux employé.

— Non, mais tu as entendu ce bêcheur avec ses grands sermons ? Voilà ce qui arrive quand on donne trop de garanties aux gens ! Lorsqu'ils ont proposé au conseil de lui signer un contrat de cinq ans, j'étais contre, et bon sang je savais ce que je faisais.

— Ah ! il ne mâche pas ses mots, notre rabbin, dit Ethel tout en remplissant le lave-vaisselle. Ce que je n'arrive pas à comprendre, c'est pourquoi il fait tant d'histoires. Parce qu'enfin, ce sanctuaire, c'est surtout lui qui l'aurait utilisé ! J'aurais pensé, au contraire, qu'il serait content d'avoir son propre oratoire au lieu de se contenter seulement de la grande salle publique.

— Exactement. Dans un certain sens, c'est pour

lui que je le faisais. En tout cas, c'est lui qui en profitait le plus. Pourquoi refuse-t-il ? Je vais te le dire, moi, pourquoi il refuse. Il refuse uniquement pour m'embêter. Je ne vois pas d'autre raison.

— C'est possible. En tout cas, son attitude m'a paru plutôt grossière. En tant qu'invité, il aurait pu au moins dire que c'était joli. Même s'il ne le pensait pas, il aurait pu au moins le prétendre par politesse.

— C'est bien ce que je disais. Il a tout fait pour se montrer désagréable, et ça veut dire une seule chose, c'est qu'il est hostile à mon projet parce qu'il m'en veut personnellement. Il m'en veut d'avoir voté contre lui au moment de la signature de son contrat et il essaie de se venger.

— Tu crois qu'il va aller trouver Goralsky ?

— Je ne le lui conseille pas ! Qu'il essaye seulement, et contrat ou pas, il ne fera pas long feu ici, c'est moi qui te le dis !

— Ça ne coûtait rien de manifester un peu plus d'enthousiasme, David. Il faisait tellement d'effort pour se montrer cordial ! Tu aurais pu au moins lui faire un ou deux compliments sur son projet !

— Honnêtement, Miriam, j'ai essayé, mais les mots ne passaient pas. Je ne pouvais pas m'empêcher d'imaginer l'allure ridicule qu'aurait notre synagogue avec cette espèce de verrue et sa colonnade à la noix ! Les plans de Sorenson manquent peut-être d'originalité, mais ils sont sans prétention et ils confèrent à notre temple une grâce austère que Schwartz veut gâcher uniquement pour prouver qu'il est capable de dessiner autre chose qu'un supermarché. Nous avons à peu près autant besoin d'un nouveau sanctuaire que d'une allée pour jouer aux boules ! Notre salle est suffisamment grande et si un jour nous avons besoin de l'utiliser comme auditorium public, rien ne nous empêche de dresser un simple écran devant l'Arche comme font toutes les autres synagogues. Tu ne vois donc pas qu'il se moque des intérêts de la congrégation, il cherche seulement à se mettre en vedette.

— Je vois qu'il essayait de se montrer amical, et que tu l'as indisposé contre nous.

— Je ne peux pas acheter son amitié à ce prix. Je doute que Goralsky me demande mon avis, mais s'il le faisait, je ne pourrais pas lui cacher mon sentiment uniquement pour m'attirer les bonnes grâces de Schwartz.

A son air, il vit qu'il ne l'avait pas convaincue.

— Ecoute, Miriam, en tant que Rabbin de la congrégation, je suis obligé d'être aimable avec toutes sortes de gens. Je suis obligé de manifester de l'intérêt pour un tas de choses qui ne m'intéressent pas le moins du monde. Je dois m'occuper de problèmes qui ne valent pas le temps que je leur consacre. Mais je le fais. Ça ne me réjouit pas, mais je le fais parce qu'à leur façon ces petites tâches obscures servent au bien de la congrégation. Mais si je m'extasiais sur les plans de Schwartz, si je proclamais que ce serait formidable pour la communauté d'avoir un nouveau sanctuaire, un petit bijou d'architecture qu'aucune organisation privée ne viendrait profaner, et si je l'assurais que je le soutiendrai de toutes mes forces auprès de Goralsky, j'agirais ainsi uniquement pour me ménager son appui, affermir ma position et conserver mon emploi. Et ça, je ne peux pas le faire.

— Je ne trouve pas ses plans si mauvais que ça, hasarda-t-elle.

— En soi, non. C'est un peu tarabiscoté pour mon goût, mais pris à part, ce serait un édifice tout à fait acceptable. Par contre, accolé à notre synagogue, tu ne vois donc pas l'effet d'ensemble qu'on va obtenir. Ce sont deux styles totalement différents. Ils jurent affreusement. Et parce que notre édifice actuel est sobre et sans prétention et celui qu'il propose orné et tape à l'œil, il espère que les gens vont faire la comparaison. Il espère qu'ils vont se dire : « Voilà ce que nous aurions pu avoir si nous avions engagé Schwartz au lieu de Sorenson ».

Elle ne répondait toujours pas. Son silence le mit mal à l'aise.

— Qu'est-ce qu'il y a, Miriam ? Qu'est-ce qui te tracasse ? Tu as peur de Schwartz ?

— Ecoute-moi, David, tu sais que je t'ai toujours soutenu. Tu sais que je t'ai toujours laissé décider à ton idée. Quand après ton diplôme, tu as refusé ce poste si bien rémunéré à Chicago parce que tu n'aimais pas ce style de congrégation, je n'ai pas dit un mot pour te faire changer d'avis, et pourtant à l'époque, nous vivions sur mon salaire de dactylo et sur tes maigres cachets de remplaçant. Et puis il y a eu ce poste en Louisiane dans une congrégation de ton goût, mais tu ne te sentais pas fait pour le sud. Et puis il y a eu cet emploi d'assistant à la synagogue de Cleveland qui était mieux rémunéré que la plupart des emplois de rabbin titulaire, mais tu ne voulais pas avoir de comptes à rendre à un supérieur hiérarchique ni être obligé de te plier à ses conceptions. La période de recrutement était presque terminée, et toi-même, tu sentais que Hanslick en avait assez de te proposer des postes que tu déclinais. Et c'est moi qui insistais pour que tu refuses. Je t'affirmais que ça ne m'ennuyait pas de continuer à travailler et que j'adorais notre petite chambre au sous-sol où il faisait si froid l'hiver et si chaud l'été, et que ça ne me dérangeait pas du tout de faire les courses et la cuisine en plus de mon travail.

— Je t'aidais, remarque, protesta-t-il.

— Oui, mais quand c'était toi, les commerçants te refilaient toujours les fruits blets et les légumes trop avancés, et le boucher — cet affreux boucher Kosher au coin de la rue — je parie que ses yeux devaient s'allumer quand il te voyait entrer, il te laissait toujours tout le gras, et les os, et les nerfs, et tu oubliais régulièrement le rôti dans le four !

— Tu te rappelles la fois... commença-t-il en riant. Il s'interrompit : Mais où veux-tu en venir ?

— Je voulais t'expliquer qu'à cette époque-là, j'étais d'accord parce que ça n'avait pas d'importance.

— Quelle différence maintenant ? Est-ce que, depuis que nous vivons à Barnard's Crossing, je me suis mis à m'acheter des costumes à deux cents dollars et des chaussures en crocodile ?

— Tu aurais justement besoin d'un complet neuf et la moitié de tes chemises sont absolument...

— Ne change pas de sujet de conversation, femme, cria-t-il, exaspéré.

— Je voulais seulement dire que tout ça c'était très bien quand nous étions deux. Mais je vais avoir un bébé, et je me sens une responsabilité.

— Un *fils*, et c'est *ma* responsabilité. Tu as peur que je perde mon emploi et que je ne sois pas capable de subvenir aux besoins de ma femme et de mon enfant ? Ne t'inquiète pas. Nous n'avons pas pris des goûts de luxe et si je perds ma place, j'en trouverai une autre. Et si je ne trouve pas de synagogue, j'entrerai dans l'enseignement, et si ça ne marche pas non plus, je deviendrai comptable, ou vendeur, ou n'importe quel autre métier. De nos jours, il y a toujours du travail pour celui qui a envie de travailler. Rappelle-toi qu'un rabbin n'a pas besoin d'une congrégation pour être rabbin. D'ailleurs, d'après notre tradition, le maître ne devrait pas être rétribué. « Tu n'utiliseras pas la Torah comme une bêche pour retourner la terre. » Ne va pas croire que je n'ai pas déjà songé à tout cela. Je suis parfaitement conscient de mes responsabilités. Et je sais que pour notre enfant, avoir un père rabbin sera un fardeau supplémentaire. Je suis fils de rabbin moi-même, et je sais ce que ça signifie. Sous prétexte que ton père est un personnage officiel, tout le monde attend davantage de toi, et tu te sens coupable de ne pas être à la hauteur. Quand j'étais petit, tu ne peux pas savoir combien de fois j'ai souhaité avoir un père cordonnier ou employé de bureau comme les autres. J'enviais mes camarades dont le père faisait un métier ordinaire. Mais il y avait des compensations et les bons côtés l'emportaient sur les mauvais. Lorsque le vendredi soir, j'allais avec ma mère à la synagogue et que je voyais mon père conduire l'office et dire son sermon, j'avais toujours l'impression que la synagogue était notre maison et j'étais rempli de fierté. Mais en grandissant, quand j'ai commencé à comprendre les propos que tenaient des gens comme Schwartz — car ne crois pas que mon père n'avait pas ses Schwartz — tous les rabbins en ont — j'ai déchanté. Le rabbin est au service de la communauté et quand on a beaucoup de maîtres, on ne peut pas plaire à tous. Un jour, j'ai interrogé mon père au sujet d'une conversation que j'avais surprise — une controverse entre certains membres de sa congrégation et lui. Il m'a dit en souriant : « Dans la vie, il faut parfois savoir choisir entre complaire à Dieu et complaire aux hommes. Et au bout du compte, mieux vaut complaire à Dieu — il y a plus de chances pour qu'Il s'en souvienne. » A partir de ce jour, j'ai cessé de me tracasser. Chaque fois que j'entendais une remarque désobligeante sur mon père, je songeais qu'il avait de nouveau choisi de complaire à Dieu.

— Je sais, David, et je ne voudrais pas que tu agisses contre ta conscience. Mais (elle le regarda d'un air suppliant) ne pourrions-nous pas complaire à Dieu *après* la naissance du bébé seulement ?

11

Le lendemain, sur le coup de midi, un taxi s'arrêta et déposa devant la porte un monsieur mince à l'allure juvénile. Le Dr Ronald Sykes avait un visage étroit, des cheveux sombres, des yeux vifs au regard aigu, et le sourire engageant. Il portait d'épais souliers anglais, un pantalon de flanelle grise, et une veste en tweed. N'eût été l'expression avertie de son regard on aurait facilement pu le prendre pour un jeune universitaire.

— Je viens vous voir au sujet de mon défunt collègue et ami, Isaac Hirsh, dit-il en prenant place dans le bureau du rabbin. Vous devez être au courant de son décès.

— Pour être franc, ce nom ne me dit rien, fit le rabbin un peu embarrassé. Il n'était pas membre de ma congrégation, n'est-ce pas ?

— En effet, mais étant donné qu'il habitait ici et faisait partie de la communauté juive, je pensais que vous le connaissiez.

Le rabbin secoua négativement la tête.

— Eh bien, voici ce qui m'amène. Il est mort vendredi soir, et sa femme — ou plutôt sa veuve — souhaiterait qu'il fût enterré religieusement. Est-ce possible ? J'entends, dans la mesure où il n'appartenait pas à votre congrégation.

— Certainement. En principe notre cimetière est réservé aux membres de la congrégation, mais nous avons toutefois pris des dispositions en faveur des juifs de la communauté qui n'en font pas partie. Moyennant une modeste contribution, il leur est accordé à titre posthume la qualité de membre. Cette somme évidemment ne comprend pas le prix de la concession. Toutefois, étant donné qu'il résidait à Barnard's Crossing, M. Hirsh peut être enterré dans le cimetière municipal qui est laïque. Je ne sais pas les prix qu'ils demandent, mais je peux aussi bien procéder à la cérémonie religieuse là-bas.

Le Dr Sykes secoua la tête :

— Non, je crois que Mme Hirsh souhaiterait qu'il fût enterré parmi les siens. Mme Hirsh n'est pas juive.

— Ah !

— Cela change la situation ?

— Peut-être. (Le rabbin hésita) Dans ce cas, je dois m'assurer que le défunt était réellement juif, je veux dire par là qu'il était vraiment *resté* juif.

— Je ne suis pas sûr de comprendre. Sa femme le considère comme tel. Je le connaissais depuis un an et, pour autant que je sache, il n'a jamais prétendu être autre chose.

Le rabbin sourit :

— Il s'agit d'une distinction religieuse plutôt qu'ethnique. Chez nous, quiconque est né de mère juive — et non de père juif, remarquez-le bien — est considéré automatiquement comment juif à condition — il marqua une pause pour souligner ce point — qu'il n'ait pas répudié sa foi soit en se convertissant à une autre religion, soit en abjurant publiquement la sienne.

— Pour autant que je sache, il n'appartenait à aucune autre église.

— Mais vous m'avez déclaré que Mme Hirsh n'était pas juive. Etait-elle catholique ou protestante ?

— Je ne saurais vous le dire. Anglicane, je crois, au départ. Du moins, un pasteur anglican est passé lui présenter ses condoléances pendant que j'étais là-bas.

— Vous voyez bien ! S'ils étaient venus me trouver pour que je les marie, j'aurais refusé à moins qu'elle ne se convertisse. Alors, peut-être feu M. Hirsh s'est-il converti au moment de son mariage. Dites-moi, pourquoi Mme Hirsh n'est-elle pas venue me voir ou ne m'a-t-elle pas appelé elle-même ?

— Ce décès lui a porté un choc terrible. Il a d'ailleurs fallu lui administrer des sédatifs. C'est pour cette raison qu'elle m'a chargé, en tant que directeur de la section de son mari, son supérieur hiérarchique pour ainsi dire, de m'occuper de toutes les formalités. En ce qui concerne le statut religieux de M. Hirsh, je puis seulement vous dire que, je doute fort, le connaissant qu'il ait jamais consenti à se convertir, même fictivement. Il avait horreur des bondieuseries... (Il essaya de se rattraper.) Oh ! pardon, Monsieur le Rabbin, mais je citais ses propres mots.

Il eut une brusque illumination :

— Son prénom — Isaac — est typiquement juif. Jamais il n'a voulu le changer. C'est assez révélateur.

Le rabbin sourit :

— Il se trouve que je m'intéresse particulièrement aux prénoms ces temps-ci — vous avez peut-être remarqué en arrivant que ma femme est enceinte — et nous avons justement conclu l'autre jour que Isaac était un prénom typiquement yankee.

Sykes eut un geste de découragement :

— Enfin, tout ce que je puis vous affirmer c'est qu'à ma connaissance il n'avait aucune attache religieuse. Il eût d'ailleurs peut-être mieux fait d'en avoir, le pauvre diable. Il serait sans doute encore en vie aujourd'hui si comme tous ses corréligionnaires il était allé vendredi soir à la synagogue !

— Il est donc décédé subitement ?

— On l'a trouvé mort dans son garage vendredi soir. Patricia Hirsh m'a averti le lendemain matin et je suis aussitôt accouru.

— Crise cardiaque ?

— Intoxication à l'oxyde de carbone.

— Ah !

Le rabbin s'était brusquement redressé dans son fauteuil, la mine songeuse.

— Vous pensez à un suicide, n'est-ce pas, Monsieur le Rabbin ? Cela changerait-il les données du problème ?

— Peut-être.

— L'hypothèse d'un suicide n'est pas impossible, dit Sykes lentement. Toutefois, on n'a retrouvé aucune lettre d'adieu. S'il avait décidé d'attenter à ses jours, il aurait au moins laissé un mot pour sa femme. Il en était très épris. La police a officiellement conclu à une mort accidentelle. Il avait pas mal bu, vous comprenez...

— Vous voulez dire qu'il était ivre ?

— Probablement. Il avait absorbé en très peu de temps la moitié d'une bouteille de vodka — soit près d'un demi-litre — Il a dû s'assoupir pendant que le moteur continuait à tourner.

— Il buvait ?

— C'était un alcoolique, Monsieur le Rabbin. Ce n'est pas qu'il avait constamment un verre dans le nez, mais une fois qu'il avait commencé, il était incapable de s'arrêter.

— Et cela ne se répercutait pas sur son travail ? Au fait, que faisait-il ?

— Il était mathématicien dans ma section au Laboratoire Goddard.

Le rabbin paraissait songeur :

— En principe, chez nous, nous n'avons pas d'alcooliques. Je m'étonne dans... ces circonstances que vous l'ayiez engagé.

— On ne rencontre pas si souvent des mathématiciens de sa classe. Vous comprendrez mieux notre attitude et peut-être son problème si je vous dis qu'il a travaillé avec Fermi sur le Manhattan Project (1). Quand on a lancé la bombe sur Hiroshima, pour beaucoup de chercheurs, ça a été un coup terrible.

— Il devait donc être assez âgé ?

— La cinquantaine. Il a passé son Doctorat à l'Institut de Technologie du Massachussets en 1935. J'ai passé le mien là-bas en 43, si ce détail vous intéresse.

— Et cependant c'est vous qui dirigiez la section, et il était votre subordonné ?

— J'étais simplement là avant lui. Je suis entré chez Goddard aussitôt après mon diplôme.

(1) Programme arrêté pendant la Seconde Guerre mondiale pour l'étude de l'énergie atomique et dont le résultat fut la création de la première bombe atomique, lancée sur le Japon.

— Et en lui parlant, comment l'appeliez-vous ?

— Pardon ? Ah ! Vous voulez dire en quels termes je m'adressais à lui ? (Il rougit.) Eh bien, la plupart du temps, je lui disais Docteur. Il était quand même nettement plus âgé que moi, vous comprenez. Mais parfois, lorsque nous bavardions un brin — quelle était son expression déjà ? — rester à « *Schmooser* », c'est du yiddish, souvent il employait ainsi des mots yiddish empruntés à son enfance… bref, dans ces moments-là il m'appelait Ronald ou bien Ron et je l'appelais Ike. Mais la plupart du temps, je lui disais Docteur parce que nous étions toujours plus ou moins entourés de techniciens, et si on commence à adopter un ton de familiarité ensuite il n'y a plus de discipline possible. C'est en tous les cas le point de vue de notre Directeur. C'est un ancien militaire.

— Je vois. (Le rabbin réfléchit un moment.) J'aimerais avoir un entretien avec Mme Hirsh. Vous croyez que je pourrais passer la voir cet après-midi ?

— Certainement.

— De votre côté, vous devriez vous occuper de régler le problème de la concession. Il faudrait que vous voyiez le président de notre comité du cimetière. Je peux lui téléphoner, si vous le souhaitez. Vous le connaissez peut-être. C'est M. Marvin Brown. Il est agent d'assurances.

Sykes fit un signe de dénégation :

— S'il pouvait me recevoir maintenant, je ferai tout de suite un saut chez lui. Me permettez-vous d'appeler un taxi ?

— Bien sûr ! Ah ! Un dernier mot, dit le rabbin en se levant pour raccompagner son visiteur. Si la veuve avait, comme c'est sans doute le cas, des difficultés financières, un cercueil en pin et sans ornements est plus conforme à notre tradition.

Marvin Brown était un homme d'action, un brasseur d'affaires, toujours en mouvement, toujours prêt à foncer. Il n'était pas besoin de lui apprendre que le temps c'est de l'argent, et qu'avec cent sous on fait un franc. Il connaissait de longue date la recette du bon vendeur : s'il faut frapper à dix portes pour décrocher une vente, en frappant à vingt portes on en décroche deux. Cette théorie, non seulement il la prêchait, mais il la mettait en pratique. Avec le temps, sa femme avait appris à se faire une raison. Elle préparait son dîner pour six heures tout en sachant pertinemment que Marve risquait de rentrer à neuf heures du soir en annonçant qu'il avait déjà avalé un morceau en route et n'avait plus faim. « Comment fais-tu pour supporter cette vie-là, Mitzi ? » lui demandaient ses amies. « Moi, je deviendrais folle si mon mari ne rentrait pas dîner à heures régulières ! Et comment est-ce qu'il tient le coup ? Marvin n'est plus un jeune homme, tu sais. Il devrait commencer à se ménager. » Et Mitzi se faisait parfois du souci parce que Marvin avait presque quarante ans et qu'il continuait à travailler plus dur que jamais. Depuis déjà quatre ans il faisait partie du Million Dollar Club. Bien sûr, ce succès lui rapportait presque à chaque fois un voyage en Floride, ou à Mexico, ou Porto Rico, mais même pendant ces vacances, il n'arrêtait pas. Chaque matin, après sa partie de golf, il allait piquer une tête dans l'eau, puis il rentrait à l'hôtel pour nouer des relations et parler affaires.

Mais à tout prendre, quand Marvin s'absentait ou qu'il téléphonait pour dire qu'il rentrerait tard, Mitzi au moins était sûre que c'étaient ses affaires et non pas une aventure qui le retenaient. Et puis il n'y avait pas que les affaires. Il y avait aussi la congrégation, l'association des parents-professeurs, et le Fonds de Secours (dont il était le responsable local). Quand Mitzi protestait que c'était de la folie, avec tout le travail qu'il avait déjà, de se dépenser de la sorte sans nécessité, il rétorquait que cela aussi faisait partie de son boulot. « C'est la meilleure façon d'établir des contacts, et dans les assurances, les contacts c'est primordial. » Mais elle savait qu'en réalité il aimait s'agiter, se battre, se sentir important et il fallait reconnaître que ce rythme semblait lui réussir. « Vous ne me croirez pas, se plaignait-elle à ses amies, mais c'est à peine si les enfants arrivent à rencontrer leur père. Le seul moment de la semaine où ils sont sûrs de le voir, c'est le dimanche matin quand il les emmène à l'Ecole Religieuse. » Mais au fond d'elle-même, elle se sentait fière. C'était son homme et il travaillait jour et nuit pour qu'elle ne manque de rien. Ses vacances d'hiver, son étole de vison, la Lincoln noire flambant neuf qu'ils venaient de s'acheter étaient autant de gages de sa tendresse.

Le succès de Marvin Brown ne tenait pas seulement à ses nombreuses relations. Jamais il ne contactait un éventuel client sans s'être auparavant renseigné sur lui. Comme il le répétait toujours à ses démarcheurs « avant de frapper à la porte de quelqu'un, tâchez d'en savoir le plus possible sur son compte ». Aussi quand sa femme lui annonça qu'un certain Dr Sykes allait passer le voir de la part du rabbin décrocha-t-il aussitôt le téléphone pour savoir de quoi il retournait.

— Il agit au nom de la veuve d'Isaac Hirsh lequel est décédé vendredi soir, expliqua le rabbin.

— Vous avez bien dit Isaac Hirsh ? Bon sang, je lui ai vendu une police il y a moins d'un an !

— Ah oui ? Une assurance sur la vie ? Vous ne vous souvenez pas du montant ?

— Je ne l'ai plus en tête. Vingt-cinq mille dollars, je crois, mais je peux vérifier. Pourquoi ?

— Et, il n'a pas eu de difficultés à passer l'examen médical ?

— Pas que je sache. Mais ça ne veut rien dire. Ces médecins des assurances, il y en a qui ne prennent pas la peine d'utiliser leur stéthoscope. Ils posent quelques questions au type, et s'il a l'air en forme, s'il n'a pas de tension, ils nous donnent le feu vert. Il est mort de quoi ? Crise cardiaque ?

— La police a conclu, je crois, à une mort accidentelle.

Brown émit un sifflement :

— La plupart de nos polices comportent une clause de double indemnité en cas de mort accidentelle. Le supplément est minime et généralement nous l'incluons dans le contrat. La veuve a de la chance, enfin je veux dire c'est une chance pour elle, qu'il ait décidé de souscrire cette police — encore que, si je me souviens bien, je n'ai pas beaucoup eu à le pousser.

— Le Dr Sykes va donc venir vous voir de la part de la veuve. M. Hirsh ne faisait pas partie de la congrégation, mais sa femme souhaiterait qu'il fût enterré religieusement dans un cimetière israélite. Elle-même n'est pas juive.

— Je vois ! Ne vous inquiétez pas, Monsieur le Rabbin, je m'en occupe.

12

Rien dans sa conversation avec Sykes n'avait permis au rabbin de se faire une idée sur Mme Hirsh. Il fut étonné de sa jeunesse — la trentaine alors que son mari était quinquagénaire — et frappé par sa beauté. Elle était grande et, en dépit de ses yeux gonflés par les larmes, fort séduisante avec sa magnifique chevelure rousse. Il jugea d'abord sa toilette un peu tapageuse : elle était naturellement vêtue de noir, mais sa robe de soie était garnie de fanfreluches qui s'accordaient mal avec son deuil. Puis il songea qu'elle n'avait pas dû l'acheter pour la circonstance et qu'elle ne possédait probablement rien de plus sobre dans sa garde-robe.

Il se présenta.

— Entrez donc, Monsieur le Rabbin. Le Dr Sykes m'a annoncé votre visite. Peter Dodge était là tout à l'heure. Je crois que vous vous connaissez. J'ai eu également la visite du ministre luthérien, le Pasteur Kal... Kalt...

— Le pasteur Kaltfuess.

— C'est ça. Et puis aussi celle du ministre méthodiste, et puis celle du ministre unitairien. Les secours de la religion ne m'ont pas manqué aujourd'hui !

— Ils sont venus vous réconforter.

— Je sais. Allez-vous me dire, vous aussi, que l'âme de Ike est au ciel ou qu'il a trouvé la paix dans un monde meilleur ?

Le rabbin savait que le chagrin parfois rend amer et il ne s'offusqua pas du ton agressif de la jeune femme :

— Nous ne vendons pas ce genre de marchandises, je le crains.

— Ne me dites pas que vous ne croyez pas à la survie de l'âme après la mort ni à l'Au-delà !

— Nous croyons que l'âme survit dans le souvenir de nos parents et de nos amis, dans nos enfants aussi, bien sûr, si nous en avons, ainsi que dans l'œuvre que nous avons accomplie ici-bas.

— Ça paraît évident.

— Cela n'en reste pas moins vrai.

Il se tut, ne sachant comment aborder le véritable objet de sa visite. Si souvent qu'il eût été confronté avec la mort, il n'avait pas encore acquis l'aisance professionnelle. Mais elle vint à son secours :

— Le Dr Sykes m'a dit que vous vouliez me poser quelques questions au sujet de mon mari.

Il hocha la tête avec gratitude :

— L'enterrement est une cérémonie religieuse, madame Hirsh. Je dois m'assurer que votre mari était juif selon notre Loi. Etant donné qu'il s'est marié en dehors de sa confession...

— Ça l'empêche d'être juif ?

— En soi, non. Tout dépend des circonstances. Qui a procédé à votre mariage ?

— Nous nous sommes mariés devant le juge de paix. Vous voulez voir le papier ?

— Je vous crois sur parole.

— Pardonnez-moi, Monsieur le Rabbin, dit-elle impulsivement. J'ai été un peu garce, non ?

— Et maintenant vous essayez de me choquer.

Elle sourit :

— D'accord. On repart de zéro. Posez-moi toutes les questions que vous voulez.

Il se carra dans son fauteuil :

— Bon. Pourquoi souhaitez-vous qu'il soit enterré selon le rite judaïque ?

— Parce que Ike était juif. Il ne s'est jamais considéré autrement.

— Pourtant, si je ne m'abuse, il n'était pas pratiquant.

— Il disait toujours qu'il y avait deux façons d'être juif. On pouvait l'être en pratiquant sa religion ou bien se considérer comme tel parce qu'on était né ainsi. C'est faux ?

— N... non, dit le rabbin d'un ton réservé. Mais je vous l'ai dit, un enterrement est une cérémonie religieuse. L'eût-il souhaitée ?

— Je pourrais évidemment m'adresser au premier salon funéraire venu, mais quel rapport ça aurait-il avec Ike ? Non, je crois que c'est ce qu'il aurait voulu. Nous n'en avons bien sûr jamais discuté. Personnellement, il n'y attachait pas grande importance, mais par respect pour mes sentiments, il aurait souhaité qu'il y ait une cérémonie religieuse. Et quelle cérémonie pourrait signifier quelque chose pour lui sinon une cérémonie juive ?

— Je comprends. C'est entendu, j'assurerai le service religieux. En principe, chez nous, le rabbin prononce traditionnellement quelques mots sur la tombe. Mais je ne connaissais pas votre mari. Il faudrait que vous me donniez quelques renseignements. Il était nettement plus âgé que vous, n'est-ce pas ? Formiez-vous un ménage uni ?

— Nous avions vingt ans d'écart, mais nous étions très unis. (Elle réfléchit un moment.) C'était un bon mari, et je crois que j'ai été pour lui une bonne épouse. Quant à notre différence d'âge... des plus jeunes, j'en ai suffisamment connus avant de le rencontrer. Nous avions besoin l'un de l'autre. Oui, je pense que c'était un bon mariage.

Le rabbin hésita puis se jeta à l'eau :

— Je crois que sa mort a été causée indirectement par... son intempérance. Cela ne vous gênait pas ce... cette intempérance, je veux dire ?

— C'est un problème qui vous travaille, vous autres juifs, n'est-ce pas ? Ike aussi, ça le tourmentait. C'est vrai que parfois ça nous compliquait un peu la vie. Il lui arrivait de perdre sa place, il fallait qu'on déménage, et ce n'est pas toujours facile de changer d'endroit, trouver un autre logement, se réhabituer. Mais ça m'embêtait moins qu'une autre à ma place. Il n'avait jamais le vin mauvais, et c'est ça qui compte. Il disait des bêtises, il se mettait à pleurer comme un enfant. Mais jamais il ne devenait méchant, ni brutal. Mon père picolait pas mal, et ma mère n'était pas un modèle de sobriété, de sorte que j'étais plutôt blindée. J'ai commencé à avoir peur plus tard, quand ses accès ont empiré. Il lui arrivait alors de perdre tout contrôle de lui-même. Mais c'était pour lui que je craignais, parce que, dans ces cas-là, on ne savait jamais ce qui pouvait lui arriver.

— Et ces accès étaient fréquents ?

Elle secoua la tête :

— Ces deux ou trois dernières années, il n'a jamais touché à une goutte d'alcool sauf une ou deux fois. Seulement quand il avait commencé, il était incapable de s'arrêter. La dernière fois, c'était il y a des mois et des mois.

— Et puis vendredi soir.

— C'est vrai, j'avais oublié. (Elle ferma les yeux et le rabbin craignit un instant qu'elle ne s'effondre, mais elle se ressaisit et parvint même à sourire.)

Il s'apprêta à se lever pour prendre congé, mais se ravisa :

— Ces rechutes étaient-elles prévisibles ?

Elle secoua négativement la tête.

— Avez-vous une idée de la raison pour laquelle, après des mois d'abstinence, il s'est remis à boire vendredi ? Avait-il des ennuis ? Etait-il tourmenté ?

— Je crois qu'il se tourmentait toujours. C'est pour ça que les gens boivent. J'essayais de l'apaiser, de le réconforter. Je voulais qu'il sente que j'étais là, à ses côtés, et que je le comprenais.

— Peut-être lui apportiez-vous plus qu'il ne vous apportait.

— Nous nous aidions mutuellement, protesta-t-elle. C'était un bon mari, je vous l'ai dit. Ecoutez, Monsieur le Rabbin, je n'étais plus une pure jeune fille quand je l'ai rencontré. J'avais pas mal roulé ma bosse. Ike a été le premier homme qui ait été bon avec moi sans rien demander en échange. Et j'étais bonne avec lui. Je m'occupais de lui comme une mère.

— Et cependant il buvait.

— Il avait commencé avant que je le connaisse. Et je ne le regrette pas, ajouta-t-elle d'un air de défi, parce que c'est grâce à ça que je l'ai rencontré.

— Ah oui ?

— Il a atterri un jour dans le petit hôtel où je

travaillais. Je tenais le tabac. S'il n'avait pas été fin saoul, comment une fille comme moi aurait-elle rencontré un homme tel que lui ?

— Et vous avez l'impression que dans l'affaire, c'est vous qui avez été gagnante ?

— Une bonne affaire, Monsieur le Rabbin, c'est quand les deux parties ont chacune l'impression d'avoir été gagnante.

13

— Allô, j'écoute... Oui, c'est Ben Goralsky... D'accord, je reste en ligne.

— Allô, Monsieur Goralsky ? Ted Stevenson à l'appareil.

— Hello, Ted ! Content de vous entendre ! D'où appelez-vous ?

— De nos bureaux.

— Un dimanche ! Mais vous ne chômez donc jamais là-bas !

— Chez nous il n'y a pas de jour férié qui tienne quand on a du boulot sur la planche. Vous vous en apercevrez *si* nous travaillons ensemble.

La nuance du « si » n'échappa pas à Ben Goralsky et il devina le motif de cet appel.

— Nous avons d'ailleurs failli vous téléphoner hier, poursuivit Stevenson. Mais nous savions que c'était Kippour et nous avons pensé que vous étiez à la synagogue.

— En fait, je n'ai pas pu y aller. Je n'ai pas osé bouger de la maison. Mon père était souffrant et à son âge...

— J'en suis navré. Comment va-t-il ?

— Beaucoup mieux à présent, mais un moment nous avons craint le pire.

— Je suis ravi d'apprendre qu'il va mieux. Transmettez-lui nos vœux de prompt rétablissement.

— Merci, il sera très touché.

La voix à l'autre bout du fil changea brusquement de ton :

— Nous nous sommes un peu inquiétés cette semaine au sujet du mouvement de vos actions en Bourse, Monsieur Goralsky.

— Voyons, Ted, vous savez comment ça se passe. Les rumeurs de fusion se répandent vite. Nous avons essayé de garder le silence, et pour autant que je le sache, personne de chez nous n'a parlé. Mais lorsque les vôtres sont venus ici l'autre jour, quelqu'un a peut-être reconnu un membre de votre groupe. Quand j'ai vu ce qui arrivait, croyez-moi, j'étais dans mes petits souliers. Mais enfin, qu'est-ce que vous voulez, on n'y peut rien, c'est toujours comme ça !

— Non, Monsieur Goralsky, ce n'est pas toujours comme ça. Nous savons très bien qu'on ne peut pas éviter que les rumeurs de fusion se répandent ; nous savons qu'elles jouent sur les cours. Mais vos actions ont grimpé si rapidement que nous avons mené notre petite enquête. Nous nous sommes renseignés auprès de nos amis à Boston et nous avons appris que ce n'étaient pas ces rumeurs qui avaient fait grimper vos actions mais le bruit que vous aviez mis au point un nouveau procédé.

— On est tombé sur un bec, pour finir, dit Ben amèrement.

— C'est ce que nous a révélé la suite de notre enquête. Bien sûr ce sont des choses qui arrivent parfois dans la Recherche, mais si nous devions penser qu'il s'agit d'une manœuvre délibérée dans le but de faire monter vos actions avant la fusion, nous serions obligés de reconsidérer nos accords...

— Et ce n'est pas moi qui vous blâmerais, Monsieur Stevenson, mais je vous donne ma parole...

L'autre le coupa sans cérémonie :

— Nous n'avons que faire de vos explications, Monsieur Goralsky, ce que nous attendons de vous, c'est...

Quand finalement Ben raccrocha, il transpirait à grosses gouttes. Il resta un long moment immobile à contempler le téléphone.

14

En quittant Mme Hirsh, le rabbin comptait rentrer directement chez lui, mais une fois en route, il s'aperçut qu'il roulait dans la direction opposée et se dirigeait vers le centre de la ville. Il ne tarda pas à s'égarer dans le dédale des rues tortueuses de la vieille ville. Il remonta une rue, en descendit une autre dans l'espoir de se retrouver en terrain connu, mais chaque fois qu'il croyait avoir repéré une maison familière, la rue bifurquait de l'autre côté. De temps à autre il apercevait, comme pour le narguer, la mairie toute proche, mais aucune des rues ne semblait y mener. Tout en conduisant, il entrevoyait des jardins touffus cachés derrière de vieilles maisons patinées par le temps et surmontées presque toutes d'un aigle doré, des boutiques d'art et d'artisanat, et fascinante comme un appel à l'aventure la vitrine du ship chandler avec ses boussoles en cuivre, ses cornes de brume, ses cordeaux, ses instruments marins, et insolite une grande paire de bottes en caoutchouc.

Brusquement il se trouva engagé dans une rue à double circulation extrêmement étroite, encombrée de voitures rangées des deux côtés de la chaussée. Il ralentit pour se faufiler entre deux véhicules et sa voiture cala. Derrière lui, des klaxons éclatèrent tandis qu'il essayait nerveusement d'enclencher le démarreur tout en jouant à tout hasard sur l'accélérateur.

— Vous avez probablement noyé le moteur à présent, fit une voix près de lui.

Il leva les yeux et reconnut avec soulagement son ami Hugh Lanigan. Le commissaire de police, son journal du dimanche plié sous le bras, portait un pantalon de toile, une chemise à col ouvert et des sandales.

— Laissez-moi essayer, proposa-t-il.

Le rabbin serra le frein et s'écarta pour lui céder la place. Le commissaire poussa l'accélérateur à fond, tourna la clé de contact, et le moteur se mit à ronronner. Lanigan se tourna vers le rabbin avec un grand sourire :

— Si vous veniez boire un verre à la maison?

— Volontiers, mais c'est vous qui conduisez!

Lanigan se fraya sans difficulté un chemin entre les files de voitures et se gara devant chez lui. Il poussa la porte en bois peinte en blanc qui ouvrait sur le jardin et guida son hôte le long de l'allée qui menait à la maison.

— Nous avons de la visite, Gladys! annonça-t-il à travers la porte grillagée de la véranda.

— J'arrive! cria sa femme de l'intérieur.

Quelques instants plus tard, elle apparut sur le seuil. Elle était en tenue de jardinage, mais ses cheveux blancs étaient soigneusement coiffés et son maquillage impeccable.

— Quelle bonne surprise, Monsieur le Rabbin! s'exclama-t-elle en lui tendant la main. Vous prendrez bien un verre avec nous. Je confectionnais justement des Manhattans.

Ils s'installèrent dans la véranda tandis qu'elle rentrait dans la maison préparer les cocktails.

— Avez-vous remarqué, dit songeusement le rabbin, que chaque fois que je suis venu chez vous, vous avez toujours commencé par m'offrir un verre ?

— C'est un bon moyen de briser la glace !

— Oui, mais quand vous venez chez moi, je vous offre toujours du thé.

— Vu la cadence de mes visites, c'est préférable. D'autant que je viens généralement pour affaires et que je ne bois pas pendant le service.

— Dites-moi, commissaire, avez-vous jamais été ivre ?

— Naturellement ! Pas vous ?

Le rabbin secoua négativement la tête.

— Et cela ne gênait pas Madame Lanigan ?

Le commissaire se mit à rire :

— Il est déjà arrivé à Gladys d'être elle-même un peu pompette ! Non, pourquoi aurait-elle été fâchée ? Ce n'était pas comme si j'avais été ivre mort. Il s'agissait de circonstances exceptionnelles où c'est l'usage de boire. Pourquoi cette question ?

— Je sors de chez Mme Hirsh

— Ah !

— Et j'essaie de comprendre. Son mari était alcoolique et c'est un domaine dans lequel je n'ai pas beaucoup d'expérience. Chez nous, il n'y a guère d'ivrognes.

— Au fait, c'est vrai. Je me demande pourquoi.

— Je ne sais pas. Les Chinois et les Italiens aussi ont un taux d'alcooliques très bas. Nous ne sommes pourtant ni les uns ni les autres des buveurs d'eau.

Chez nous, il est même de tradition de boire à toutes nos grandes fêtes. A Pessah, la Pâque juive, par exemple, tout le monde doit boire au moins quatre verres de vin, même les enfants. C'est du vin doux, certes, mais il n'en contient pas moins de l'alcool. Si on en abuse, il peut enivrer. Cependant, je n'ai pas souvenir que le fait se soit jamais produit. C'est peut-être justement parce que le vin ne nous est pas interdit que nous en usons avec modération. Pour nous, il n'a pas l'attrait du fruit défendu.

— Je me suis laissé dire qu'en France on boit du vin aussi aisément que de l'eau. D'ailleurs ils ont là-bas un taux d'alcooliques très élevé.

— C'est exact. Il faut bien sûr se méfier des déductions hâtives, mais il existe entre ces trois groupes, chinois, italiens et juifs, des similarités troublantes. Tous trois ont une structure familiale très forte qui leur apporte un sentiment de sécurité que d'autres pourraient rechercher dans l'alccol. Les Chinois ont comme les Juifs le culte des aînés. Nous avons chez nous un proverbe qui dit que les autres peuples se glorifient de la beauté de leurs femmes, nous, nous sommes fiers de nos vieillards.

— Cela pourrait s'appliquer aux Italiens aussi encore qu'ils soient plus attachés à la mère qu'au père. Mais qu'est-ce que cela explique ?

— Simplement que dans une société où les anciens sont révérés, la gêne d'être vu en état d'ivresse peut agir comme un frein. Mais il y a une autre explication. Je songe là à un trait commun entre la pensée chinoise et la nôtre. Chez eux comme chez nous, l'existence quotidienne entière s'intègre dans le système religieux. Contrairement à ce qui se passe chez vous autres, chrétiens, l'éthique a le pas sur la foi, ce qui nous empêche de nous sentir coupables.

— Qu'est-ce que la foi vient faire là-dedans ?

— Dans la religion chrétienne, c'est la clé du salut. Or, il n'est pas facile d'avoir une foi inébranlable. Croire, c'est interroger. L'acte même d'affirmer implique le doute.

— Je ne comprends pas.

— Nous ne sommes pas entièrement maîtres de nos pensées. Des pensées involontaires nous effleurent. Des pensées désagréables, des pensées affreuses. Si on considère que le doute conduit à la damnation, on a tendance à se sentir fréquemment coupable et on peut être amené à chercher l'oubli de ses faiblesses dans l'alcool.

— Oui, mais tout être intelligent et équilibré sait comment fonctionne l'esprit et ne s'émeut pas de ces pensées.

— Tout être normalement intelligent et équilibré, sans doute. Mais un esprit malade ?

— Je vois. Vous pensez donc que les juifs sont rarement alcooliques parce qu'ils n'ont pas ce sentiment de culpabilité ?

— C'est une théorie que j'échaffaudais en attendant nos cocktails.

— Gladys ! cria Lanigan. Qu'est-ce que tu fabriques ? Le rabbin meurt de soif.

— J'arrive !

Elle apparut avec des verres et un grand pichet posés sur un plateau.

— Et que pensez-vous du cas d'Isaac Hirsh ? demanda Lanigan. Pour autant que je sache, il ne se préoccupait guère de la religion juive sans parler de la religion chrétienne.

— Mais il éprouvait peut-être un certain sentiment de culpabilité. C'est du moins l'avis de son supérieur hiérarchique, le Dr Sykes. D'après lui, Hirsh serait devenu alcoolique en découvrant que ses travaux avaient contribué au lancement de la bombe atomique sur Hiroshima.

— Vraiment ? Mais au fait pourquoi vous intéressez-vous tellement à lui ? Il ne faisait pas partie de votre congrégation.

— Non, mais sa veuve aimerait qu'il soit enterré dans notre cimetière.

— Ah ! Je commence à comprendre ! Vous vous demandez s'il s'agit réellement d'un accident ou s'il ne s'est pas suicidé. Vous avez donc la même attitude religieuse que nous vis-à-vis du suicide ?

— Pas tout à fait. Nous observons un certain nombre d'usages semblables aux vôtres. On ne porte pas publiquement le deuil du défunt, on ne prononce pas d'éloge sur sa tombe, et il doit être enterré dans un coin écarté du cimetière. Mais votre Eglise est un corps puissant et fortement hiérarchisé.

— Qu'est-ce que cela change ?

— Les décrets viennent d'en haut, on doit les appliquer à la lettre.

— Et vous êtes votre propre patron, c'est ça ?

— Un peu. Du moins, aucune autorité religieuse n'a droit de regard sur ma décision.

— Donc, si le rabbin a les idées larges et qu'il est indulgent...

— Il n'en est pas moins responsable devant sa propre conscience, dit le rabbin avec fermeté. Mais outre cela, notre attitude philosophique devant le suicide est d'une certaine manière différente de la vôtre et nous permet une plus grande souplesse.

— Comment cela ?

— Pour vous, l'homme a été placé sur la terre pour accomplir les desseins de la Providence et la vie est essentiellement une épreuve dont dépend la destinée dernière de chacun — Ciel, Enfer, ou Purgatoire. Attenter à ses jours, c'est donc s'opposer à la Volonté de Dieu et se dérober à l'épreuve. Chez nous, par contre, la vie se limite au passage de l'homme sur la terre. Mais nous professons que l'homme a été crée à l'image de Dieu. Le suicide est donc une sorte de sacrilège. Se détruire, c'est détruire l'image de Dieu. Toutefois nous ne condamnons pas celui que la folie, la souffrance physique, la torture morale, ou certaines circonstances particulières amènent à se suicider. Dans l'Ancien Testament, on trouve l'exemple de suicides dont nous honorons encore le souvenir, tel celui de Samson qui se détruisit en renversant les colonnes du temple philistin. On peut justifier son geste en avançant qu'il entraîna avec lui dans la mort un grand nombre de philistins, et considérer sa fin comme celle d'un soldat tombé sur le champ de bataille. Le cas du roi Saül est encore plus probant. Après la mort de ses fils sur le mont Gelboé, et voyant qu'il allait probablement être capturé, il pria son écuyer de le tuer. Devant le refus de celui-ci, il prit lui-même son épée et se jeta sur elle. Dans ce cas, on avance que s'il avait été capturé, l'ennemi se serait moqué de lui et que la honte de cette capture serait retombée sur la nation juive. De plus, il savait que ses hommes auraient essayé de le délivrer et que beaucoup seraient morts pendant le combat. On peut donc considérer sa mort comme un sacrifice pour sauver les vies de son peuple. En fait, le martyre lui-même est une forme de suicide, même si le coup fatal est porté par une autre main. Nous avons ainsi l'exemple de Hanna et de ses sept fils qui préfèrent la mort plutôt que d'adorer les idoles grecques. On considérait aussi que certains manquements étaient plus graves que le suicide, et qu'une femme, par exemple, pour ne pas transgresser le commandement « Tu ne commettras point d'adultère » devait se suicider plutôt que se laisser violer. Ces attitudes continuent à prévaloir aujourd'hui. Songez que...

— Mais si vous acceptez le suicide en cas de folie ou de force majeure, que reste-t-il ? Il me semble que cela couvre à peu près toutes les sortes de suicides !

— Cela nous permet, en effet, une assez grande souplesse, admit le rabbin. Je ne sais pas si beaucoup de rabbins approuveraient des pratiques comme celle du hara-kiri au Japon ou du Suttee en Inde où la femme doit se jeter dans le bûcher funéraire de son époux en signe de fidélité...

— Mais la règle est suffisamment souple pour que vous fermiez les yeux sur un cas comme celui de Hirsh.

— D'après vous, il s'est donc suicidé ? Pourquoi avez-vous alors conclu à une mort accidentelle ?

— Je vais répondre d'abord à votre seconde question : parce que nous ne pouvions rien prouver ni dans un sens ni dans l'autre. Par égard pour la veuve, nous avons donc préféré conclure à un accident. Le suicide est un crime, ne l'oubliez pas. On ne peut pas traiter un homme de criminel sans preuves à l'appui.

— Et ma première question ?

— Quelle question ?

— J'aimerais savoir si *d'après vous,* preuves ou pas, il s'agit d'un suicide.

— Je ne le crois pas. Quelqu'un meurt asphyxié dans son garage, et la première chose qui vient à l'esprit c'est qu'il s'est suicidé. Or, rien n'est plus traître que l'oxyde de carbone. Il y a quelques années, deux jeunes s'étaient garés avec leur vieux tacot près d'Highland Park, à deux pas d'ici. Ils voulaient flirter un brin, mais c'était l'hiver, il faisait froid, ils ont laissé tourner le moteur. Le gaz s'est infiltré dans la voiture et on les a trouvés morts tous les deux. Ça arrive tout le temps. Un type va dans son garage pour bricoler sa voiture, il fait froid, il garde la porte fermée, et il perd connaissance. Si on ne le retrouve pas à temps, il est fichu. Autre chose : on ne le croirait pas dans une petite ville comme Barnard's Crossing, mais dans ma carrière, j'ai vu pas mal de suicides. Aussi curieux que cela paraisse, la plupart du temps ce sont les jeunes qui veulent en finir avec la vie. Mais il y a des adultes aussi. Les adultes laissent presque toujours un mot d'adieu. Les jeunes, non, allez savoir pourquoi ! Peut-être qu'ils veulent donner des remords à leurs parents. Vous connaissez ce poème d'Edwin A. Robinson qui s'appelle *Richard Cory* et qui raconte l'histoire d'un garçon qui avait tout pour lui et qui sans raison s'est tiré une balle dans la tête ? Un célibataire peut faire ça. Le type qui a une famille, lui, laisse un mot.

— Vous pensez donc qu'il ne s'est pas suicidé parce qu'il n'a pas laissé de mot ?

— Il y a une autre raison. Evidemment devant le tribunal, ce ne serait pas un argument, mais à Barnard's Crossing on a tendance à pousser un peu sur l'alcool. Il y a ici pas mal de gens riches qui ont pas mal de temps libre, alors ils boivent. Il y a aussi un certain nombre de P.-D.G. qui vivent sur les nerfs et font tout ce qu'il faut pour se fabriquer un bon petit ulcère, et ils boivent plus qu'ils ne devraient. Enfin il y a les pêcheurs qui eux non plus ne crachent pas sur la bouteille. Eh bien, je n'ai jamais vu de gros buveur — ce qu'on appelle de nos jours un alcoolique — qui se soit suicidé. J'ai demandé une fois à un psychiatre comment il expliquait ça. Et vous savez ce qu'il m'a répondu ? « Ils ne se suicident pas parce qu'ils sont déjà en train de le faire. » Qu'en pensez-vous ?

— Cela paraît assez juste. Et sur le plan juridique, vous avez de quoi défendre votre point de vue ?

— A part l'absence de mot et le fait que Hirsh était ivre, je n'ai aucune preuve précise. C'est parce qu'il était en état d'ivresse que j'en tiens pour la mort accidentelle. Un homme qui met fin à ses jours le fait d'ordinaire la tête claire. Au moment de sauter le pas, il est résolu à ne pas revenir en arrière parce qu'il a tout bien pesé et conclu que c'était la seule et unique chose qui lui restait à faire. Or si on considère comment Hirsh a été amené à s'enivrer, on n'a pas l'impression que c'est le geste désespéré d'un homme résolu à en finir avec la vie. En fait, il semble que ce soit un concours de circonstances stupide qui l'ait poussé à retomber dans son vice. Quand Mme Hirsh a téléphoné pour nous signaler la disparition de son mari, nous avons demandé à toutes les polices des environs d'ouvrir l'œil, et une patrouille s'est rappelée avoir aperçu, en stationnement sur la Nationale 128, non loin du Laboratoire Goddard, une voiture qui correspondait à la description. Ils sont donc retournés là-bas. La voiture n'y était plus, mais ils ont trouvé par terre l'emballage froissé d'une bouteille de vodka, et à l'intérieur une carte de vœux adressée à Charles Levenson, le plus proche voisin des Hirsh. Une rapide enquête a montré que la bouteille avait été livrée après le départ du destinataire pour la synagogue. Le livreur a demandé à Hirsh s'il voulait bien signer le reçu et remettre le paquet aux Levenson. Hirsh a accepté.

— Je vois.

— Il n'aurait pas ôté l'emballage pour le plaisir de contempler la bouteille. Il a probablement dû y goûter. Pour quelle autre raison se serait-il arrêté sur l'accotement ? Il a dû partir pour le labo, se garer là pour boire un coup, puis décider de rentrer chez lui finir tranquillement la bouteille. En fait, ça explique assez bien pourquoi et comment il a commencé à boire. De lui-même il ne serait pas allé s'acheter une bouteille. Il s'efforçait de fuir la tentation. Mais puisqu'elle lui tombait entre les mains, un soir de fête par-dessus le marché, il a dû la considérer comme un don du Ciel.

— Je doute que même un Juif fervent — et tel n'était pas le cas de Hirsh, j'imagine — eût considéré une bouteille de vodka comme un don du Ciel, dit en souriant le rabbin. Quoi qu'il en soit, d'après vous, tout laisse à penser qu'il s'agit d'une mort accidentelle ?

— C'est l'impression que nous avons eue. Mais surtout, vous pensez bien, nous avons préféré choisir cette thèse plutôt que celle du suicide. Evidemment, la compagnie d'assurances risque de voir la situation d'un autre œil.

— Ah ! Ils ont ouvert une enquête ?

— Pas encore. Mais ils le feront. Croyez-moi, ils le feront.

15

Pat Hirsh, accompagnée de Liz Marcus, rentra chez elle dans la voiture des pompes funèbres. En arrivant, elle aperçut le coupé du Dr Sykes déjà garé devant la maison. La petite voiture étrangère avait fait le trajet depuis le cimetière plus rapidement que la gosse limousine.

— Entre, Liz, proposa Pat. Je vais faire du thé.

— Non, merci. Il faut que je me sauve. Joe garde les enfants et il m'attend pour retourner au bureau.

Elle embrassa son amie avec élan. La cérémonie l'avait plus bouleversée que Pat. Elle partit en promettant de revenir le soir, quand les enfants seraient couchés.

Le Dr Sykes suivit Mme Hirsh dans la maison.

— Vous n'aviez pas besoin de louer la limousine, Madame Hirsh. J'aurais pu vous emmener.

— Je sais, mais il me semblait inconvenant d'aller à l'enterrement dans une voiture de sport. Puis-je vous offrir quelque chose ?

— Non, merci, je dois retourner au labo. Je me suis juste arrêté un moment pour voir si tout allait bien.

— Ah ! (Elle ôta son manteau.) C'était un bel enterrement, n'est-ce pas ?

— Sans doute, mais je ne puis en dire grand-chose vu que tout était en hébreu. Enfin, je présume que c'était de l'hébreu, ou du yiddish. Non, c'était bien de l'hébreu. Le yiddish est une sorte d'allemand et j'aurais dû saisir quelques mots par-ci par-là grâce à mes lectures scientifiques.

Elle chercha dans son sac :

— Le rabbin m'a remis ce petit livre pour que je puisse suivre le service. Il contient les prières avec en face leur traduction en anglais. Mais j'étais tellement retournée que je l'ai fourré machinalement dans mon sac.

Il jeta un coup d'œil par-dessus son épaule pendant qu'elle feuilletait les pages.

— Ça ne parle pas beaucoup de la mort, remarqua-t-elle. Ce sont surtout des louanges au Seigneur. Ah ! là, il y a un passage... Dieu de bonté et de miséricorde, Toi qui disposes de la vie et de la mort... Exauce les prières que nous t'adressons pour le salut de cette âme, ouvre-lui les portes du ciel... et donne-lui une place au pied de ton trône éternel... Et là, il y a écrit *El Mole Ra'hamim* (1). Qu'est-ce que ça peut bien vouloir dire ?

— C'est une transcription de l'hébreu. Je pense que c'est ce que le cantor a psalmodié. Vous vous rappelez, au milieu il a prononcé le nom de Ike. Vous voyez, là, ces points de suspension. On doit les remplacer par le nom du défunt.

— Oui, je me souviens. Le cantor avait une voix magnifique, vous ne trouvez pas ?

(1) Dieu de compassion.

— C'était extraordinaire ces trémolos et ces trilles en mineur.

— Oui, mais ça m'a un peu rappelé Ike. Il chantait ou plutôt il fredonnait souvent ainsi. Par exemple, lorsqu'il réfléchissait, il arpentait la pièce tout en fredonnant de cette manière. Pauvre Ike. Il était si seul. Pas de famille, pas d'amis. Il s'était retranché des siens.

Il eut peur qu'elle ne craque.

— Il y avait beaucoup plus de monde que je ne m'y attendais, dit-il pour changer de sujet.

Son visage s'éclaira :

— N'est-ce pas? Je savais, bien sûr, que Liz Marcus viendrait, mais les Levenson, et Aaron et Molly Drake ! Je ne pensais pas qu'ils parviendraient à se libérer. C'était vraiment chic de leur part. Le petit maigre à côté d'eux, c'était M. Brown, l'agent d'assurances. J'ai été surprise de le voir.

— Il est également président du comité du cimetière. Il voulait probablement s'assurer que tout se déroulait bien.

— Et qui étaient ces trois hommes juste derrière le rabbin ?

— Des employés de chez Goddard. L'un est notre laborantin, les deux autres sont des techniciens. Tous trois étaient très liés avec votre mari.

— C'était gentil à eux de venir. Peter Dodge aussi était là, vous avez vu ?

— J'ai remarqué qu'il ne portait pas son col ecclésiastique, dit-il en fronçant les sourcils.

— C'était normal en cette circonstance, protesta-t-elle. Et qui était ce grand type assez corpulent qui se tenait à l'écart ?

Il la regarda avec surprise :

— Comment ! Vous ne le saviez pas ?

Elle secoua la tête.

— C'était le célèbre Ben Goralsky, un génie de la finance, le président de Goraltronics.

— Quel dommage que je ne l'ai pas su. Je l'aurais remercié d'être venu. Un homme si occupé ! Mais il est parti dès la fin de la cérémonie.

— Sa mère est enterrée là-bas. Il aura voulu aller se recueillir sur sa tombe.

— C'est un joli cimetière, n'est-ce pas ? Ike l'aurait aimé. Un grand champ un peu sauvage sur une colline en pleine campagne.

— Il ne contient que deux ou trois tombes.

— C'est parce qu'il est tout récent. Il est probable qu'ils devront bientôt faire une route et remplacer cette vieille clôture défoncée. Mais je l'aime tel qu'il est. Et la tombe de Ike est juste près de l'entrée. Tout le monde sera obligé de passer devant... Ah ! Je voulais aussi vous demander qui était ce petit homme au visage rougeaud ? Je ne l'avais jamais vu de ma vie et il n'a pas cessé de m'observer pendant toute la cérémonie. Chaque fois que je levais les yeux, il me regardait.

— C'est normal. Vous étiez la plus proche famille.

— Non, tous les autres regardaient soit le rabbin, soit le cantor.

— Peut-être était-ce un ami de Peter Dodge. Ils étaient l'un à côté de l'autre. Tenez ! Voilà justement Dodge qui arrive ! Nous allons pouvoir le lui demander.

Il ouvrit la porte et les deux hommes se serrèrent cérémonieusement la main.

— Vous avez fait du bon boulot, dit Dodge. C'était absolument impeccable. Je vous aurais bien proposé mon aide, mais c'était un peu gênant, dans ma situation, vous comprenez ?

— Bien sûr. D'ailleurs, je n'ai pas eu grand-chose à faire. Les gens de la congrégation se sont occupés de tout. Bon, eh bien maintenant que vous êtes là et que Mme Hirsh est en de bonnes mains, je vais regagner le labo.

— Il faut vraiment que vous partiez déjà, Dr Sykes ? (Elle lui tendit la main.) Je ne sais comment vous remercier pour tout ce que vous avez fait. Vous avez été formidable.

— J'ai été heureux de pouvoir vous aider. Votre mari était un ami, un véritable ami. Il me manquera beaucoup. Ah ! Tant que j'y pense (il se tourna vers Dodge), qui était ce petit bonhomme au teint brique à côté de vous ?

Le pasteur secoua la tête :

— Je ne sais pas. Pourquoi ?

— Nous pensions que c'était peut-être un de vos amis. C'est probablement un membre de la congrégation.

— Vous croyez ? Il n'avait pas l'air juif.

— Allez savoir, de nos jours !

Les deux hommes se mirent à rire. Dodge regarda Sykes monter dans sa voiture et s'éloigner, puis il se retourna vers Pat, prit ses mains dans les siennes et les tenant écartées la contempla, les yeux brillants d'admiration :

— Vous avez été extraordinaire, Pat. Une fois ou deux, j'ai cru que vous alliez flancher, mais vous vous êtes reprise magnifiquement. Vous ne pouvez pas savoir à quel point j'ai été fier de vous.

16

L'usine Goraltronics était un vaste bâtiment s'étendant sur plus d'un hectare, séparé de la Nationale 128 par cinq mille mètres carrés de gazon soigneusement entretenu, et doté d'un parking pouvant contenir quatre cents voitures. Assis dans son bureau moderne recouvert d'une moquette d'un gris discret, son P.-D.G., M. Ben Goralsky, jeta un coup d'œil sur la carte de visite que sa secrétaire venait de lui remettre :

— Enquêteur, lut-il. Détective, en d'autres termes. Vous n'avez pas tellement l'air d'un détective, Monsieur Beam.

Son visiteur, de l'autre côté du large bureau en bois de teck, était un petit bonhomme bouffi, le visage rond et rouge comme un fromage de Hollande. Quand il souriait, ses yeux disparaissaient presque entièrement, et il avait le sourire facile.

— Il vaut mieux pour un détective qu'il n'ait pas trop la tête d'un détective, dit-il. (Il sourit.) De toute façon, je ne suis pas un véritable détective, du moins pas le genre qu'on voit dans les romans policiers. Je ne me promène pas avec un revolver et je ne passe pas mon temps à sauver des blondes incendiaires. Je pose des questions, c'est tout.

— Et vous voulez me poser des questions au sujet d'Isaac Hirsh ? Pourquoi à moi ?

— En premier lieu, M. Goralsky, vous étiez à son enterrement. La présence de tous les autres assistants s'expliquait facilement : c'étaient des amis de la veuve, des collègues du défunt, ou des membres officiels de la congrégation. Mais je me suis demandé pourquoi un homme d'affaires aussi important que vous s'était déplacé, un jour de semaine par-dessus le marché, et en plein milieu de la journée.

— Chez nous, assister à un enterrement est ce que nous appelons une *Mitzvah*, un devoir religieux, une bonne action. Ce matin, au miniane — c'est notre service religieux quotidien et il nécessite un quorum de dix hommes — le rabbin nous a annoncé l'enterrement d'un membre de la communauté et nous a demandé d'y assister aussi nombreux que possible. Les autres étaient retenus par leurs activités professionnelles. Moi, je suis mon propre patron et je peux me libérer comme je veux. En outre, ma mère est enterrée là-bas, ce qui m'a donné l'occasion d'aller sur sa tombe.

— Je comprends.

— Mais de quoi s'agit-il ? Votre compagnie fait-elle toujours une enquête avant de payer ?

— Seulement quand une affaire est sujette à caution, Monsieur Goralsky.

— C'est-à-dire ?

— Eh bien, lorsqu'un homme rentre sa voiture au garage, éteint ses phares, va fermer la porte du garage, retourne dans sa voiture et qu'on l'y retrouve asphyxié, on ne peut pas manquer de se poser quelques questions.

— Vous pensez à un suicide ?

— Isaac Hirsh a contracté il y a moins d'un an une assurance sur la vie de vingt-cinq mille dollars. Nos polices comportent une clause spéciale annulant le versement de la prime en cas de suicide dans les deux ans qui suivent la signature du contrat. Par contre, la prime est doublée en cas de mort accidentelle. S'il s'agit d'un accident, la compagnie devra lâcher cinquante mille dollars. Si c'est un suicide, elle est quitte de tout versement. Ma compagnie estime que cinquante mille dollars valent bien une petite enquête.

— Je comprends ça. Et maintenant que vous avez fait votre enquête, quelle est votre opinion ?

Beam sourit et ses yeux disparurent dans les plis de sa peau :

— Je peux me tromper, mais à mon avis, après avoir reçu mon rapport, ils ne paieront pas un sou sans une décision favorable du tribunal. Ecoutez-moi ça : le garage est petit, il est étroit, sur la droite il y a une poubelle. Pour entrer la voiture de manière à ce que la porte puisse fermer, il faut aller jusqu'au fond en passant entre la poubelle d'un côté et le mur de l'autre. Il fallait viser drôlement juste. De la façon dont il s'y est pris — j'ai mesuré moi-même — il lui restait un peu plus de trente centimètres du côté du conducteur et à peu près autant de l'autre. Vous voyez le tableau ? Bon, tout ça, c'est déjà assez calé pour un type en état d'ivresse, mais ce n'est pas tout. Ensuite, il éteint ses phares, mais laisse le moteur tourner, se glisse hors de la voiture du côté du passager — du côté du conducteur, il n'a pas la place vu que c'est un type assez rondouillard dans mon genre — va fermer la porte du garage, puis revient sur ses pas et se glisse à nouveau sur le siège avant, du côté du passager, où on l'a retrouvé. Maintenant, si on admet que la plupart des gens arrêtent automatiquement leur moteur en arrivant dans leur garage et qu'il n'a pas oublié d'éteindre ses phares ni de fermer la porte du garage, on a peine à croire qu'il s'agit d'un accident. S'il était bourré au point d'oublier d'arrêter le moteur, comment a-t-il pu réussir aussi bien sa manœuvre, se rappeler d'éteindre ses phares, penser à aller fermer la porte derrière lui ?

— Alors pourquoi la police a-t-elle conclu à une mort accidentelle ?

— La police ! Le type est d'ici. Il occupe un poste important au Laboratoire Goddard, une grosse boîte de la région. Vous croyez qu'ils vont aller chercher la petite bête ? Avant de parler de suicide, il leur faudrait, je parie, une attestation du défunt signée devant notaire.

— Mais qu'attendez-vous de moi ?

— Dites-moi tout ce que vous savez, M. Goralsky. N'importe quel indice peut être précieux.

L'interphone grésilla. Goralsky pressa sur le bouton :

— J'écoute.

— M. Stevenson des Entreprises Halvordsen est ici.

— J'arrive tout de suite. (Il se tourna, visiblement agité, vers son visiteur.) Désolé, M. Beam, c'est une affaire importante. D'ailleurs, je n'ai rien à vous dire. Strictement rien.

17

— Quelque chose ne va pas ? demanda Mme Hirsh au Dr Sykes.

Il lui avait téléphoné du labo pour lui dire qu'il avait une nouvelle importante à lui communiquer. Elle le fit entrer dans le salon qui gardait encore la trace des visites de l'après-midi.

— Ce n'est pas exactement une mauvaise nouvelle, Madame Hirsh, mais j'ai préféré venir vous en parler aussitôt. Ce petit bonhomme rougeaud qui était à l'enterrement, vous vous souvenez, celui qui n'a pas cessé de vous observer pendant toute la cérémonie...

— Oui, je me souviens.

— Eh bien, il s'appelle Beam, Charles Beam. En arrivant au labo, je l'ai trouvé là-bas qui m'attendait. C'est un enquêteur de la compagnie d'assurances de votre mari.

— Qu'est-ce qu'il faisait à l'enterrement ?

— Bonne question. Eh bien, il enquêtait, je suppose.

— Comment cela, il enquêtait ? Qu'est-ce qu'il y a à enquêter ?

— Cette assurance sur la vie que votre mari avait

contractée comporte, comme la plupart des polices, une clause en cas de suicide ainsi qu'une clause en cas de mort accidentelle.

— Je le savais.

— Si c'est un suicide, ils n'ont pas un sou à payer. Si c'est un accident, ils doivent verser cinquante mille dollars. C'est une jolie somme. Alors, naturellement, ils veulent s'assurer que votre mari ne s'est pas suicidé.

— Bien sûr, je les comprends. Mais ce n'était pas un suicide. La police, elle aussi, a fait une enquête, et elle a conclu officiellement que c'était un accident. Qu'est-ce qu'il leur faut de plus ?

— Je crains que ce ne soit pas aussi simple. La police, elle, n'a rien à débourser. Tout ce qu'ils veulent, c'est une cause du décès pour mettre sur leur rapport. Sauf preuve flagrante du contraire, ils aiment autant conclure à une mort accidentelle. C'est plus élégant pour la famille.

— Mais pourquoi Ike se serait-il suicidé ? Il n'avait aucune raison de le faire. Il se plaisait ici. Nous étions parfaitement heureux.

Sykes resta silencieux.

— Ils doivent prouver que c'était un suicide, non ? Ils ne peuvent pas décréter comme ça que c'est leur conviction et refuser de payer ?

— Non, évidemment.

— Alors ?

— Voyons, Madame Hirsh, dans ces cas-là, ils font toujours une enquête. S'ils estiment que c'est un suicide, ils refusent de payer. C'est alors à vous de les assigner devant le tribunal. S'ils n'ont pas suffisamment de preuves, ils peuvent vous proposer un arrangement à l'amiable, généralement, cinquante à soixante-quinze pour cent du montant, selon qu'ils se sentent plus ou moins sûrs de leur fait.

— Mais je ne suis pas obligée d'accepter leur proposition ?

— Non, bien sûr que non. Mais avant de décider quoi que ce soit, il faut que vous soyez bien au courant de la situation.

— Que voulez-vous dire ?

— C'est pour cela que je suis revenu, fit-il d'un ton embarrassé. Je ne vous l'aurais jamais dit, mais étant donné les circonstances, il vaut mieux que vous le sachiez : votre mari allait être renvoyé et il le savait.

— Renvoyé ? Mais pourquoi ? Il avait l'air de si bien réussir !

Sykes était manifestement sur des charbons ardents :

— J'aurais aimé qu'il en soit ainsi, dit-il gentiment. Surtout après tout ce que j'ai entendu dire de lui. C'était vraiment un grand bonhomme dans le temps. A l'époque où il travaillait sur le Manhattan Project, on le considérait comme un crack. Mais depuis qu'il était chez Goddard, et probablement même avant, ce n'était plus ça. En moins d'un an, il avait commis une demi-douzaine d'erreurs. A chaque fois, je le couvrais de mon mieux, mais ce coup-ci, c'était trop grave. Il travaillait pour un de nos plus importants clients et j'ai eu beau faire le patron n'a rien voulu savoir. Ike avait rendez-vous avec lui lundi matin.

— Mais qu'avait-il fait ?

— Ce serait trop compliqué à vous expliquer dans le détail. Il faudrait que vous soyez mathématicienne pour comprendre. Disons, grosso modo, qu'il croyait avoir découvert un nouveau procédé permettant de produire mieux et moins cher un certain objet. La nouvelle s'est répandue et les actions de notre client ont grimpé en flèche. C'est alors que nous nous sommes aperçus que votre mari avait fait une erreur dans ses calculs. Notre client, naturellement, a été furieux d'autant qu'il était justement en train de fusionner avec une autre société et qu'il avait l'air d'avoir monté l'affaire de toute pièce pour faire grimper ses actions.

— Et Ike le savait ?

Le Dr Sykes resta silencieux.

— Pauvre Ike ! Il le savait sûrement et il ne voulait pas m'en parler ! Il craignait sans doute que nous ne soyons obligés de plier bagages. Nous avions déjà déménagé tant de fois — à cause de son penchant pour la boisson, vous comprenez — il voyait que je commençais à croire que cette fois, c'était la bonne, et que je me plaisais ici. (Elle s'arrêta, traversée par une pensée subite.) Vous ne pensez pas au moins que c'est parce qu'il avait peur de n'être plus bon à rien ! Vous m'avez dit tout à l'heure qu'il avait commis des erreurs, lui qui était si calé ! Il s'est peut-être mis dans la tête qu'à force de boire il avait perdu ses facultés. Mais cela m'aurait été bien égal ! Pour moi, il aurait toujours été suffisamment intelligent !

— Il le savait, j'en suis convaincu, Madame Hirsh.

Elle s'assit, les épaules très droites :

— Bon, très bien. Alors, qu'est-ce que je dois faire ?

— Rien. Pour l'instant, vous ne bougez pas. Lorsque la compagnie d'assurances vous contactera, vous prendrez votre décision. Si je puis vous être de la moindre utilité (il se leva), si je peux faire quoi que ce soit pour vous, Pat, n'hésitez pas à m'appeler.

Elle acquiesça :

— Je sais. Vous avez été pour nous un véritable ami.

18

— *Possel ?* Qu'est-ce que vous entendez par *possel ?*

— C'est la même chose que *tref*, non-kosher, impur, si vous préférez ?

— Qu'est-ce que vous me racontez là, monsieur Goralsky ? Comment notre cimetière pourrait-il être impur ?

— Il est impur parce qu'il abrite un suicidé. On doit enterrer les suicidés à part, dans un coin écarté, et vous avez inhumé un suicidé juste à l'entrée. Maintenant, tout le cimetière est *possel.*

— Mais nous n'avons jamais enterré aucun suicidé, Ben ! De quoi voulez-vous parler ?

— Allons, allons, Monsieur Schwartz, à moi on ne la fait pas ! Hier, vous avez enterré Isaac Hirsh dans notre cimetière. J'étais là, je l'ai vu. Aujourd'hui, l'enquêteur de sa compagnie d'assurances vient me trouver, et il n'y a aucun doute que le gars s'est suicidé. J'ai raconté ça à mon père et il était dans tous ses états.

— Mais pourquoi ?

— Pourquoi ? Parce que, au cas où vous l'auriez oublié, ma mère est enterrée là-bas. Toute sa vie, elle a été une femme pieuse, elle a toujours tenu la maison kosher, elle observait scrupuleusement la loi, et maintenant elle repose dans une terre profanée. Vous croyez qu'il n'y a pas de quoi en être dans tous ses états ?

— Ecoutez, Ben... Monsieur Goralsky, je ne sais même pas qui est Isaac Hirsh. C'est la première fois que j'entends prononcer ce nom. De toute façon, cette affaire concerne le comité du cimetière. Je suis sûr qu'il doit y avoir une explication. C'est le rabbin qui a procédé à la cérémonie ?

— Evidemment ! Qui voulez-vous que ce soit ! Il a dit les prières, et il a fait l'éloge du défunt, alors qu'il n'y a même pas quelques jours, le soir de Kippour, je l'ai entendu de mes propres oreilles menacer mon père, s'il mourait parce qu'il refusait de prendre ses médicaments, de considérer sa mort comme un suicide et de l'enterrer à part, sans prières ni éloge funèbre. Et puis Isaac Hirsh meurt : il n'est même pas membre de la congrégation — alors que théoriquement c'est un cimetière privé — sa femme n'est même pas juive, et le rabbin l'enterre avec tous les honneurs. Vous dites qu'il doit y avoir une explication ? C'est bien aussi ce que je pense. L'explication, c'est que vous êtes prêts à n'importe quoi pour vendre une concession, et que pour deux cents tickets ou quoi, vous vous fichez pas mal des autres morts qui sont enterrés là-bas !

— Vous vous trompez, Ben, je vous assure. Marvin Brown, le président de notre comité, n'aurait jamais fait ça. Notre rabbin non plus. Il doit y avoir une erreur quelque part.

— Alors, d'après vous, mon père ne sait pas ce qui est kosher et ce qui ne l'est pas ?

— Bien sûr que si. Mais l'enquêteur de la compagnie d'assurances peut se tromper.

— Je ne vois pas comment il pourrait se tromper. Il m'a expliqué clairement la situation. Ce type, Hirsh, entre dans son garage, il ferme la porte, et puis il s'installe dans sa voiture avec une bouteille de vodka en laissant tourner le moteur. Alors, c'est un suicide ou pas ?

— Ça m'en a tout l'air, mais... Ecoutez, si nous pouvons faire quelque chose...

— *Si ?*

— Mais que voulez-vous que nous fassions ?

— Vous pouvez le retirer de là !

— Vous voulez dire exhumer le corps ? Voyons, Ben, c'est impossible ! Cela ferait un scandale. Il nous faudrait l'autorisation de la veuve. La municipalité...

— Ecoutez-moi, Schwartz, interrompit Goralsky d'un ton glacial, vous êtes allé embobiner mon père pour qu'il finance la construction d'un nouveau sanctuaire. Il vous a plus ou moins donné son accord. Personnellement, je trouve que la congrégation a à peu près autant besoin d'un nouveau sanctuaire que d'une bombe atomique, mais si ça peut faire plaisir à mon père, je veux bien. Seulement, je vous fiche mon billet que si vous ne réglez pas cette question du cimetière, vous n'obtiendrez même pas de nous de quoi construire une tente militaire.

— Morton, vous savez bien que je ne suis pas plus que vous un farouche partisan du rabbin, mais il faut quand même avouer qu'il connaît son affaire. S'il a enterré Hirsh, c'est qu'il n'y avait rien à redire.

— Vous n'y êtes pas du tout, Marvin, reprit Schwartz d'un ton las. Le rabbin n'a probablement pas examiné de près la question du suicide. Peut-être a-t-il eu des doutes et peut-être pas. Admettons qu'il ait eu des doutes. Que fait-il ? Il appelle son ami le commissaire qui lui communique naturellement la version officielle de la police, mort accidentelle. Il ne va pas chercher plus loin. A sa place, j'en aurais fait autant. Si nous l'interrogeons, il nous dira, j'en suis sûr, que tout était kosher. Il ne va pas venir nous déclarer qu'il a fait une entorse à la règle.

— Alors, qu'est-ce qu'on fait ? On ne peut quand même pas exhumer le corps !

— Ma foi, si la veuve n'y voit pas d'objection...

— Vous n'y pensez pas, Morton ! Même si elle nous donnait son accord — et d'après ce que j'ai pu juger d'elle, j'en doute fortement — il nous faudrait l'autorisation du Conseil Sanitaire de Darbury dont dépend notre cimetière et celle du Conseil Sanitaire du lieu où le mort serait réenterré. Ça ferait beaucoup de paperasserie et beaucoup de publicité...

— C'était, en fait, une idée de Ben Goralsky. Je lui ai dit tout cela.

— Alors, qu'est-ce que vous proposez ?

— Eh bien, commença Schwartz d'un ton prudent, on peut logiquement penser que ce genre de choses doit arriver assez souvent, d'autant que chez nous on procède dès que possible à l'enterrement. Et puis quelques jours plus tard, on trouve une lettre d'adieu et on se rend compte que ce n'était pas une mort naturelle, mais en fait un suicide. Je suppose donc qu'il doit exister un système pour arranger ça, une sorte de purification, ou quelque chose dans ce goût-là, qui permette de resacraliser le cimetière. Le rabbin pourrait nous concocter une petite cérémonie dans ce style...

— Il n'acceptera jamais.

— Mais, bon sang, si le conseil le lui ordonne, il sera bien obligé de le faire.

— Je ne sais pas. Je ne suis pas sûr que le conseil ait le droit de le lui ordonner. Il me semble que c'est au rabbin seul d'en décider. Et puis, je vais vous dire autre chose. Je n'aime pas tellement cette idée.

— Pourquoi ?

— Parce que ça ferait plus de tort qu'autre chose au cimetière.

— Comment cela ?

— Ecoutez, Morton, vous êtes architecte ; vous n'avez pas le sens du commerce. C'est déjà assez délicat en soi de vendre une concession. C'est exactement pareil pour les assurances. Ce ne sont pas ce qu'on appelle des produits de consommation. Dans l'ensemble, les gens de notre congrégation sont assez jeunes. Ils ne pensent pas encore à se payer une concession ou un caveau. Mais un bon vendeur peut les convaincre. Tantôt il fait appel à leur sens du devoir, tantôt à leur sens de la famille, ou bien encore il leur donne mauvaise conscience. Peu importe l'argument employé, l'essentiel c'est qu'il soit sûr que sa marchandise est parfaite. Dès que quelque chose cloche, vous pouvez être sûr que le client mettra le doigt dessus et s'en servira contre vous. Si les gens pensent que le cimetière n'est pas parfait, si nous leur laissons soupçonner qu'il n'est pas kosher à cent pour cent, je peux dire adieu aux trois quarts des clients que j'ai contactés.

— Alors, ils achèteront un peu plus tard...

— Morton, vous parlez comme si vous ne réalisiez

pas tout ce qu'un cimetière représente pour une congrégation. Le consistoire a acheté le terrain l'année dernière, quand Becker était président, ne l'oubliez pas. Et on peut dire ce qu'on veut de Becker, mais c'était un sacré homme d'affaires. Il m'a nommé président du comité parce qu'il estimait qu'un type capable de vendre des assurances était le mieux qualifié pour vendre des concessions. C'est assez délicat parce que ce ne sont pas des produits de consommation, comme je vous le disais. D'ailleurs, il en profitait toujours pour me taquiner là-dessus, « Marve, me disait-il, vous leur vendez une assurance comme si vous faisiez le pari qu'ils allaient vivre encore longtemps alors qu'ils sont persuadés du contraire. En leur vendant ensuite une concession, vous jouez sur les deux tableaux. Vieille fripouille, vous les tenez d'un côté comme de l'autre. » Je l'ai ressorti parfois à des clients, ça permet de détendre l'atmosphère.

— Je reconnais que vous êtes fort, Marve. C'est pour cela que je vous ai gardé comme président quand j'ai formé mes comités. Mais où voulez-vous en venir ?

— Je voudrais simplement que vous compreniez tout ce que le cimetière représente pour la congrégation.

— Mais si on ne fait pas quelque chose tout de suite, on risque de perdre les Goralsky.

Marve ne sembla pas ému :

— D'accord, c'est intéressant d'avoir un gros bonnet comme Ben Goralsky dans la congrégation, mais si nous devons nous écraser devant lui chaque fois qu'il...

— Ecoutez, Marve, est-ce que vous pouvez garder

pour vous ce que je vais vous confier ? Si je vous disais que le vieux Goralsky — le père de Ben — m'a pour ainsi dire promis de financer la construction d'un nouveau sanctuaire. Pas une simple participation. Le financement intégral. Cent cinquante mille dollars, minimum.

Marve émit un sifflement silencieux.

— Cent cinquante mille tickets !

— Sinon plus !

Marvin sortit un crayon et un calepin de sa poche :

— Dans ce cas, j'ai peut-être une idée. (Il dessina grossièrement un carré dans lequel il traça en bas à droite un petit x.) Ça, c'est le cimetière, et ça, c'est la tombe de Hirsh. Bien. D'après Goralsky, un suicidé doit être enterré dans un coin à part. Alors, fabriquons-lui un coin à part. (Il inscrivit un cercle à l'intérieur du carré.) Si on construisait une route circulaire à l'intérieur du cimetière, Hirsh se retrouve à l'extérieur du cercle, dans un coin et à part. Qu'en dites-vous ?

Schwarzt contempla le dessin avec admiration :

— Marve, vous êtes un génie ! Vous venez de trouvez ça maintenant ?

— A vrai dire, l'idée me trottait dans la tête à propos d'autre chose. Vous vous souvenez, il y a quelque temps, à une réunion du conseil, j'avais fait remarquer qu'il faudrait construire une route à l'intérieur du cimetière. A l'époque, le conseil avait écarté cette proposition pour des raisons financières. Mais j'ai continué d'y réfléchir. Je cherchais un tracé qui desserve le cimetière au maximum tout en économisant le maximum de terrain, et j'en suis arrivé à cette solution.

— Mais une route circulaire ne risque-t-elle pas de revenir plus cher ?

— On n'a pas besoin de la construire en entier. On peut la commencer sur le budget actuel et ne faire au début qu'un seul coin, celui de Hirsh. On la terminera quand le conseil aura voté de nouveaux crédits.

— Bon sang, Marve, je crois qu'on tient le bon bout. Je continue à dire que vous êtes un génie.

Marvin avait plutôt l'air d'en douter :

— Mais le rabbin ?

— Quoi, le rabbin ?

— On lui dit la vérité ?

Schwartz réfléchit un instant :

— Je crois qu'il vaut mieux, ne serait-ce que pour nous assurer que ça règle le problème religieux.

19

— Vous voulez plaisanter ! s'exclama le rabbin. Nous ne sommes plus au Moyen Age ! Pendant la terreur nazie, des centaines de personnes ont dû se suicider. Leur auriez-vous dénier un enterrement religieux ?

— Mais, d'après son fils, vous avez vous-même menacé le vieux Goralsky de lui refuser ce droit, répliqua Schwartz.

— Menacé ? Je jouais les Père Fouettard avec un adulte ! Il savait très bien que je ne parlais pas sérieusement. Je cherchais à le convaincre de prendre ses médicaments. Je vous ai déjà raconté tout cela à la synagogue.

— Oui, mais le fils, lui, vous a pris au sérieux.

— Pas sur le moment, j'en suis certain. De toute façon, qu'est-ce qui vous permet d'avancer que Hirsh s'est suicidé ? La police a conclu à une mort accidentelle. Je me suis donné la peine d'en discuter personnellement avec le commissaire. Il est lui-même convaincu que les faits plaident tous en faveur de cette thèse. Pourquoi nous montrerions-nous plus pointilleux que les autorités publiques ?

— Mais s'il s'avérait finalement qu'il s'est suicidé ? demanda Marvin.

— Comment cela ?

— Si un tribunal tranchait dans ce sens ?

— Même alors, c'est qu'il aurait agi dans un moment de folie ou sous l'effet d'une pulsion irrésistible, et aux yeux de la Loi Juive il ne saurait être considéré comme un suicidé.

— Oui, mais imaginez un instant, une supposition, qu'il soit tenu pour suicidé, insista Marvin. Ne serait-ce pas à nous ou à vous de… de faire quelque chose ?

— Pourquoi ferions-nous quoi que ce soit ? Il a été enterré, ce qui est en soi un acte purificateur. « La terre est à Dieu et tout ce qu'elle renferme. » Quand un ustensile est *tref*, on l'enfouit pour le purifier. Laisseriez-vous entendre que le corps de ce mort souille la terre de Dieu ? Et si cela était, jusqu'où ? Jusqu'à la limite du cimetière qui est une ligne artificielle déterminée par le cadastre, ou bien indéfiniment, jusqu'à l'océan ?

— Peut-être existe-t-il une prière qui…

— Un peu d'abracadabra ? Quelques tours de magie au-dessus de la tombe ? C'est à cela que vous pensez, Monsieur Brown ?

— Ecoutez, Monsieur le Rabbin, intervint Schwartz, nous sommes les uns et les autres des hommes réalistes, je l'espère, et nous nous trouvons devant un problème bien concret. Je ne me figure pas, et Marvin non plus, que notre cimetière est souillé. Mais il se passe que Ben Goralsky, et surtout son père, prennent cette question très au sérieux. Appelez cela de la superstition si vous voulez, ou bien de l'obscurantisme, mais ça les embête. Or, Marvin et moi, nous sommes des gens pratiques. En tant que président du comité du cimetière, Marvin craint que l'histoire, si elle se propage, ne se répercute sur la vente des concessions, et moi, j'ai intérêt à ce que les Goralsky ne se détachent pas de la congrégation. Nous avons trouvé ce que je considère comme une solution intelligente à un petit problème embarrassant. Tout ce que nous attendons de vous, c'est que vous éclairiez notre lanterne. Voilà de quoi il retourne : nous comptons construire une route circulaire à l'intérieur du cimetière. Comme ceci, (il montra le schéma de Marvin). Là, c'est l'endroit où Hirsh est enterré. S'il est de l'autre côté de la route, et si nous vendons dorénavant des concessions uniquement à l'intérieur du cercle, est-ce que ça respecte les prescriptions ? En fait, Hirsh y gagne. Puisque nous ne pourrons mettre personne d'autre dans son coin, nous en profiterons naturellement pour l'embellir — planter des buissons, des arbres. Nous voulons seulement savoir si ça règle la question religieuse.

Le rabbin se leva et les regarda à tour de rôle d'un air incrédule :

— Cet homme est-il un chien, lança-t-il d'un ton de colère contenue, pour que vous prétendiez jeter son corps ici ou là, à votre convenance ? Les prières que j'ai prononcées sur sa tombe ne sont-elles donc pour vous que des formules creuses et dénuées de sens ? La semaine dernière, je me suis joint à d'autres rabbins pour présenter au Ministère des Affaires Etrangères une pétition protestant contre la profanation des tombes juives par le gouvernement russe. Et vous voudriez maintenant que je me ligue avec vous pour profaner la tombe de l'un des nôtres dans notre propre cimetière afin de satisfaire les lubies d'un vieil homme superstitieux et de son ignorant de fils ? Nos cérémonies sont-elles des marchandises qu'on brade au plus offrant ?

— Une minute, Monsieur le Rabbin, nous ne profanons aucune tombe. Nous n'avons pas l'intention de toucher à la tombe de Hirsh.

La voix du rabbin se fit encore plus sourde :

— Une femme qui n'est pas de notre confession vient à nous et nous demande d'enterrer son mari dans notre cimetière parce qu'il était juif. Elle considère comme un dernier acte d'amour et de loyauté envers lui de le laisser reposer parmi les siens. Et vous voulez retrancher sa tombe de celles des autres ? Vous n'appelez pas cela de la profanation ? En toute bonne foi, elle nous a acheté une concession — trois ou quatre fois plus cher que dans un cimetière public, à noter — pour que vous isoliez son mari du reste du cimetière, comme s'il était un objet de contamination ?

— Je suis sûr d'obtenir son accord, dit Marvin.

— C'est un simple problème administratif, renchérit Schwartz.

— Vous êtes un excellent commerçant, Monsieur Brown, et je ne doute pas que vous réussissiez à persuader la veuve. Mais vous ne me persuaderez pas. Et c'est pour moi davantage qu'un simple problème administratif, Monsieur Schwartz et vous n'aurez pas mon consentement.

— Je suis désolé que vous le preniez ainsi, dit Schwartz. Pour moi, c'est une solution concrète à un problème concret. Je me sens plus concerné par les vivants que par les morts. Je considère qu'il est plus important pour la congrégation de compter les Goralsky parmi ses membres que de savoir si la tombe d'Isaac Hirsh, qui n'était même pas des nôtres, se trouve d'un côté de la route ou bien de l'autre.

— Tel n'est pas mon avis, et c'est ce que je dirai au conseil quand la question sera soulevée.

Schwartz sourit :

— Je regrette de ne pas avoir votre approbation, Monsieur le Rabbin, mais nous nous en passerons. Et ce problème ne sera pas soulevé devant le conseil. Seul le comité du cimetière est compétent en la matière.

— Bien entendu, nous le réunirons par un vote, observa Marvin.

— Vote ou pas vote, je l'interdis.

— Voyons, Monsieur le Rabbin, nous n'étions même pas obligés de venir vous voir. Nous voulions simplement jouer cartes sur table.

— Mais vous êtes venus, et je l'interdis formellement.

Schwartz haussa les épaules et se leva. Les deux hommes sortirent, laissant le rabbin debout derrière son bureau, furieux et abasourdi.

— Qu'est-ce qu'il voulait dire avec son *Je l'interdis ?* demanda Marvin. Vous croyez qu'il peut faire quelque chose ?

— De quel genre ?

— Je ne sais pas, moi ! Réunir un conseil de rabbins !

— Ne soyez pas stupide. Notre congrégation est complètement autonome, et le rabbin n'est qu'un employé à son service. Il nous l'a assez souvent répété lui-même. La seule chose qu'il puisse faire si ça ne lui plaît pas , c'est démissionner.

— Après ce que je viens d'entendre, ce ne serait pas plus mal.

— Vous ne l'aimez pas ?

— On peut trouver mieux, fit Marvin d'un ton uni.

— Ah oui ? Que voulez-vous dire ?

— Je suis un homme d'affaires. Ces dernières années, j'ai eu pas mal de gens sous mes ordres — des vendeurs, des employés de bureau. J'ai une règle en ce qui concerne le personnel. Je me fiche de leur efficacité, ça m'est égal qu'un de mes vendeurs soit un super-crack : s'il ne sait pas obéir à un ordre, il prend la porte.

— C'est aussi mon avis. A propos, qui fait partie de votre comité ?

— Sumner Pomeranz, Bucky Lefkowitz, et Ira Dorfman. Ils n'en fichent pas une ramée, mais ils font quand même partie du comité. Pourquoi ?

— Ça fait trois voix. Quatre avec la vôtre. Je n'avais personne d'autre pour avoir un chiffre impair ?

— Vous en faites partie automatiquement. Ça fait cinq.

— Très bien. Il nous faut donc seulement une voix de plus pour avoir la majorité. Ecoutez-moi bien, Marve. Vous allez les contacter. Racontez-leur ce que vous voudrez, mais tachez d'obtenir leur vote en faveur de la nouvelle route. Juste pour le cas où le rabbin voudrait jouer au plus malin.

— Ne vous inquiétez pas. Ils savent que je me tape tout le boulot et ils ne vont jamais contre mes décisions.

— Parfait. Quand tout sera au point, appelez le

rabbin et dites-lui que vous avez mis notre projet de route aux voix et que le comité l'a adopté à l'unanimité.

— Excellence idée. Ça lui rivera son clou.

— Tenez-moi au courant, mais surtout faites vite. Il ne faut pas qu'il ait le temps de nous couper l'herbe sous le pied.

20

Marvin jubilait lorsqu'il appela Schwartz le vendredi matin :

— Je viens d'avoir le rabbin au bout du fil. Je n'ai pas pris l'air triomphant, mais je lui ai annoncé comme ça qu'il valait mieux qu'il sache que le vote du comité avait été unanime.

— Qu'est-ce qu'il a dit ?

— Il n'a rien dit.

— Bon sang, Marvin, il a bien dû dire quelque chose !

— Puisque je vous dis qu'il n'a rien dit ! Simplement « Très bien ! » ou quelque chose dans ce goût-là. Non, quand j'y repense, c'est tout ce qu'il a dit : « Très bien ! »

— Il avait l'air furieux ?

— Je n'en sais rien. Mais puisqu'il n'a rien dit, c'est qu'il a dû comprendre, je présume, qu'il avait perdu la partie. Maintenant, il faut foncer.

— Je n'en suis pas sûr, Marve. J'ai réfléchi depuis.

— A quoi ?

— Ce genre d'histoire peut se retourner contre nous. S'il soulève la question devant le conseil, dimanche…

— Wasserman et Becker le soutiennent, et ils risquent d'en gagner d'autres à leur cause... Oui, vous n'avez pas tort. Alors, qu'est-ce qu'on fait ?

— Ce qu'il nous faut, Marve, c'est un consensus. J'ai envie d'en parler avec quelques membres avant la réunion de dimanche. Que faites-vous demain soir ?

— Mitsy et moi, on pensait aller voir ce film étranger qui passe au *Strand*...

— Un vrai navet. Ethel et moi, nous l'avons vu la semaine dernière. Si vous passiez plutôt à la maison ? J'essaierai de joindre quelques-uns de nos amis...

— J'ai pigé. Vous allez leur montrer la maquette.

— Tout juste.

Le petit groupe quitta le bureau et retourna dans le salon où Ethel Schwartz avait préparé une généreuse collation : du café, des glaces, et de délicieux petits gâteaux français.

— Vous savez, ce que je n'arrive pas à comprendre, Morton ? dit Hal Berkowitz. C'est pourquoi quelqu'un comme le rabbin est prêt à tout pour empêcher qu'on construise cette chapelle que vous avez dessinée. Enfin quoi, votre projet a de la gueule, et par-dessus le marché, c'est son...

— Exactement, intervint Abel Sussman, c'est comme qui dirait son lieu de travail. Tenez, vendredi soir, je suis allé voir mon frère à Richmond. Le rabbin était là. On a parlé business presque toute la soirée, et je leur ai raconté les transformations que j'avais faites dans ma boutique. Après le dîner, on est tous allés à l'office et en arrivant à la synagogue, le rabbin s'est tourné vers moi : « Alors, qu'est-ce que vous dites de *ma* boutique ? », il a fait !

— Une chose m'étonne, reprit Berkowitz, notre rabbin est censé être si traditionaliste et notre synagogue actuelle ressemble à tout sauf à une synagogue. Au moins le projet de Morton lui donne l'air d'une vraie synagogue...

— J'ai l'impression que vous passez à côté du véritable aspect de la question, dit Nelson Bloomberg. Nous tenons l'occasion de faire un immense pas en avant. Nous pouvons faire de notre synagogue une des principales curiosités touristiques de la côte. Je ne prétends pas avoir un sens esthétique très poussé — encore que dans ma partie, la confection, permettez-moi de vous dire que si on n'a pas le coup d'œil, autant fermer boutique tout de suite — mais d'après moi, la chapelle de Schwartz, c'est le genre dont on entendra parler, qu'on photographiera, qu'on citera en exemple dans la presse. Pour moi, elle représente le progrès. Et qu'est-ce qui se dresse en travers de notre route ? Un fantôme. Non, pas même un fantôme, un corps, le corps de feu Isaac Hirsh qui ne faisait même pas partie de la congrégation ! D'un côté, on tient le moyen de faire faire à la communauté tout entière un extraordinaire bond en avant, et le rabbin nous met des bâtons dans les roues pour une histoire d'enterrement, de tombe, de cimetière. Des contes de bonne femme, quand on y réfléchit.

— Nel a très bien résumé la situation, approuva Nate Shatz. Nous étions dans le pétrin. Il suffirait qu'on construise une route, et tout le monde est content — Goralsky, la veuve, la congrégation. C'est le genre de truc que le rabbin devrait piger. Et qu'est-ce qui se passe ? Marve et Morton se décarcassent et au lieu de se montrer reconnaissant, le rabbin décrète qu'il s'y oppose. Moi je dis qu'il n'y a qu'à tracer la route. Qu'il démissionne si ça lui chante, ce n'est pas moi que ça gêne !

— Qu'est-ce que vous avez contre lui ? demanda Jerry Feldman. Vous avez l'air de lui en vouloir.

— Parfaitement, je lui en veux. Il se conduit comme s'il était trop bien pour nous. Tenez, aux réunions du conseil, un jour il vous salue, un jour on dirait qu'il ne vous reconnaît même pas. L'autre fois, ma femme organise un bridge et elle invite la femme du rabbin. Eh bien, là-bas, l'autre n'a voulu accepter que du thé. S'il est trop bien pour manger avec nous, il est trop bien pour être notre rabbin.

— On ne peut pas reprocher à quelqu'un d'être fidèle à ses principes, dit Feldman. Si un homme tient à manger kosher — surtout s'il est rabbin, je ne vois pas où est le mal. Ma mère aussi mangeait toujours kosher, avec deux vaisselles et tout le tremblement. Quand elle venait nous voir, elle refusait toujours de partager notre repas. D'un autre côté — je reconnais qu'on pourrait trouver mieux. Personnellement, j'aimerais un rabbin qui aurait l'air d'un chef, un rabbin qui sache prendre en main et diriger la congrégation.

— Vous qui voyez défiler pas mal de monde dans votre magasin, Abner, vous avez dû les entendre discuter, dit Schwartz. Est-ce que les gens sont satisfaits de lui ?

Sussman agita la main :

— Couci-couça. Il y en a qui le trouvent trop réservé. Ça ne leur plaît pas tellement qu'un rabbin soit aussi distant. Il y en a qui disent que lorsqu'ils vont à la synagogue, le vendredi soir, c'est pour entendre un sermon et pas une causerie familière, comme s'il l'avait préparée en chemin. N'allez quand même pas croire qu'il n'ait pas d'amis ; il en a. Beaucoup de gens aiment sa façon de parler, avec bon sens et simplicité. Mais beaucoup aussi, comme Jerry, lui reprochent son allure modeste et sa façon de s'habiller — comme un comptable à soixante-quinze dollars par semaine. Mais cela joue en sa faveur aussi — ça lui donne un côté attendrissant, si vous voyez ce que je veux dire. Naturellement, je vois surtout des femmes au magasin, et elles sont toujours en train de récriminer : il ne s'intéresse pas à leur action, la moitié du temps, quand il doit assister à une réunion de la congrégation féminine, elles ne sont jamais sûres d'avance qu'il viendra. Mais vous connaissez les femmes : si c'était un beau grand gaillard, il pourrait faire n'importe quoi, elles se pâmeraient devant lui. D'un autre côté, c'est sûr qu'elles ont beaucoup d'influence sur leurs maris.

— Mais ses amis ?

— Il a des partisans, c'est sûr. Mais on ne peut pas dire qu'ils constituent un clan. Ce n'est pas son genre de s'entourer d'un petit noyau de fidèles, et il n'a pas à proprement parler ce qui s'appelle une personnalité magnétique. Je vais vous expliquer quelque chose. Mon père était un type assez influent dans une congrégation et il a été président dans une autre si bien que je sais un peu comment ça se passe. Prenez un rabbin un peu dégourdi : la première chose qu'il fait en arrivant quelque part, il étudie la situation — qui il faut ménager, qui est important, qui ne l'est pas. Puis il rassemble autour de lui un petit clan d'amis, et chacun sait que ce sont les copains du rabbin. Alors chaque fois qu'il a besoin de quelque chose ou qu'il veut prendre une décision, il ne va pas lui-même présenter son idée devant le conseil d'administration. Il en touche deux mots à l'un de ses copains, un gros bonnet, un membre bienfaiteur, une personnalité influente dont la congrégation sait qu'elle peut attendre une grosse contribution en cas de besoin, et son copain en parle aux autres amis du rabbin, et quand l'un d'eux se lève à la réunion du conseil en disant « Je pense qu'on devrait faire ci ou ça », aussi sec, un autre appuie sa motion, et avant qu'on ait eu le temps de dire *gut shabbes,* c'est voté. Ça, c'est un rabbin qui dirige une congrégation.

— Je vois.

— Notre rabbin, lui, il n'a personne derrière lui.

— Mais Wasserman, et Becker, et Doc Carter ?

Sussman secoua la tête :

— On ne peut pas appeler ça un clan. Wasserman le soutient parce que c'est lui qui l'a engagé, et Becker parce qu'il a tiré son associé du pétrin, il y a deux ans, et qu'il se sent son obligé. Vous savez comment un rabbin s'y prend pour se faire des amis ? Il va chez les gens, il les invite chez eux, il se met bien avec leurs femmes, ils s'intéressent aux progrès des enfants. J'en ai connu un qui aidait les gosses de ses potes à faire leurs devoirs — pas leurs devoirs de l'Ecole Religieuse, leurs devoirs de classe — et un autre qui jouait avec eux au base-ball. Celui-là, il avait même une barbe. Vous imaginez notre rabbin en train de jouer au base-ball ?

Tout le monde se mit à rire.

— Bon, fit Schwartz. Ainsi le consensus...

Marvin Brown s'attarda après le départ des autres.

— Vous savez, Morton, si on n'enlève pas le morceau, on va se retrouver dans le pétrin.

— Mon vieux Marve, c'est dans la poche. Nel Bloomberg a tapé dans le mille en déclarant que le rabbin empêchait la communauté de faire un immense pas en avant. Ce sera notre cheval de bataille. « *Le rabbin est contre le progrès.* »

— Je ne pensais pas au rabbin, mais à Goralsky. Dans quelle mesure peut-on se fier à sa promesse ?

— Il était fermement décidé. C'était Ben, le plus coriace. Mais à présent, vous pouvez être sûr qu'il marchera avec nous.

— Pourquoi ?

— Quand il m'a appelé au sujet du cimetière, il a fait allusion à la chapelle. Il m'a déclaré que nous n'obtiendrions pas un sou de lui, tant que cette affaire ne serait pas arrangée. Par conséquent, si nous réglons le problème en soulignant que pour obtenir gain de cause, nous avons dû nous bagarrer avec le rabbin, vous pensez bien qu'il n'osera pas revenir sur sa parole.

— Je ne dis pas, mais vous savez comment ça se passe. Goralsky peut faire traîner les choses en longueur, le vieux peut dire qu'il l'a mis dans son testament...

— Impossible, mon vieux Marve, parce que je viens de décider que cela s'appellera le Memorial Hanna Goralsky. Nous allons en faire un sanctuaire à la mémoire de sa femme, la mère de Ben. Qu'est-ce que vous en dites ? Vous ne croyez pas que le vieux Goralsky voudra le voir terminé de son vivant ? Vous ne croyez pas qu'il voudra être là pour poser la première pierre et assister à la cérémonie d'inauguration ? Vous ne croyez pas qu'il voudra être le premier appelé à la Lecture le jour où on y célébrera l'office pour la première fois ?

Marvin Brown eut un petit rire étouffé :

— Vous savez, Morton, que vous êtes un malin, vous aussi ! Je crois que cette fois, le rabbin n'a qu'à bien se tenir !

21

Le samedi, pendant l'office du matin, le rabbin se sentit la gorge douloureuse. Il rentra de la synagogue mal en point et déjeuna sans appétit. Il comptait aller passer l'après-midi là-bas, mais il était si épuisé qu'il s'allongea sur le divan du salon et finit par s'assoupir. A son réveil la fatigue avait disparu, et il retourna à la synagogue pour l'office du soir. En rentrant il frissonnait de la tête aux pieds.

Miriam lui ouvrit la porte et, se haussant sur la pointe des pieds, l'embrassa sur le front :

— Tu as pris froid, David ? Ton front est brûlant. Tu as probablement de la fièvre.

— Je me sens très bien, affirma-t-il en éternuant bruyamment.

Sans écouter ses protestations, elle se dirigea vers la salle de bains et réapparut en secouant un thermomètre d'un air très professionnel.

— 38.2, annonça-t-elle. C'est de la température. Tu vas te déshabiller tout de suite, David Small, et te mettre au lit.

— Ce n'est qu'un rhume, protesta-t-il. Demain, je serai d'aplomb.

— A condition que tu te soignes.

Elle le força à avaler un grog avec de l'aspirine, mais quand elle reprit sa température un peu plus tard, il avait 39.

— J'appelle le Dr Sigman, dit-elle d'un ton sans réplique.

— Pourquoi faire ? Ce n'est qu'un simple rhume !

Elle n'en quitta pas moins la pièce d'un pas résolu et se dirigea vers le téléphone.

— Il a eu la même chose la semaine dernière, annonça-t-elle en revenant. C'est une sorte d'infection virale qui court en ce moment, mais elle ne dure pas longtemps. Il faut que tu fasses exactement comme je te l'ai dit, boire chaud, prendre de l'aspirine, et ne pas mettre le nez dehors avant quarante-huit heures.

— Quarante-huit heures ! Mais j'ai une réunion du conseil d'administration demain !

— Oublie-la. Tu vas rester au lit au moins jusqu'à lundi. Pour une fois, le conseil se passera de tes sages avis.

— Mais demain, c'est très important ! Il faut absolument que j'y sois !

— On en reparlera plus tard. Mais ne compte pas trop là-dessus.

La réunion du conseil d'administration commençait à dix heures. Toutefois ceux qui amenaient leurs enfants pour neuf heures au cours d'instruction religieuse arrivaient généralement plus tôt. Auparavant, à huit heures trente, il y avait le miniane du matin auquel le rabbin assistait d'ordinaire tous les dimanches. Après la prière, il allait visiter les classes, puis à dix heures, il gagnait la salle où se tenait le conseil. Comme c'était là un privilège spécial qui lui avait été conféré — il était le seul rabbin de la région dont la présence au conseil d'administration fût tolérée — il se faisait un devoir d'y assister aussi souvent possible.

Ce dimanche-là, cependant, on ne le vit ni au miniane ni à l'Ecole Religieuse. A la même heure, il était attablé en pantoufles et robe de chambre devant le copieux petit déjeuner — des œufs, du jus d'orange, et des toasts — que Miriam considérait comme le régime le plus approprié pour un malade.

Personne au temple ne commenta particulièrement son absence : plusieurs fois déjà, il lui était arrivé d'avoir un empêchement. Mortimer Schwartz et Marvin Brown, toutefois, y virent un signe révélateur.

— Ça crève les yeux, non ? dit Schwartz. Il a dû se rendre compte, qu'il s'était fourré dans de sales draps. S'il engageait les hostilités — et il pouvait difficilement faire autrement — et qu'il soit battu, il ne lui restait plus qu'à céder ou démissionner. Comme il n'avait envie de faire ni l'un ni l'autre, il a préféré rester chez lui.

— Alors qu'est-ce qu'on fait ?

— Ma foi, Marve, je crois que cela change un peu les choses. En l'absence du rabbin, vous devriez présenter au conseil un rapport de commission. C'est l'occasion ou jamais de demander une augmentation de votre budget. Vous n'avez pas besoin de parler de Hirsh. Insistez sur la nécessité de construire une route qui desserve le cimetière.

Il aperçut au même instant Arnold Green, le secrétaire général, qui lui adressait discrètement un signe.

— Qu'est-ce qu'il y a, Arnie ?

Green entraîna le président dans un coin et lui tendit une lettre :

— Lisez ceci. Je viens de la trouver dans la boîte. C'est une lettre du rabbin. D'après le cachet de la poste, elle a dû arriver hier. J'ai préféré vous en parler avant de la présenter au conseil.

Schwartz décacheta la lettre, la parcourut rapidement, puis-il la replia et la remit dans l'enveloppe.

— Ecoutez-moi bien, Arnie, dit-il d'une voix grave, je ne veux pas qu'on lise cette lettre aujourd'hui. Vous ne l'avez jamais reçue. Compris ?

— Mais je suis censé lire toutes les communications qui nous parviennent.

— Vous n'étiez pas censé recevoir celle-ci. Elle m'était adressée. Je vous demande de ne pas en souffler mot.

— Qu'est-ce que c'était ?

— Je n'y comprends fichtrement rien moi-même, et tant que je n'aurais pas réussi à éclaircir cette histoire, nous risquons d'aller au-devant des pires embêtements. Vous vous souvenez de ce qui s'est passé avec le rabbin au moment du renouvellement de son contrat ? Vous n'avez pas envie que cela se reproduise, n'est-ce pas ?

— Non, bien sûr. Mais si le rabbin envoie une lettre au conseil, il va se demander pourquoi elle n'a pas été lue.

— Justement, aujourd'hui il n'est pas là. Ne vous inquiétez pas, on la lira. Mais elle peut attendre une semaine.

— Si vous y tenez.

— J'y tiens. Et maintenant, si nous commencions ?

— Le rabbin est grippé, expliqua le Dr Sigman quand les membres du conseil d'administration eurent gagné leurs places. J'ai eu la même chose la semaine dernière. En principe, il devrait être rétabli d'ici deux trois jours.

— Moi aussi, j'ai eu la grippe au début de la semaine, remarqua Bob Fine. J'ai d'ailleurs failli vous appeler, Docteur. Mais comme votre femme a raconté à Myra que vous l'aviez eue aussi, j'ai pensé que vous n'auriez rien de plus à me prescrire. Alors pourquoi ne pas m'économiser le prix d'une visite ?

Le Dr Sigman rit :

— Il faudra que je recommande à Shirley de ne pas révéler mes secrets.

Du fond de la salle, Marvin Brown s'arrangea pour accrocher le regard du président. Schwartz lui adressa un bref signe de tête et ouvrit la séance. Le secrétaire lut le procès-verbal de la dernière réunion, puis demanda le rapport des différentes commissions. Marvin Brown ne présenta pas de rapport, mais quand on en vint aux affaires nouvelles, il leva la main pour demander la parole.

— Je ne sais pas si j'aurais dû parler de ça dans le rapport des commissions, mais comme je compte déposer une motion, j'ai préféré m'abstenir. Avant de déposer ma motion, j'aimerais donner quelques mots d'explication.

— Vous êtes censé déposer votre motion. Si elle est appuyée et si le président l'inscrit au débat, à ce moment-là, vous pourrez donner vos explications. (Al Becker — le président de l'année précédente — était très à cheval sur la procédure parlementaire.)

— D'accord, Al, mais supposons que personne

n'appuie ma proposition, alors je n'ai aucune chance de pouvoir m'expliquer.

— Dans ce cas, c'est que l'explication n'était pas nécessaire.

— Ouais. Alors si je donne ma démission de président du comité du cimetière et que vous me demandez pourquoi, je vous dirai que mes raisons étaient dans l'explication que vous ne m'avez pas laissée vous donner.

— Ecoutez, mes amis, nous n'allons pas nous disputer pour ça, intervint Schwartz. Vous avez entièrement raison en ce qui concerne la procédure régulière, Al, mais il semble que Marve ait un problème important et je pense que nous devrions l'écouter. Je peux lui retirer la parole si j'estime qu'il s'écarte du sujet.

— C'est justement la question, objecta Becker. Comment pouvez-vous savoir s'il s'écarte du sujet avant qu'il n'ait défini son sujet ?

— Bon sang ! Laissez-le parler !

— Je ne l'empêche pas de parler. Je dis seulement qu'on devrait agir selon les règles. Mais si ça vous plaît, vous autres, de procéder comme ça, allez-y !

— On vous écoute, Marvin.

— Bon. Voilà de quoi il retourne. J'en ai par-dessus la tête d'essayer de vendre quelque chose d'invendable. Croyez-moi, ça vous démolit un bonhomme. Moi, je suis un commerçant et un commerçant a besoin de croire dans sa marchandise. Mon travail à la tête du comité du cimetière, je vous l'avoue, mes amis, je n'y crois plus. J'ai l'impression que la plupart d'entre vous ne se rendent absolument pas compte de l'importance du cimetière pour la congrégation. Pour vous, c'est une bonne occasion de rigoler. Moi, je veux bien que vous vous mettiez à siffloter une marche funèbre quand je me lève pour lire mon rapport. Je suis aussi capable qu'un autre d'apprécier la plaisanterie, mais ce qui m'embête, c'est que vous ne preniez pas au sérieux les problèmes qui se posent. Il faut bien un jour regarder la réalité en face, et pour ma part, je dis que c'est maintenant le moment.

— Alors, qu'est-ce que vous voulez, Marve ?

— Je veux que vous réfléchissiez à ce que ce cimetière signifie pour une jeune congrégation comme la nôtre. Cette communauté est en pleine expansion et un jour prochain, il y aura une autre synagogue, sinon deux, à Barnard's Crossing. Et leurs fidèles ne se recruteront pas uniquement parmi les nouveaux arrivants. L'une d'elles sera peut-être une synagogue libérale et certains des nôtres auront envie, j'en suis sûr, d'y aller. Mais s'ils possèdent chez nous une concession, ou si un membre de leur famille est enterré ici — un mari, une femme, un père, un enfant — vous ne croyez pas qu'ils y réfléchiront à deux fois avant de nous quitter ? Et puis, songez maintenant au côté financier. Un cimetière peut être une mine d'or. Nous prenons presque quatre fois ce que la municipalité demande pour une concession dans le cimetière public. En dix ou quinze ans, ça peut nous permettre de réduire le prix de nos cotisations, ou encore, si c'est bien géré, de nous agrandir. Maintenant, quels sont les problèmes auxquels je suis confronté ? Premièrement, la plupart de nos membres sont jeunes. Ils ne songent pas encore qu'un jour futur, à Dieu ne plaise, ils auront besoin d'une concession. Et puis, voyons les choses en face, quand on demande à quelqu'un d'allonger cent cinquante et quelques billets pour une concession dont l'utilité lui échappe — et j'espère moi aussi qu'il n'en aura pas besoin — c'est une somme, et on comprend qu'il hésite. De plus, beaucoup de nos membres travaillent pour de grosses sociétés, et ils ne savent pas s'ils ne seront pas mutés un jour ou l'autre. Est-ce qu'ils vont revenir ici pour se faire enterrer ? Pour ma part, j'ai quelques idées en tête. Je pense que nous devrions vendre les concessions à tempérament. Chaque membre pourrait verser environ dix dollars par an qui lui seraient facturés en même temps que sa cotisation. Et je suis d'avis d'inclure une clause dans le contrat prévoyant à tout moment la possibilité de revente de la concession sans perte d'argent. De la sorte, s'ils sont mutés, ils peuvent toujours rentrer dans leurs fonds. Je caresse même le projet de vendre les concessions en m'inspirant des contrats d'assurance sur la vie. Si l'un de nos membres meurt avant d'avoir fini de payer sa concession, sa veuve est quitte de tout autre versement.

— C'est cela votre motion, Marve ?

— Non, j'y viens. Je vous racontais tout ça pour vous montrer que votre comité étudie les problèmes à fond. J'ai eu des acheteurs qui m'ont fait le genre d'objections que je viens de vous exposer. Mais — il regarda autour de lui pour s'assurer que chacun était attentif — la plupart me rétorquaient surtout : « Revenez me voir quand vous aurez un cimetière. Pour l'instant, tout ce que vous avez à me proposer c'est un terrain vague. » Et c'est vrai. C'est tout ce que nous avons pour l'instant : un terrain vague entouré d'un côté par un grillage défoncé et de l'autre par un mur en ruine. Nous n'avons pas de chapelle, nous n'avons pas de fleurs, pas de bosquets, nous n'avons pas de clôture convenable, nous n'avons pas de route qui desserve le cimetière, les concessions du fond en particulier. Actuellement, c'est le plus grave handicap.

— Tout ça est en projet. N'avions-nous pas décidé de faire toutes ces améliorations sur les bénéfices ?

— Bien sûr. Mais il faut investir avant d'encaisser. C'est l'emballage, ne l'oubliez pas, qui fait vendre le produit.

— On vous a octroyé un budget de deux mille dollars.

— Ouais ! Et où peut-on aller avec ça ? Une fois payés le jardinier et le gardiennage à mi-temps, il ne reste plus rien.

— Alors, qu'est-ce que vous voulez ? Vingt-cinq mille dollars pour faire un cimetière de luxe histoire de vendre quelques concessions à cent cinquante tickets ?

— Ce n'est pas très juste pour Marve, intervint Schwartz.

— Je vais vous dire ce que je veux : je veux suffisamment d'argent pour construire une route convenable. Alors je pourrais vendre des lots dans n'importe quelle partie du cimetière, et non pas seulement près du coin où il y a un trou dans la clôture. Pour arriver à ça, nous avons établi un projet à la fois pratique et économique. Nous avons eu l'idée d'une route circulaire. Elle permettra d'accéder à n'importe quel point du cimetière. Je demande une augmentation de budget d'au moins cinq mille dollars. Nous pouvons faire l'ouverture de la route et mettre en adjudication la confection de la chaussée. Si l'adjudication dépasse les cinq mille dollars — ce dont je doute — je voudrais que le conseil s'engage à payer la différence. Voilà ma motion.

— Une motion a été déposée. Quelqu'un l'appuie-t-il ?

— Je l'appuie.

— Moi aussi, je l'appuie.

— Très bien. Une motion a été déposée et votée, accordant au comité du cimetière une augmentation de budget de cinq mille dollars destinés à la construction d'une route...

— Mettez une route circulaire.

— D'accord — une route circulaire à l'intérieur du périmètre du cimetière. Tout dépassement des dépenses sera...

Morton Schwartz attentit Marvin Brown à la sortie.

— Bravo, Marve. Vous avez bien joué. J'ai cru un moment que vous alliez donner votre démission !

Marvin sourit :

— C'est ça un bon vendeur.

— On peut dire que vous savez y faire. (Il eut un petit rire.) J'aimerais voir le rabbin essayer de tirer son épingle du jeu !

22

Jacob Wasserman, le fondateur et le premier président de la congrégation, était sans aucun doute la personnalité la plus respectée de la congrégation. Agé de plus de soixante ans, il était l'un des doyens. Il l'avait créée presque seul, consacrant ses soirées à visiter chacune des quelques cinquante familles qui composaient la communauté juive de Barnard's Crossing au lendemain de la Seconde Guerre mondiale. Ils avaient célébré leurs premiers offices dans l'entresol de sa maison avec un rouleau de la Thora emprunté à la synagogue de Lynn, et c'était lui qui avait conduit les prières et psalmodié les textes saints.

Al Becker, son successeur à la présidence, l'accompagnait ce jour-là chez le rabbin. Becker était un petit bonhomme épais à la voix sonore et rocailleuse dont il savait user avec éclat dans la colère. Bien qu'il n'eût ni l'instruction de Wasserman ni sa connaissance de la Tradition juive, il se rangeait fidèlement à ses avis et votait généralement comme lui au conseil.

— C'est une chance que nous ayons décidé, Becker et moi, de passer prendre de vos nouvelles, Monsieur le Rabbin, dit Wasserman. Je savais que le vieux Goralsky était un fieffé ignorant, mais que son fils, un garçon né et élevé en Amérique, tombe lui aussi dans ces superstitions imbéciles — ça, je ne l'aurais jamais cru.

— Une minute, Jacob, dit Becker. Comment pouvez-vous dire que le vieux Goralsky est un fieffé ignorant ? Un homme comme lui, avec une barbe ! Il dit les prières plus vite que n'importe qui de la congrégation, et la plupart du temps, il ne regarde même pas sur le livre.

— De grâce, Becker, ne parlez pas de ce que vous ne connaissez pas. Goralsky prie peut-être plus vite que n'importe qui, et il sait les prières par cœur, pourquoi pas ? Cela fait presque quatre-vingts ans qu'il les dit tous les jours, matin et soir. Mais il ne connaît pas le sens des mots.

— Comment ? Il ne sait pas ce qu'il est en train de dire ?

— Le savez-vous quand vous récitez les prières en hébreu ?

— Pour être franc, la plupart du temps, j'utilise le côté anglais.

— Alors, c'est une supériorité que vous avez sur lui. Mais la question est de savoir ce que nous allons faire maintenant.

Becker secoua la tête d'un air sombre :

— Quel malheur que vous soyez tombé malade juste cette semaine, Monsieur le Rabbin. Si vous aviez été à la réunion, hier, vous auriez pu expliquer quel était le véritable mobile de...

— D'après votre récit, j'en doute. Si j'ai bien compris, il s'agissait d'une motion d'ordre général visant à augmenter le budget du comité du cimetière afin d'améliorer l'état des lieux. Dans son principe, je trouve que c'est une idée excellente, et je me vois mal me levant pour accuser M. Brown et votre président de nourrir une arrière-pensée.

— Evidemment, cela aurait été mal venu de la part du rabbin, reconnut Wasserman. Cela revenait à traiter Schwartz de menteur. Et même s'il l'avait fait et que toute l'affaire ait été éventée, en aurions-nous été plus avancés ? Après que Schwartz eut révélé le fin mot de l'histoire, ne pensez-vous pas que la majorité du conseil aurait pris son parti ? Croyez-vous qu'ils auraient longtemps hésité entre la tombe d'un étranger et une donation de cent mille dollars ou plus ?

— Je ne puis permettre la profanation de la sépulture d'un juif par ses corréligionnaires, dit le rabbin calmement.

— Mais qu'est-ce qu'on peut y faire, Monsieur le Rabbin ! dit Becker. Soyez raisonnable. La route a déjà été votée. Il ne s'agit plus de ce pauvre Hirsh. Maintenant la question est de savoir qui détermine la politique de la congrégation : vous ou le conseil d'administration.

— Pas tout à fait, Monsieur Becker, dit le rabbin. Dans le domaine qui nous occupe, mon autorité est sans appel.

— Je ne vous suis pas très bien.

— Ce n'est pourtant pas compliqué. Bien qu'on ait coutume de dire que le rabbin est au service de la congrégation, ce serait une erreur de le mettre sur le même pied qu'un employé ordinaire. Ma position ici s'apparente davantage à celle d'un expert-comptable chargé de tenir les livres qu'à celle d'un Stanley Doble chargé d'entretenir le bâtiment et ses alentours. Je ne suis pas un simple instrument dont la congrégation pourrait user à son gré. On ne peut me demander de prendre un parti qui aille à l'encontre des principes de ma profession pas plus qu'on ne peut demander à un expert-comptable de falsifier les livres. L'expert-comptable doit se plier aux règles de sa profession avant de se plier aux ordres de ceux que l'ont engagé. De la même façon, au-delà du dévouement que je dois à la congrégation, je me dois à la Tradition juive dont je suis le garant. Dans certains domaines — et celui-ci en est un — mon autorité suprême ne saurait être mise en question par la congrégation.

— Certes...

— Une veuve vient me voir, poursuivit le rabbin d'un ton vif, et demande que son défunt mari soit enterré dans un cimetière juif selon le rite juif. C'est d'abord à moi et à moi seul de décider s'il est juif selon notre loi, et j'ai décidé qu'il l'était. C'est encore à moi et à moi seul de décider si les circonstances de sa mort autorisent un enterrement religieux. S'il y a apparence de suicide, c'est à moi et à moi seul de décider quel crédit il appartient de leur accorder, quelle part il convient de faire aux circonstances atténuantes, et enfin avec quelle rigueur appliquer les règles relatives à l'enterrement d'un suicidé. Tout cela n'est pas du ressort de la congrégation, mais purement rabbinique.

— Vu sous cet angle...

— Ayant pris ma décision, j'ai adressé la veuve, ou en l'occurrence son représentant, au président du comité du cimetière, M. Brown. Celui-ci, au nom de la congrégation, a vendu à la veuve une concession et accepté son paiement. Si le règlement de la congrégation prévoyait que le cimetière fût réservé uniquement à ses membres et si, au nom de ce principe, il avait été dénié à Hirsh le droit d'y être enterré, je n'avais rien à dire. Tout au plus aurais-je pu tenter d'user de mon influence. Mais le règlement prévoit des dispositions spéciales dans un cas comme celui-ci. Il est prévu le paiement d'un droit qui confère à titre posthume la qualité de membre de la congrégation et ce droit a été payé et accepté.

— En effet.

— Ayant accordé à Hirsh le titre de membre nominal de la congrégation selon les statuts qu'ils ont eux-mêmes établis, ils doivent donc procéder à son enterrement comme ils le feraient pour celui de n'importe quel autre membre.

— Ce n'est pas seulement dans nos statuts, mais c'est dans l'esprit même de notre tradition, dit Wasserman.

— Maintenant, supposons qu'un jour on découvre une preuve, une preuve irréfutable démontrant que Hirsh s'est réellement suicidé — et tel n'est pas le cas — alors de nouveau c'est à moi et à moi seul de décider si sa présence porte préjudice au cimetière. Et si j'en jugeais ainsi, ce serait à moi et à moi seul de décider quelle mesure de purification s'impose. Mais le conseil choisit de suivre M. Goralsky dans ce domaine. Pourquoi ? Sa connaissance de la Loi est-elle plus grande que la mienne ? Il l'a peut-être reçue du Gaon (1) de Vilna !

Le rabbin avait élevé la voix et son visage ordinairement pâle brûlait d'indignation. Il se redressa dans son fauteuil et sourit d'un petit sourire désabusé :

— J'ai déclaré à M. Schwartz et à M. Brown que

(1) Maître d'une Ecole Talmudique.

j'interdisais la profanation de la sépulture de Hirsh. Naturellement, en l'état actuel des relations entre la congrégation et le rabbin, mon veto n'a pas force de loi. Aussi quand M. Brown m'a appelé pour me dire que le comité choisissait de passer outre, j'ai fait la seule chose qui me restait à faire : j'ai envoyé ma démission.

— Votre démission ! s'exclama Wasserman.

— Vous voulez dire que vous l'avez *déjà* envoyée ! s'écria Becker.

Le rabbin acquiesça :

— Après le coup de téléphone de Brown, je l'ai immédiatement rédigée et postée.

— Mais pourquoi, Monsieur le Rabbin, pourquoi ? se lamenta Becker.

— Je viens de vous l'expliquer longuement.

Wasserman était consterné :

— Vous auriez dû m'appeler d'abord, m'expliquer votre position. Nous aurions pu en discuter ensemble. J'aurais pu parler à Schwartz, soumettre la question au conseil. J'aurais...

— Comment le pouvais-je ? C'était une affaire entre Brown, Schwartz, et moi. Pouvais-je m'adresser à vous pour que vous m'aidiez à exercer mon autorité ? Et puis, à quoi cela nous aurait-il avancés ? Vous auriez divisé la congrégation en deux clans et en fin de compte, le conseil aurait voté avec Schwartz. Vous l'avez dit vous-même, mis en demeure de choisir entre la dépouille d'un étranger et un bâtiment de cent mille dollars, pensez-vous que le conseil eût longuement balancé ?

— Et qu'en dit Mme Small ? demanda Wasserman.

— Minute, Jacob, interrompit Becker. Vous dites, Monsieur le Rabbin, que vous avez envoyé cette lettre vendredi matin. Donc, elle aurait dû arriver samedi. Si elle était adressée au président de la congrégation, elle aurait dû être déposée dans la boîte avec le reste du courrier administratif, le secrétaire aurait dû la recevoir et la montrer à Morton Schwartz. Pourquoi donc Schwartz ne l'a-t-il pas lue dimanche au conseil ?

— Voilà une bonne question, Becker.

— Ça veut dire forcément que Schwartz n'a pas l'intention de l'accepter.

— C'est possible, dit Wasserman songeusement, mais je ne le crois pas.

— Vous pensez qu'il veut en discuter d'abord avec le rabbin ?

— C'est possible également, mais j'en doute.

— Alors qu'est-ce que vous croyez ?

— D'après moi, il veut en parler d'abord avec ses amis du conseil pour s'assurer de leur soutien. Ensuite seulement il amènera la question sur le tapis et ils voteront tous comme un seul homme.

— Mais pourquoi, Jacob ? Vous croyez qu'il veut se débarrasser du rabbin ?

— Je crois que pour lui cette fameuse construction prime tout et qu'il ne laissera rien se mettre en travers de son chemin.

— Pourquoi est-ce si important pour lui ? Nous n'avons pas réellement besoin d'un nouveau sanctuaire.

— Parce que c'est une construction neuve, voilà pourquoi. C'est ce fameux progrès dont ils nous rebattent les oreilles. C'est une construction qui représente de cent à cent cinquante mille dollars dont il pourra se vanter d'avoir doté la congrégation. La synagogue actuelle a été construite sous mon mandat.

— Moi, je n'ai rien fait construire, objecta Becker.

— C'est vous qui avez acheté le cimetière. Quand on installera une grille, votre nom figurera au-dessus de l'entrée. Schwartz désire faire quelque chose dont il pourra dire : « Voilà ce que j'ai apporté à la congrégation pendant mon mandat. » Qu'en pensez-vous, Monsieur le Rabbin ?

Le rabbin qui avait promis de ne pas souffler mot de l'intérêt personnel de Schwartz hocha évasivement la tête :

— Oui, c'est probablement quelque chose comme ça.

— Eh bien, Monsieur le Rabbin, dit Wasserman, ce ne sera pas facile, mais nous allons essayer d'arranger l'affaire.

— Je n'arrive pas à comprendre pourquoi il ne nous a pas appelés, fit Becker en sortant. Il sait que nous sommes ses amis et nous ne sommes pas les seuls. Tenez, moi, par exemple, je lui dois une fière chandelle. Il s'est vraiment mis en quatre pour m'aider la fois où mon associé, Mel Bronstein, était dans le pétrin. J'aurais été content de le payer de retour. Vous savez, le rabbin a changé depuis qu'il est ici. Je me souviens, à son arrivée, il était si timide qu'on entendait à peine le son de sa voix. A présent, il se conduit comme s'il n'avait de comptes à rendre à personne.

— C'est parce qu'il a mûri ; c'est devenu un homme. Quand il est arrivé ici, c'était encore un enfant. Il sortait tout droit du séminaire, il avait ses idées, mais il les disait si doucement que personne n'y prêtait attention. Avec les années, il a pris de l'assurance. Je vous le dis, Becker, notre rabbin, il a comme un radar dans la tête.

— Comment ça, un radar ?

— Quand un avion vole la nuit, le pilote a un instrument pour le guider ; c'est comme s'il suivait une ligne invisible. Dès qu'il s'en écarte d'un côté ou de l'autre, l'instrument fait bip bip. Notre rabbin, c'est pareil. Il a dans la tête les principes de la tradition juive. Dès que la congrégation s'en écarte d'un côté ou de l'autre, il entend comme un bip bip et il sait que nous sommes dans notre tort.

— Oui, mais cette fois, avec son bip bip, il risque de se ramasser.

— Pouquoi ?

— Parce que, le pauvre diable risque de perdre sa place et que sa femme attend un enfant.

— Tu aurais pu au moins m'en parler, dit Myriam. Quand je t'ai entendu annoncer à M. Wasserman et à M. Becker que tu avais envoyé ta démission, j'ai dû me tenir à quatre pour ne pas entrer. J'ai remarqué d'ailleurs que tu avais soin de ne pas répondre lorsqu'ils t'ont demandé ce que j'en pensais. Ils considéraient évidemment que j'avais mon mot à dire.

— Je suis désolé, ma petite Miriam. C'était idiot de ma part, mais je ne voulais pas t'inquiéter dans ton état. Je pensais qu'entre-temps, tout se serait arrangé. Il ne m'est pas venu à l'esprit un seul instant que Schwartz pouvait intercepter ma lettre.

— Et s'il l'avait lue et que le conseil se soit rangé à son avis ?

— Je ne crois pas qu'il l'aurait fait — pas si j'avais été là pour m'expliquer. (Il avait parlé jusque-là d'un ton d'excuse, mais sa voix changea brusquement :) Si le conseil avait décidé de suivre Schwartz, alors je n'aurais eu d'autre choix que de démissionner. Pour moi, il s'agit d'une question fondamentale. Ou bien nous sommes une communauté religieuse, une congrégation, ou bien nous ne sommes rien du tout, et ma place n'est pas ici.

— Alors que vas-tu faire maintenant ?

Il haussa les épaules :

— Que veux-tu que je fasse ? La situation ne dépend plus de moi. Espérons seulement que Wasserman et Becker auront suffisamment de poids pour...

— Tu veux dire que tu vas rester les bras croisés à attendre que la question soit résolue d'une façon ou d'une autre ?

— Que suggères-tu ? dit-il, piqué au vif.

— Tu as dis que c'était profaner une sépulture. Alors, adresse-toi aux autorités civiles, parles-en avec Mme Hirsh, essaye...

— Impossible. Je suis toujours au service de la congrégation et si ses représentants veulent passer outre à mon interdiction, je ne puis m'en plaindre aux autorités extérieures.

— Il me semble, dit-elle aigrement, que tu te soucies beaucoup plus de tes démêlés avec le conseil que du sort de Hirsh. Tu condamnes leur attitude, d'accord, mais si c'est la profanation qui te préoccupe tellement, que comptes-tu faire pour l'empêcher ?

— Que veux-tu que…

— Le moins que tu puisses faire, c'est établir ce qui s'est réellement passé.

— Vraiment ! Et comment m'y prendrais-je ?

— Eh bien si on trouvait une lettre qu'il aurait laissée, cela prouverait que c'était un suicide, n'est-ce pas ?

— Oui, mais ne pas en trouver, cela ne prouve rien. C'est une preuve négative.

— Il me semble que si on peut prouver que quelqu'un a fait une chose, on doit être capable de prouver qu'il ne l'a pas faite.

— Voyons, Miriam, dit-il patiemment, parce qu'on ne peut pas prouver une chose, cela ne signifie pas pour autant…

— Tout ce que je sais, s'entêta-t-elle, c'est que si un homme a fait quelque chose, un autre doit être capable de découvrir ce qui s'est passé. Il y a la veuve, en plus, tu sembles l'oublier. La compagnie d'assurances a envoyé un enquêteur, et Mme Marcus m'a dit l'autre jour au téléphone que son amie, Mme Hirsh, craignait de ne pas toucher la police d'assurance s'il prouvait que c'était un suicide.

— Il ne peut pas plus prouver que c'était un suicide que nous ne pouvons prouver que c'était un accident.

— Oui, mais il peut lui faire des tas d'ennuis — suspendre indéfiniment le paiement de l'assurance. David, tu *dois* faire quelque chose !

— Mais comment, femme, comment ?

— Je ne sais pas. C'est toi le rabbin. C'est ton rayon. Tu pourrais au moins essayer.

Il contempla un moment son visage suppliant.

— D'accord, Miriam, je veux bien essayer. Je vais

appeler Lanigan pour lui demander si nous ne pouvons pas examiner les faits ensemble. Peut-être découvririons-nous quelque chose.

— Je vais faire mieux, dit le commissaire à l'autre bout du fil. J'ai appris que vous aviez été souffrant ; au lieu d'attendre que vous veniez demain à mon bureau,si je passais chez vous ce soir avec le dossier ?

— Je ne voudrais pas vous occasionner un tel dérangement...

— C'est vous qui m'obligeriez, Monsieur le Rabbin. Gladys reçoit quelques amies pour le thé et je ne serais pas fâché de leur échapper.

— Dans ces conditions...

— Entendu. Dites donc, j'ai une autre idée : Charlie Beam est-il déjà venu vous voir ?

— Charlie Beam ?

— C'est l'enquêteur de la compagnie d'assurances. Si je l'amenais avec moi ?

— Volontiers.

— Parfait, dit Lanigan. (Il eut un petit rire.) Je crois que je vais bien m'amuser.

— Pourquoi ?

— Eh bien, vous, Monsieur le Rabbin, vous espérez démontrer que c'était un accident et Beam, naturellement, aimerait prouver que c'est un suicide afin que sa compagnie n'ait pas à payer. Et moi, je serai là, entre vous deux, pour une fois peinard, et je regarderai le match !

23

Par égard pour ses visiteurs, le rabbin avait troqué sa robe de chambre contre un pantalon et une chemisette. Les présentations faites, Miriam, jugeant que l'entretien n'entrait pas dans les fonctions officielles de son mari et que l'enjeu de la partie la concernait, resta dans le bureau.

— Je vais d'abord vous rappeler les faits tels qu'ils se présentent, dit Lanigan en ouvrant un dossier cartonné. Nous en discuterons ensuite. Bon, voilà : Isaac Hirsch, 4, Bradford Lane, marié, Blanc, cinquante et un ans, un mètre soixante, quatre-vingt-dix kilos. Vous le connaissiez, Monsieur le Rabbin ? (Le rabbin fit un signe de dénégation.) Il devait être à peu près de la taille et de la corpulence de Charlie. Peut-être un peu plus petit.

— Je mesure un mètre soixante-cinq, dit Beam.

— C'est bien ce que je disais. J'insiste sur ce point parce qu'il est important, vous verrez. Le vendredi 18 septembre — c'était la veille de votre Kippour — Hirsh quitte le laboratoire Goddard où il travaille et rentre chez lui, comme à l'accoutumée, un peu après dix-huit heures. A noter que tous les autres employés juifs sont partis ce jour-là un peu plus tôt. Mais bien qu'il fût juif, Hirsh n'était pas pratiquant et par conséquent, il n'avait aucune raison de le faire. Il arrive chez lui et laisse sa voiture devant la maison.

— Il avait la flemme d'aller ouvrir le garage, je suppose, dit Beam.

— Non, il était ouvert. C'est courant par ici. Il n'y a pas beaucoup de chapardages dans le coin et les habitants du quartier ne ferment leur garage que le soir, en se bouclant pour la nuit.

— Vous savez si Hirsh procédait ainsi ? demanda Beam.

— Oui, ce détail joue également un rôle dans la suite de l'histoire, mais n'anticipons pas. Colonial Village est habité en grande partie par des familles juives — c'est même un sujet de plaisanterie à Barnard's Crossing — et Patricia Hirsh, la femme de Isaac Hirsh, devait garder les enfants des Marcus, leurs voisins d'en face qui se rendaient à la synagogue. Elle avait promis d'être là-bas de bonne heure. Elle sert donc à Hirsh son dîner et part vers dix-huit heures trente. Hirsh achève son repas et quitte la maison à dix-neuf heures.

— Vous êtes sûr de l'heure ? interrogea le rabbin.

— Absolument sûr. Nous la tenons du livreur dont je vous ai parlé. Hirsh se dirige ensuite vers le laboratoire. Il a été aperçu pour la dernière fois par la police fédérale stationnant sur la Nationale 128 à environ deux cents mètres du laboratoire. Vous vous souvenez, ils sont revenus sur leurs pas après avoir reçu notre avis de recherche, et ils ont trouvé sur le bas-côté l'emballage et la bouteille.

— Avaient-ils signalé auparavant la présence de sa voiture ?

— Ils n'avaient aucune raison de le faire, pas plus

que de noter l'heure ni l'endroit. Ils se sont simplement rappelés avoir aperçu au cours de leur ronde une voiture en stationnement. Ils ne se souvenaient même pas de l'endroit exact. Ils ont dû refaire tout leur trajet en vérifiant chaque emplacement. Tout ce que nous savons, c'est que Hirsh s'est arrêté là à un moment donné de la soirée. Et c'est la dernière fois qu'il a été aperçu vivant.

— Mais vous avez dit vous-même qu'ils ne l'ont pas réellement vu. Ils ont juste aperçu sa voiture.

— Ils ont distingué une silhouette à l'intérieur. Nous supposons que c'était Hirsh. Est-ce important ?

— Probablement pas. Continuez.

— Mme Hirsh est retournée chez elle vers vingt-trois heures, vingt-trois heures trente.

— Si tard que cela ? L'office s'est terminé vers dix heures un quart.

— Les Marcus ne sont pas rentrés directement. Ils se sont arrêtés un moment chez des amis, intervint Beam. C'est Mme Marcus qui me l'a dit.

— Et je suppose qu'à leur retour, ils ont bavardé quelques instants avec Mme Hirsh, ajouta Lanigan. Vers minuit, elle a appelé le laboratoire pour demander à quelle heure son mari rentrerait.

— Comment savait-elle qu'il était là-bas ? questionna le rabbin.

— Il lui arrivait souvent de retourner au labo le soir, et pendant le dîner il avait annoncé son intention d'y faire un saut. Mais le gardien de nuit lui a répondu qu'il ne l'avait pas vu de la soirée. C'est alors qu'elle nous a téléphoné.

Il raconta comment ils avaient donné l'alerte et comment le policier de service, quand la voiture de patrouille s'était arrêtée chez Mme Hirsh, avait remarqué que la porte du garage était fermée, alors qu'il se souvenait l'avoir vue ouverte au moment de sa ronde.

— Il est donc allé faire un tour dans le garage et il a découvert à l'intérieur la voiture rangée à environ quarante-cinq centimètres du mur. Il s'est faufilé jusqu'à la portière du côté conducteur, l'a ouverte, et a découvert sur le siège du passager Hirsh mort. Près de lui, une bouteille de vodka à moitié vide. Le contact était allumé, mais le moteur ne tournait pas — il ne restait plus d'essence dans le réservoir. Il a appelé par radio le commissariat et nous avons envoyé là-bas un médecin et un photographe. (Il ouvrit une chemise et en tira une grande photographie sur papier glacé.) C'est notre meilleur cliché. Vous remarquerez combien la voiture serre le mur du garage du côté du conducteur — il n'y a pas plus de quarante-cinq centimètres entre les deux — et de l'autre côté vous remarquerez cette poubelle à environ trente centimètres de la voiture. C'est important pour la thèse de Charlie. On ne le voit pas sur la photo, mais le pare-choc arrière de la voiture touchait presque le mur du fond. Comme le réservoir était vide, nous avons enlevé le corps et laissé la voiture où elle était. Le lendemain matin, nous avons remis un peu d'essence et emmené la voiture au commissariat où elle est depuis. Mme Hirsh ne sait pas conduire. Du moins, elle n'a pas son permis. Voilà tous les éléments. Ah oui ! Nous avons aussi fait procéder à une autopsie qui a confirmé la présence d'une quantité d'alcool équivalent à un demi-litre de vodka. L'autopsie nous a également permis d'établir l'heure de la mort : entre vingt heures trente et vingt et une heures.

Tous les quatre restèrent silencieux un moment comme s'ils rendaient hommage au défunt. Puis le rabbin remarqua :

— Vous avez passé plusieurs choses sous silence, commissaire, sans doute parce que vous considériez que nous les savions, et d'abord le fait que l'homme était un alcoolique. Or, vous m'avez vous-même déclaré qu'en règle générale, les alcooliques ne se suicident pas.

Beam sourit :

— C'est une de ces généralisations qui servent à étayer une théorie personnelle. Il y a presque autant de théories sur l'alcoolisme que de médecins qui se penchent sur la question. On prétend, par exemple, que tous les alcooliques sont sexuellement déficients. Que l'un d'eux échappe à la règle, on affirme alors qu'il n'était pas un véritable alcoolique. On n'en sort plus.

— Admettons. Mais ce n'est pas tout. Hirsh, tout le monde s'accorde à le dire, adorait sa femme. Il avait souscrit une importante assurance en sa faveur, preuve de sa sollicitude à son égard. Et il se serait suicidé sans lui laisser un mot d'explication ?

— C'est plus courant que vous ne le pensez. Parfois, la lettre arrive plus tard, parfois les intéressés eux-mêmes la trouvent et la détruisent, si vous voyez ce que je veux dire. Parfois aussi, le désespéré se garde d'en laisser une pour qu'on ne sache pas qu'il s'est suicidé et que le bénéficiaire puisse toucher l'assurance.

— Mais rien dans son attitude générale ne laissait prévoir un tel geste.

— Qu'en savons-nous ? Comment savoir quel facteur détermine un homme à se suicider ? Peut-être le fait que c'était Yom Kippour, le Jour du Jugement, si je ne me trompe, a-t-il lui aussi joué un rôle décisif ?

— Que voulez-vous dire ?

— Peut-être songeait-il au suicide depuis longtemps, et voilà qu'une bouteille de vodka lui tombe du ciel justement ce soir-là. Peut-être y a-t-il vu un présage ?

— Plus vraisemblablement un prétexte pour céder à ses penchants, rétorqua le rabbin. Nous savons qu'il a abandonné l'emballage sur le bas-côté, comme s'il avait commencé à boire à cet endroit. En arrivant chez lui, il devait être passablement éméché.

— Ça ne l'a pas empêché de conduire pendant quinze kilomètres ni de ranger sa voiture sans heurter le mur d'un côté ni la poubelle de l'autre.

— C'est là-dessus que vous vous fondez ? Sur le fait qu'il était capable de garer sa voiture sans rien heurter ?

— Et sur le fait qu'il était suffisamment conscient pour éteindre les phares — mais laisser le contact — aller fermer la porte du garage, et revenir s'asseoir dans la voiture. S'il avait été ivre au point de ne pas se rendre compte de ce qu'il faisait, pourquoi serait-il revenu dans la voiture ? Pourquoi ne serait-il pas allé directement dans la maison ? Il savait qu'il n'y aurait personne là-bas avant un bon moment. Il avait beau ne pas être pratiquant, il devait bien se douter que le service ne se terminerait pas avant dix heures.

— En général, les alcooliques sentent confusément où ils peuvent boire et où ils ne le doivent pas, intervint Lanigan. Je suppose que pour lui, la maison était un endroit tabou. Par contre, je ne comprends pas pourquoi, après être allé fermer la porte du garage, il est revenu s'asseoir sur le siège avant. S'il comptait se suicider et sachant que l'oxyde de carbone met un certain temps, adoucir ses derniers instants avec de la vodka, pourquoi ne pas s'être installé sur le siège arrière qui était non seulement plus confortable mais plus près de la porte du garage ?

Beam haussa les épaules :

— Question d'habitude, probablement. L'important c'est qu'il était suffisamment sobre pour, premièrement, se garer dans un espace étroit entre la poubelle et le mur du garage...

— Un instant. Quel genre de poubelle est-ce, commissaire ? On dirait un de ces nouveaux modèles en plastique.

— C'est exact, Monsieur le Rabbin. C'est une poubelle de soixante-dix litres en plastique rouge avec un couvercle.

— Etait-elle pleine ou vide ?

— Elle devait être vide, David, puisque c'était vendredi, intervint Miriam.

Elle expliqua à Beam que le ramassage des ordures ménagères se faisaient toujours le vendredi matin, côté pair. Les maris sortent les poubelles pleines sur le trottoir le jeudi soir et les femmes les rentrent le lendemain matin.

— Mme Small a raison, dit Lanigan. La poubelle était vide.

— Et alors ?

— Alors, il y a une différence, commença le rabbin sur le ton impersonnel d'un conférencier, entre une poubelle vide et une poubelle pleine et une différence encore plus grande entre une poubelle en tôle galvanisée et une poubelle en plastique.

— Vous allez encore nous sortir un de vos raisonnements à la manière talmudique, Monsieur le Rabbin ? Comment appelez-vous cela déjà ? Un pil…

— Un *pilpul.* Pourquoi pas, si cela peut nous aider à découvrir la vérité.

Lanigan sourit :

— Le Talmud, dit-il à Beam, est le livre juif de la Loi. Ils ont là-dedans une façon spéciale de raisonner que le rabbin a déjà utilisé avec moi en certaines occasions, et le *pilpul* est une manière de couper les cheveux en quatre qui…

— Dites plutôt une façon d'établir une subtile distinction, intervint le rabbin d'un ton de reproche.

— Je n'ai rien contre les subtiles distinctions, fit Beam d'un ton suffisant, mais je ne vois pas quelle différence cela peut bien faire que la poubelle soit pleine ou vide, en tôle ou en plastique !

— En fait, il y a quatre possibilités. (Le rabbin se leva et se mit à arpenter la pièce, les mains dans les poches.) La poubelle peut être en tôle et pleine, ou en tôle et vide, en plastique et pleine, ou en plastique et vide. Le premier point à considérer est la différence entre la poubelle pleine et la poubelle vide. La poubelle pleine, en principe, est lourde et relativement difficile à déplacer. La poubelle vide est légère. C'est d'ailleurs pourquoi ce sont les hommes qui la sortent le soir sur le trottoir, quand elle est pleine, et les femmes qui la rentrent, le matin dans le garage quand elle est vide. Si la poubelle était pleine, on pourrait la considérer comme un obstacle, et il ne viendrait pas plus à l'idée d'un conducteur sobre d'entrer dedans avec sa voiture que d'entrer dans ce mur. Mais si elle était vide ? Dans ce cas, elle serait relativement légère, et même s'il la heurtait avec sa voiture le mal ne serait pas bien grand. Il n'endommagerait pas énormément sa carrosserie, et le contenu de la poubelle, si elle se renversait, ne risquerait pas de se répandre. De toute façon, dans un cas comme dans l'autre, pour un conducteur sobre, la manœuvre ne présentait pas de difficulté. Il disposait de plus de quarante centimètres de chaque côté, c'est plus que suffisant même pour un chauffeur dans mon genre. *Mais* un conducteur en état d'ivresse ? Il aurait pu avoir du mal à s'y prendre *si* — il agita l'index — la poubelle était pleine. Mais il sait qu'elle est vide...

— Un instant, interrompit Beam. Comment le sait-il ?

— Il le sait parce qu'elle est à l'intérieur du garage. Si elle avait été pleine, elle aurait été dehors, sur le trottoir, où il l'avait déposée la veille. Voilà donc un homme qui range sa voiture dans un garage étroit. Il sait qu'il doit faire attention d'un côté pour ne pas heurter le mur, mais de l'autre, il y a seulement une poubelle vide. Même éméché, il s'en serait souvenu inconsciemment et il aurait su qu'elle ne constituait pas réellement un obstacle. Toutefois, il aurait probablement essayé de l'éviter et selon sa plus ou moins grande habileté à le faire, on aurait pu en déduire son degré d'ébriété. *Mais* il ne s'agit pas d'une poubelle en tôle galvanisée que le pare-choc de la voiture pourrait cabosser et qui en retour pourrait endommager la carrosserie. Il s'agit d'une poubelle en plastique, une poubelle en plastique vide. Quand on la heurte, elle s'aplatit ou bien elle va rouler plus loin. Voyons, poursuivit-il en dessinant du doigt des cercles en l'air à la façon talmudique, s'il est indifférent à un homme de heurter une poubelle en tôle galvanisée parce qu'il sait qu'elle est vide, *al achas cammo v'cammo* — excusez-moi, s'interrompit-il, je me suis laissé emporter : c'est une expression en hébreu qu'on retrouve souvent dans le raisonnement talmudique et qui signifie *a fortiori* — a fortiori, donc, il lui est indifférent de heurter une poubelle en plastique vide.

Il se tourna vers Lanigan :

— Puisque cela semble vous intéresser, ce mode de raisonnement s'appelle *cal v'chomar* ce qui signifie « léger et fort » ; il consiste à démontrer que si un argument est convaincant, un argument similaire mais plus fort est encore plus convaincant et peut être considéré comme une preuve. Donc, de notre point de vue, la poubelle en plastique vide ne consistue pas plus un obstacle qu'un ballon de plage. Hirsh, en fait, aurait très bien pu la heurter et la poubelle aurait très bien pu rebondir contre le pare-choc et s'arrêter dans la position où on l'a trouvée.

Le commissaire secoua la tête d'un air admiratif :

— Il vous a bien rivé votre clou, Charlie. Avec sa poubelle en plastique vide, votre théorie tombe à l'eau.

— Je ne connais rien aux poubelles, en plastique ou pas, mais j'ai d'autres arguments dans ma poche. Et le fait qu'il réussit à amener la voiture juste à deux doigts du mur du fond ? C'est drôlement fortiche de la part d'un type trop rétamé pour songer à couper le contact.

Le commissaire regarda le rabbin, attendant sa réponse, mais celui-ci semblait avoir oublié leur présence. Enfoncé dans son fauteuil, il contemplait songeusement le plafond.

— Qu'est-ce que vous répondez à ça, Monsieur le Rabbin ? insista Beam.

Le rabbin négligea la question.

— Il y a une autre facette dans le raisonnement talmudique, poursuivit-il d'une voix lointaine. C'est l'argument *im kain.* Ces mots signifient « s'il en est ainsi », et c'est essentiellement une sorte de *reductio ad absurdum.* Dans le cas présent, cela donnerait à peu près ceci : et la voiture était si près du mur du garage, comment pouvait-il sortir du côté du conducteur ? Et si elle était si près de la poubelle, comment pouvait-il sortir de l'autre côté ?

Lanigan regarda le rabbin d'un air surpris :

— Mais vous avez déjà répondu à cette question. Vous avez prouvé que la poubelle ne constituait pas un obstacle.

— Ce n'était pas un obstacle pour la voiture, mais c'en était un pour Hirsh.

Lanigan était exaspéré :

— Bon sang, Monsieur le Rabbin, on ne peut pas tirer la couverture des deux côtés ! Vous avez démontré qu'une poubelle en plastique ne constituait pas un obstacle, et maintenant vous dites que c'en est un !

Le rabbin hocha la tête :

— Précisément. Ce n'était pas un obstacle pour un homme au volant, mais c'était un obstacle pour Hirsh allant fermer la porte du garage.

— Pourquoi ? Il n'avait qu'à la pousser avec le pied.

— Mais il ne l'a pas fait puisqu'elle était encore là quand vous avez trouvé le corps et pris la photo.

— Je ne vois pas où vous voulez en venir, dit Lanigan.

— Moi non plus, dit Beam.

— Hirsh gare la voiture. Il ne peut pas sortir du côté du conducteur. Il n'a pas la place. Donc, il sort du côté du passager. Il écarte la poubelle et va fermer la porte du garage. Parfait. Il revient ensuite vers le siège avant de la voiture. Il passe près de la poubelle et que fait-il ? Il la remet là où il l'avait prise ? Pourquoi ferait-il une chose pareille ?

— Pourquoi ? Est-ce que je sais, moi ! Mais il a dû le faire ! s'exclama Lanigan. Ou bien peut-être que quand il l'a écartée en descendant, il l'a poussée si fort qu'il l'a envoyée rouler contre le mur et qu'elle... non, ça ne tient pas debout. (Il fixa le rabbin.) Bon sang ! Nous savons qu'il ne pouvait pas sortir du côté du conducteur. Avec son embonpoint, c'était impossible ; et maintenant, voilà qu'il ne pouvait pas sortir de l'autre côté non plus. Pourtant il n'y a que deux façons de sortir d'une voiture. Donc...

— Allez-y, dites-le : s'il n'est sorti ni d'un côté ni de l'autre, c'est qu'il n'est pas sorti de la voiture. Mais la porte du garage était fermée, donc c'est quelqu'un d'autre qui l'a fermée. Et ce quelqu'un d'autre, selon toute vraisemblance, c'était le conducteur. Et Hirsh était assis du côté du passager, parce qu'il était effectivement le passager. Et cela explique à son tour comment un homme ayant absorbé un demi-litre de vodka a pu parcourir quinze kilomètres et garer sa voiture dans un espace aussi étroit. Il n'a pas eu grand mal parce que ce n'était pas lui qui conduisait. Et une fois dans le garage, le chauffeur, une personne beaucoup plus mince que Hirsh, est sorti de la voiture du côté du conducteur, a fermé la porte du garage, et en est partie. Et Hirsh n'a pas bougé parce qu'il était soit trop ivre pour se rendre compte de ce qui se passait, soit plus vraisemblablement sans connaissance.

Lanigan contempla le rabbin :

— Mais c'est un meurtre !

Le rabbin acquiesça.

Une heure plus tard, ils en étaient toujours là.

— C'est insensé, Monsieur le Rabbin !

— Pourtant c'est l'explication la plus satisfaisante. Il y avait autant d'arguments contre la thèse du suicide que contre celle de l'accident. Mais il n'y a pas d'arguments logiques contre la thèse du meurtre. Au contraire, elle explique tout.

— Et moi qui me croyais peinard ! se lamenta Lanigan.

— Vous allez avertir le D.A. ?

— Je ne peux pas le faire tout de suite. Il faut d'abord que je vérifie.

— Vérifier quoi ?

— Il faut que je parle à mes hommes. Peut-être n'ont-ils pas pris cette photo aussitôt en arrivant. Peut-être ont-ils d'abord fait le tour de la voiture, je ne sais pas, moi. J'ai un tas de questions à leur poser.

Le commissaire était embêté :

— Il me faut une preuve matérielle, vous comprenez ! Je ne peux pas aller trouver le D.A. avec votre argumentation tirée par les cheveux. Je ne suis même pas sûr d'être capable de la répéter. Il faudra que je prouve que cette poubelle n'a pas été bougée, que Hirsh n'a pas pu y toucher, que je fournisse des mesures précises.

— Vous avez dit que Charlie était petit — un mètre soixante. Il y a des chances pour que le conducteur ait été plus grand. Si le siège a été reculé, sa position n'indiquerait-elle pas que quelqu'un d'autre conduisait ?

— On aurait pu utiliser cela, dit Lanigan d'un ton morose. Le malheur, c'est que depuis n'importe qui a pu le bouger : l'agent de police qui a trouvé le corps, ceux qui ont sorti Hirsh de la voiture, ou bien encore le Sergent Jeffers qui mesure un mètre quatre-vingts, lorsqu'il a emmené la voiture au commissariat. Non, on a tout chamboulé. Mais, bon sang, qui aurait pu penser que ce n'était pas un simple suicide ou un accident !

— Et les empreintes ? suggéra Beam.

Lanigan s'assombrit encore davantage :

— Pareil ! On ne les a pas relevées. Pourquoi y aurions-nous songé ? Le policier qui a trouvé Hirsh a ouvert la portière et un quart d'heure plus tard, on était tous autour de la voiture à sortir le corps. S'il y avait eu des empreintes, elles se seraient trouvées sur les poignées des portières, sur le volant, sur le levier de vitesse, et elles ont été depuis cent fois effacées.

— Et la manette des phares ? demanda le rabbin.

— La manette des phares ?

— Quelqu'un a éteint les phrases cette nuit-là.

— Et alors ?

— Si la voiture a été emmenée de jour au garage du commissariat, personne n'a eu besoin d'y toucher

— Nom d'un petit bonhomme, vous avez raison ! Ils n'avaient aucune raison de toucher à la manette des phares. C'est un coup de chance. La voiture est restée depuis sous scellés. Je vais appeler tout de suite le Lieutenant Jennings — c'est notre expert — pour lui dire de me retrouver au commissariat. Nous allons en avoir le cœur net. Vous venez aussi, Monsieur le Rabbin ?

— Il vaudrait mieux qu'il ne sorte pas, intervint Miriam.

— C'est vrai, j'avais oublié. Je vous appellerai.

— Je peux vous accompagner, Commissaire ? demanda Beam.

— Certainement, si vous pensez en avoir fini ici.

Beam sourit :

— Le rabbin m'a convaincu qu'il s'agit d'un meurtre. Mais je crois que je vais rester dans le secteur encore un moment. Il y a certains points que j'aimerais éclaircir. Quand j'ai parlé à Mme Marcus, elle m'a dit qu'ils avaient appelé chez eux en sortant de la synagogue pour prévenir qu'ils rentreraient tard. Personne n'a répondu. Ils ont recommencé en arrivant chez leurs amis et le téléphone a sonné longtemps avant que Mme Hirsh ne réponde. Elle a prétendu qu'elle s'était assoupie.

— Et alors ?

— Alors, peut-être qu'elle ne dormait pas. Peut-être qu'elle s'était absentée.

— Madame Hirsh ! s'exclama Lanigan. Mais que vient-elle faire là-dedans ? Elle ne sait pas conduire !

— Elle n'a pas besoin de savoir conduire. Il suffit qu'elle sache fermer la porte du garage.

— Vous voulez dire que c'est elle qui a pu le faire ? Madame Hirsh ?

— Le faire ou aider à le faire.

— Pourquoi voulez-vous lui coller ça sur le dos ?

Beam eut un sourire :

— Parce que d'après la loi, un meurtrier ne peut bénéficier de son crime.

— Monsieur le Rabbin ?

C'était Lanigan qui téléphonait du commissariat.

— Alors ? demanda le rabbin avec impatience.

— Il n'y avait pas d'empreintes sur la manette des phares.

— Pas d'empreintes ! Mais il devait forcément y en avoir ! La voiture avait roulé de nuit, donc quelqu'un a bien dû les éteindre.

— Méticuleusement essuyées, annonça Lanigan d'une voix lugubre. Vous savez ce que cela veut dire ?

— Je... je crois.

— Le conducteur ne peut pas prétendre qu'il est parti en oubliant d'arrêter le moteur. Il savait parfaitement ce qu'il faisait. Ce qui nous donne un meurtre avec préméditation.

24

Le Révérend Peter Dodge se tenait dans l'encadrement de la porte, une main sur chaque montant, tel Samson s'apprêtant à renverser le temple philistin.

— Quelle bonne surprise ! s'exclama Miriam. Entrez donc, Révérend !

— J'ai appris que vous aviez été souffrant, David, et j'ai décidé de vous inclure dans ma tournée de visites pastorales.

— Ce n'était qu'une simple grippe. Je pense que demain je serai d'aplomb.

— L'ennui avec vous, David, c'est que vous ne faites pas suffisamment d'exercice. Je ne vous conseille pas de vous lancer dans un sport violent. Mais vous devriez prendre le temps de faire une bonne marche tous les jours. Cela vous redonnerait du tonus. Tenez, moi, tous les soirs, qu'il pleuve ou qu'il vente, je fais une grande promenade. Toujours le même circuit. Exactement huit kilomètres. Et cela me prend exactement une heure. Un peu plus si je rencontre quelqu'un en cours de route. Et chaque fois que je peux m'échapper, l'après-midi je vais faire quelques balles de tennis.

— Où jouez-vous ?

— Nous avons un court derrière la Maison Paroissiale. Si le cœur vous en dit, passez-moi un coup de fil. Nous échangerons quelques balles. Cela vous fera du bien.

Le rabbin se mit à rire :

— J'imagine la tête des membres de ma congrégation si leur rabbin allait jouer au tennis à l'Eglise Episcopale !

Peter Dodge hésita :

— Au fait, j'ai appris que vous aviez eu quelques ennuis avec eux dernièrement. (Il pouffa devant l'air surpris du rabbin et de Miriam.) Vous êtes de New York, n'est-ce pas ? Moi, je suis de South Bend. Nous sommes les uns et les autres des citadins et je suppose que nous ne nous habituerons jamais à la rapidité avec laquelle les nouvelles se propagent dans une petite ville comme Barnard's Crossing. J'ai été quelque temps chapelain dans une prison. C'est le seul endroit à ma connaissance où les bruits se répandent aussi vite.

— Qu'est-ce que vous avez entendu raconter, Peter ? demanda Miriam.

Dodge parut embarrassé :

— On dit que le pauvre Isaac Hirsh s'est suicidé et que vous n'auriez pas dû l'enterrer religieusement. Pour moi, c'est absurde. Comment David aurait-il pu savoir que Hirsh s'était suicidé quand la police, elle-même, a conclu à une mort accidentelle ? Votre congrégation ne peut tout de même pas vous demander de jouer au détective chaque fois que quelqu'un passe de vie à trépas !

— Vous connaissiez Hirsh ? demanda le rabbin. Mais oui, c'est vrai ! Vous étiez à son enterrement, n'est-ce pas ?

— En effet. Il faisait partie de notre mouvement.

— Quel mouvement ?

— La Ligue des Droits Civiques. Il nous a envoyé une fois une petite contribution et je suis allé le voir. Dans ces cas-là, j'essaie toujours de faire une visite personnelle. Vous ne pouvez pas savoir à quel point c'est payant. De surcroît, la maison des Hirsh est sur le trajet de ma promenade quotidienne. Alors, un beau jour, j'ai sonné à leur porte, et le monde est petit, qui ne vois-je pas apparaître, Mme Hirsh qui n'était autre que Pat Maguire. Nous étions à l'école ensemble à South Bend. Depuis, j'ai pris l'habitude de faire un saut là-bas de temps à autre et j'ai même dîné chez eux une fois.

— Quel genre d'homme était Hirsh ?

— Un type très bien. J'ai d'abord cru qu'il agissait surtout par aversion pour le Sud et les gens du Sud. Il avait vécu là-bas quelque temps. Mais quand je l'ai mieux connu, j'ai compris qu'il éprouvait une réelle compassion pour les opprimés. Un jour il m'a même vaguement parlé de descendre en Alabama se joindre aux manifestants, mais je ne crois pas qu'il parlait sérieusement. C'est le genre de choses que disent toujours les gens bien intentionnés.

— Vous recrutiez des manifestants pour l'Alabama ? demanda Miriam.

— Ça bouge toujours plus ou moins dans le secteur, mais en ce moment, nous sommes réellement sur la brèche. Voyez-vous, je suis le délégué régional du MOGRE.

— Le quoi ?

— Le M.O.G.R.E. Men of God for Racial Equality (1). Nous organisons une marche qui réunira des ministres de toutes les confessions. Il y aura des protestants surtout, bien sûr, mais nous avons aussi un prêtre orthodoxe, nous sommes en pourparlers avec l'archevêché, et plusieurs rabbins ont décidé de se joindre à nous. Cela vous intéresse, David ? lança-t-il négligemment. (Le rabbin sourit.) Réfléchissez-y ! (Il approcha sa chaise.) Cela pourrait même arranger vos affaires avec la congrégation.

— Comment cela ?

— D'après ce que j'ai entendu dire, vous leur avez interdit de construire une certaine route, et ils ont l'intention de passer outre. Si vous restez ici à les regarder faire, vous allez vous retrouver dans une position embarrassante. Mais si vous n'êtes pas là, vous ne pouvez évidemment pas intervenir. En votre absence, les choses peu à peu se tasseront, et quand vous reviendrez, auréolé de prestige, vous serez à même de reprendre la situation en main.

— A condition qu'il revienne, dit Miriam.

— Pardon ? Ah ! Je vois ce que vous voulez dire. Vous pensez au danger. En réalité, il est moins grand qu'on ne pourrait le croire. Afin qu'il n'y ait pas de malentendu, nous défilerons, revêtus des insignes de notre ministère ; ceux de mon Eglise, les catholiques et les luthériens porteront le col ecclésiastique, les rabbins leur châle de prières. Il y aura sans doute quelques incidents, mais en regard du témoignage que nous porterons pour l'amour du Seigneur...

— Je croyais que c'était pour l'amour des nègres du Sud.

Dodge ne s'offusqua pas de la raillerie :

(1) Les Hommes de Dieu pour l'Egalité Raciale.

— C'est la même chose, David. Car la gloire de Dieu est manifestée dans l'homme, qu'il soit blanc ou noir. Alors ? Que dites-vous de ma proposition ?

Le rabbin secoua la tête.

— Vous ne vous sentez pas encore suffisamment d'aplomb ?

— Non, ce n'est pas cela.

— Ah ! Je vois ! Vous pensez à Miriam. C'est pour bientôt, n'est-ce pas ?

— Non, ce n'est pas tellement cela non plus. Voyez-vous, Peter, je ne suis pas un Homme de Dieu au sens où vous l'entendez, du moins pas plus que n'importe quel homme. Et puis, que dirais-je ? Nos prières ont rarement la forme d'une demande. Si je priais en hébreu, qui comprendrait ? Et si je disais quelques-unes de nos prières ordinaires en anglais, le Shema, ou le Kaddish, ou le Shimonestra, elles ne sont pas réellement appropriées. Non, je ne puis pas aller là-bas en tant que rabbin. Je le pourrais en tant qu'individu. Mais ce n'est pas ce que vous souhaitez.

— Non, bien sûr. Nous voulons que vous veniez en tant que rabbin. D'autres se sont déjà joints à notre mouvement.

Le rabbin haussa les épaules :

— Nous n'avons pas chez nous de hiérarchie pour nous indiquer le chemin à suivre. J'ai mon point de vue ; d'autres rabbins pensent différemment. Certains considèrent que c'est leur devoir en tant que chefs spirituels de leur congrégation — une attitude mentale empruntée à la chrétienté, soit dit en passant, à moins que ce ne soit leur congrégation qui la leur ait imposée. D'autres, révoltés par la condition des Noirs se joignent à vous parce qu'ils choisissent d'être citoyens avant d'être rabbins. Ce sont peut-être eux d'ailleurs qui ont raison.

— A présent, je ne vous suis plus.

— Chacun réagit à sa façon. Il y a les pacifiques et il y a ceux qui se battent sur les barricades. Je fais partie, je le crains, des pacifiques, mais je reconnais que ce sont probablement les autres, les agressifs, qui font évoluer le monde. J'ai du respect et de l'admiration pour vous et pour votre mouvement, Peter, mais je n'éprouve pas le besoin de me jeter moi-même personnellement et physiquement dans la bataille. Donc, si je me joignais à vous, ce serait pour d'autres motifs ; pour impressionner par exemple ma congrégation, et ce serait hypocrite de ma part.

— Je ne voudrais pas insister davantage, mais j'aimerais que vous réfléchissiez quand même à ma proposition, David. Le groupe ne part que dans quelques jours. Vous pouvez encore vous raviser.

25

— Le D.A. n'est pas très content de moi, annonça Lanigan.

Le commissaire s'était arrêté chez les Small avant de rentrer chez lui.

— Et il n'est pas très content de vous non plus, Monsieur le Rabbin.

— Qu'est-ce que j'ai fait ?

— Un procureur aime bien se présenter devant le tribunal avec une histoire qui se tient et qu'il peut élucider. Mais quand on lui balance dans les jambes une affaire de meurtre sans l'ombre d'un suspect, et toutes les chances pour qu'on ne trouve jamais le coupable, il n'apprécie pas tellement. Voilà pourquoi il n'est pas content de vous. Et il n'est pas content de moi, parce qu'il estime que j'ai saboté le travail. Je n'ai pas pensé un seul instant qu'il pouvait s'agir d'un crime si bien que je n'ai pris aucune précaution pour protéger les empreintes...

— Mais elles avaient été effacées !

— Sur la manette des phares. Mais sur le volant, sur le levier de vitesse, sur la porte du garage ? Vous ne pouvez pas savoir les impairs que les criminels commettent. Ils sont capables de négliger l'indice le plus criant et se préoccuper du détail le plus insignifiant. Si j'avais envisagé la possibilité d'un meurtre, je me serais organisé différemment. Et c'est une possibilité que j'aurais dû envisager. Non, je n'ai vraiment pas été à la hauteur.

— Cela n'aura plus d'importance quand vous aurez démasqué le coupable, dit Miriam.

— Ce ne sera pas facile. Ce n'est pas une affaire comme les autres.

— Que voulez-vous dire ? demanda le rabbin.

— Quand vous vous trouvez devant un crime, trois questions se posent : l'arme, l'occasion, le mobile. Là où les trois se recoupent, vous avez votre solution. Dans le cas qui nous occupe, quelle était l'arme ? La voiture de Hirsh. C'est-à-dire une arme à la portée de tout un chacun. Il suffisait de savoir conduire. A la limite, ce n'était même pas nécessaire.

— Comment cela ?

— Hirsh peut très bien avoir conduit lui-même jusqu'au garage avant de perdre connaissance. N'importe qui, passant par là et le voyant évanoui, pouvait fermer la porte du garage.

— A ce moment-là, on aurait retrouvé Hirsh derrière le volant et non pas à la place du passager, objecta le rabbin.

— Oui, c'est juste. Donc le meurtrier — ou son complice — est quelqu'un qui sait conduire. Ce qui n'élimine pas grand monde ! Passons maintenant au deuxième point. Etant donné l'arme, on peut considérer que toute personne se trouvant dans la maison ou aux alentours vers vingt heures a eu l'occasion de commettre le crime. (Il regarda le rabbin d'un air amusé.) Ce qui met hors de cause les membres de votre congrégation. C'est une chance pour eux que cesoit arrivé le soir de Kippour. Ils étaient tous à la synagogue, ce qui leur fournit un alibi collectif.

Le rabbin sourit faiblement.

— Nous en arrivons maintenant au mobile, et c'est là que l'affaire se complique encore davantage, car voyez-vous, pour ce meurtre, il n'était pas besoin d'un mobile très puissant.

— Et pourquoi donc ?

— Parce qu'il ne nécessitait aucun effort. C'est comme de voir quelqu'un en train de couler et de passer son chemin. Vous voyez ce que je veux dire ? Prendre la décision de noyer un homme exige du sang-froid et de l'initiative. Pour le faire, il faut le haïr ou avoir une bonne raison de vouloir s'en débarrasser. Mais pour passer simplement son chemin, il suffit d'éprouver à son endroit une quelconque animosité. Pourquoi prendre la peine d'aller le repêcher quand la vie serait tellement plus simple sans lui ? Tenez, moi, par exemple, je passe pour un brave citoyen, respectueux des lois, bon époux et bon père de famille, eh bien, de temps en temps des envies meurtrières me traversent l'esprit...

— Nous sommes tous ainsi faits.

— Bien sûr. Ce sont les actes qui comptent et non les pensées. Mais si au moment où ces idées me traversent l'esprit, l'occasion se présentait de les voir se réaliser, et qu'elle ne comportait aucun risque, n'exigeait aucun geste — simplement détourner la tête, ne pas agir, ne pas intervenir — Vous saisissez ?

— Parfaitement. Vous considérez que pour ce genre de meurtre, il n'était pas nécessaire d'être puissamment motivé.

— C'est ça.

— Et où cela vous mène-t-il ?

— Nulle part, justement !

— Et si vous informiez les journaux ? Vous en tireriez peut-être quelque chose.

Lanigan secoua la tête :

— Je ne peux rien faire avant quelques jours. Le D.A. estime qu'en tenant l'affaire secrète, on a une chance de tirer certaines choses au clair.

— Vous avez donc une piste ?

— Pas vraiment. C'est seulement une idée de Beam, mais le D.A. pense qu'elle mérite d'être creusée. Remarquez, logiquement elle se tient. Beam s'est mis dans la tête que c'est la veuve qui a fait le coup. Il part du principe qu'elle est la seule à qui cette mort profite. D'abord, elle empoche cinquante mille dollars et, pour le même prix, elle se débarrasse d'un mari qui était assez âgé pour être son père et dont la conduite comme vous le savez, était loin d'être irréprochable.

— Il buvait déjà quand elle l'a épousé. Faisait-il un mari moins acceptable à présent qu'il s'était en partie amendé ?

— Je vous dis comment Beam voit les choses. Ce n'est pas tout. Il trouve que cette idée de le faire enterrer dans un cimetière juif selon le rite juif, c'est du chiqué. D'après lui, c'était uniquement pour faire bien, de même que certaines veuves se mettent à sangloter ou feignent de s'évanouir quand elles pensent qu'on les regarde. Il pense que s'il n'y avait pas du louche, elle ne se serait jamais soucié de le faire enterrer dans un cimetière juif vu que de son vivant il se moquait de la religion comme d'une guigne.

— Quelle finesse d'analyse ! Je n'aurais jamais cru cela de la part de notre ami Beam.

— Il faut le comprendre. Il en a tellement vu dans son métier, qu'il se méfie des manifestations de chagrin un peu inhabituelles. Si vous ajoutez à cela qu'elle n'a pas répondu au coup de téléphone des Marcus...

— Mais ils ont appelé à dix heures, et d'après l'autopsie Hirsh est mort avant neuf heures.

— D'après Beam, le fait qu'elle n'ait pas répondu prouve qu'elle n'était pas là. Si elle est sortie une fois, elle a pu sortir plus tôt. Supposons qu'elle ait vu son mari entrer dans le garage, mais qu'elle ne l'ait pas vu en ressortir. Elle traverse la rue. Elle essaie peut-être de le ranimer. Et puis, elle se dit « Bah ! Tant pis pour lui. » Elle songe que ce ne serait pas plus mal d'en être débarrassée. Plus tard, après dix heures, juste avant que les Marcus n'appellent, elle fait un saut pour voir où il en est. Le moteur tourne-t-il toujours ? Est-il toujours vivant ? Elle le trouve mort et revient en courant juste à temps pour répondre à leur deuxième appel. Elle établit son plan, rentre chez elle, feint de ne pas remarquer que la porte du garage est fermée, et appelle la police pour nous laisser le soin de découvrir le corps à sa place.

— C'est toujours Beam qui parle, je suppose. Et vous, qu'en pensez-vous ?

— A mon avis, ce n'est pas le genre de Madame Hirsh, mais j'ai appris par expérience à me méfier de mes intuitions. Et puis, je n'ai pas grand-chose d'autre à me mettre sous la dent, et elle est la seule, que nous sachions, à qui cette mort profite.

— Je vois.

— Donc, pendant quelques jours, on ne laisse rien transpirer, le temps de vérifier cette piste.

— C'est la seule que vous ayez ?

— On se renseigne sur tous ceux qui ont pu être en rapport avec Hirsh. C'est tout ce qu'on peut faire. Hier, je suis allé au Laboratoire Goddard voir le grand patron en personne.

— Goddard ?

— Non, Lemuel Goddard est mort depuis plusieurs années. C'était un enfant du pays. Il a monté le labo quand la General Electric l'a mis à la retraite. Là-bas, ils les forcent à se retirer à soixante-cinq ans qu'ils aient envie d'arrêter ou pas. Lem Goddard n'avait pas envie, alors il a monté son propre laboratoire. Il possédait un vieil entrepôt à Lynn. Puis il s'est constitué en société anonyme. L'affaire a prospéré et ils ont construit ces grands locaux sur la Nationale 128. A sa mort, le conseil d'administration a décidé qu'il leur fallait pour diriger la boîte, non plus un scientifique, mais un spécialiste des questions administratives, et ils ont engagé un ancien militaire, Amos Quint, un de ces généraux de l'intendance qui n'ont jamais bougé leur cul de leur chaise. D'ailleurs, à Washington, on l'avait surnommé cul-de-cuir, paraît-il. Il n'y a pas plus militaire que ces généraux de l'arrière. Quand sa secrétaire m'a introduit dans son bureau, c'est tout juste si elle ne s'est pas mise au garde-à-vous. Et quand j'ai demandé au général s'il connaissait Hirsh, il m'a répondu : « J'ai pour règle de ne jamais connaître personnellement mes hommes. » Qu'est-ce que vous dites de ça ?

— N'était-ce pas César ou Napoléon qui se flattait de connaître par leur petit nom chacun des soldats de son armée ?

— C'est probablement démodé. Quint m'a expliqué que si on voulait diriger efficacement une grande entreprise, il fallait être au-dessus des petits détails et que chacun devait passer par la filière. « Je vois les gens le jour où je les engage et le jour où je les mets à la porte. Je leur explique pourquoi et puis je ne les revois plus. » Pour le reste, tout passe par la voie hiérarchique. Par conséquent, lorsque Hirsh avait besoin de s'adresser à Quint, il lui fallait passer par son supérieur hiérarchique, le Dr Sykes.

— Je vois. Pour s'adresser à Dieu, il faut passer par ses saints.

— En quelque sorte ! Mais naturellement Quint possédait un dossier sur Hirsh et savait pas mal de choses sur lui. J'ai cru comprendre que Hirsh n'était plus très brillant ces derniers temps. Il avait peut-être été une lumière autrefois, mais certainement plus depuis qu'il travaillait chez Goddard. Il avait même, semble-t-il, commis plusieurs erreurs assez graves — la dernière juste quelques jours avant sa mort.

— Pourquoi ne l'ont-ils pas renvoyé ?

— C'est la question que j'ai posée. J'ai appris que Quint justement était résolu à le virer parce que cette fois la faute était trop grave. Ou bien peut-être le général était-il à bout de patience. Vous voyez, Monsieur le Rabbin, si j'avais su cela plus tôt, c'était un argument de plus en faveur du suicide !

— Je me demande pourquoi Quint a tellement tardé. D'après ce que vous m'en avez dit, il ne semble pas être du genre à passer l'éponge plus d'une fois, surtout s'agissant d'un employé si bas dans l'échelle hiérarchique.

— Sykes le protégeait. Quand j'ai posé la question, Quint m'a répondu qu'il le gardait parce qu'à chaque fois Sykes prenait sa défense. Même le jour où Hirsh a pris sa fameuse cuite, Sykes s'est débrouillé pour lui sauver la mise. En fait, tout a commencé là-bas. Ils essayaient de mettre au point un procédé spécial pour vieillir plus vite le whisky en faisant passer dedans un courant électrique ou je ne sais trop quoi. Le chimiste qui travaillait sur le projet est arrivé avec un échantillon et a proposé aux gars d'y goûter et de donner leur opinion. Hirsh s'est offert pour l'expérience. Vous connaissez la suite. Le chimiste, soit dit en passant, s'est fait virer.

— Pourquoi ?

Lanigan se mit à rire :

— C'est encore une autre particularité de la boîte. Vous croiriez qu'ils travaillent la main dans la main, échangent des idées, griffonnent des équations ou des formules sur la nappe en papier à l'heure du déjeuner. Pas du tout. Voyez-vous, ils travaillent surtout pour l'industrie et si des renseignements transpiraient ça pourrait se répercuter sur les actions de leurs clients. J'ai cru comprendre que par le passé certains chercheurs n'avaient pas dédaigné utiliser les informations qu'ils détenaient pour spéculer à la Bourse. Depuis, chacun a reçu l'ordre de s'occuper exclusivement de son propre boulot. Ils peuvent travailler en équipe à l'intérieur de chaque section, mais ils n'ont pas le droit d'avoir de contacts avec les autres sections, sauf en cas de nécessité absolue, et là encore uniquement en passant par la voie hiérarchique.

— Intéressant. Ainsi, Quint n'a pas pu vous dire grand-chose. Vous avez interrogé d'autres employés ?

— Je l'ai fait, mais je n'ai rien pu apprendre de particulier. Comme je vous l'ai dit, là-bas les échanges sont rares et chacun a tendance à se la boucler. Et puis, Hirsh lui-même n'était pas très liant.

— Tout cela ne vous avance pas beaucoup.

— Non, en effet. (Il regarda le rabbin avec espoir.) Vous n'avez pas d'idées, Monsieur le Rabbin ? Rien ne vous a frappé ?

Le rabbin secoua la tête.

— Tant pis. Enfin ! Je suppose que cela aide toujours un peu d'en parler.

Mais, manifestement, il était déçu.

— A propos, lança-t-il. Saviez-vous que Ben Goralsky connaissait Hirsh ?

— Non, je l'ignorais. Quoique effectivement je l'aie vu à l'enterrement.

— C'est exact. En fait, c'est Goralsky qui avait obtenu à Hirsh son emploi chez Goddard.

26

Une domestique en tablier blanc ouvrit la porte et escorta le rabbin jusqu'à la bibliothèque. Presque aussitôt Ben Goralsky apparut :

— Merci d'être venu, Monsieur le Rabbin, dit-il en indiquant un siège à son visiteur. Mon père a été très touché quand je lui ai dit que vous passeriez prendre de ses nouvelles.

— Je serais venu plus tôt, mais j'ai été moi-même souffrant.

— Oui, je sais. (Il hésita.) J'ai entendu certaines rumeurs... J'ai dû vous occasionner quelques ennuis avec cette affaire Hirsh.

— Effectivement, admit le rabbin.

— Je tenais à vous dire que j'en suis désolé.

Le rabbin le regarda avec curiosité :

— Votre père semble attacher une grande importance à cette question.

— Nous n'en avons parlé ensemble qu'une seule fois. Quand ce type, Beam, m'a dit que c'était probablement un suicide, j'ai répété la chose à mon père et il s'est mis dans tous ses états. C'était un jour où il ne se sentait pas très bien. Il devait se croire près de la fin. Il m'a dit que c'était contraire à la Loi d'avoir accordé à Hirsh un enterrement religieux. Il craignait que vous ne gardiez pas le cimetière strictement kosher. Vous comprenez, vous êtes une congrégation consistoriale et nous sommes orthodoxes. Ça le tracassait dans ces conditions d'être enterré là-bas.

— Je vois.

— D'après lui, Hirsh aurait dû être enterré dans un coin isolé, sans cérémonie religieuse ni rien. Il m'a raconté qu'une fois dans son village, en Europe, lorsqu'il était encore petit, une jeune fille s'était suicidée. Elle attendait un enfant et elle n'était pas mariée. On l'a simplement mise en terre, et le lendemain son père est allé travailler comme si rien ne s'était produit, sans même respecter la période des sept jours ! Cette histoire avait dû beaucoup frapper mon père, et il était choqué que Hirsh ait eu un enterrement religieux. Il disait que si cette fille avait été enterrée comme ça, il fallait faire pareil pour Hirsh. Evidemment, il mélangeait tout.

Le rabbin s'apprêta à se lever pour aller voir le malade, mais Goralsky le retint :

— Mon père vient de s'assoupir et j'ai dit à la garde-malade de m'avertir dès qu'il serait réveillé. Mais vous êtes peut-être pressé ?

— Non, au contraire, je cherchais une occasion de vous parler. Vous connaissiez Isaac Hirsh, je crois ?

— Oui, je le connaissais, lui et toute sa famille. Ils habitaient la maison à côté de la nôtre à Chelsea, il y a des années de cela. Je connaissais son père, et je connaissais sa mère, et je le connaissais.

— C'est pour cette raison que vous l'avez aidé à entrer au laboratoire Goddard ?

Un sourire éclaira le visage lourd de Goralsky. Il secoua lentement la tête :

— C'est vrai, je l'ai recommandé et je l'ai même appuyé de toutes mes forces. Nous sommes de gros clients du laboratoire et je n'ai pas à me gêner avec Quint, le directeur. Je lui ai décroché cette place parce que je ne pouvais pas encadrer ce sale bêcheur.

Il rit de la mine stupéfaite du rabbin :

— Comme je vous l'ai dit, les Hirsh habitaient la maison à côté de la nôtre. Nos deux familles étaient aussi pauvres l'une que l'autre. Nous, nous avions une petite affaire de volailles et son père était tailleur. Mme Hirsh, c'était une brave femme. Quand elle est morte, je suis allé à son enterrement. Nous y sommes tous allés à la maison. Mon père a même fermé le magasin pour pouvoir venir. M. Hirsh, ça, c'était autre chose. Un fainéant, un bon à rien, toujours à chanter sur les toits les louanges de son précieux fils. On était quatre gosses à la maison, et tous les quatre, on travaillait au magasin en sortant de l'école, et le dimanche, et la nuit. A cette époque, il fallait trimer dur pour gagner son pain. Je n'ai même pas terminé le lycée. J'ai quitté à la fin de la première année, et j'ai commencé à travailler au magasin à plein temps. Mais Ike Hirsh, lui, il a terminé le lycée, et il est allé à l'Université, et il est devenu docteur — pas un médecin — docteur en philosophie. Dans la rue, il ne jouait jamais avec les autres gosses. Il était petit et gros, le genre que les autres prennent toujours comme tête de turc. Alors, la plupart du temps, il restait enfermé à lire des livres. Et son père n'arrêtait pas de venir à la maison faire le fier. Vous savez combien les études c'est important pour les juifs, Monsieur le Rabbin, alors vous pouvez imaginer ce que mon père éprouvait. De quoi il avait l'air à côté de lui. Et le vieux Hirsh ne cessait jamais de lui faire sentir sa supériorité. Pourtant, laissez-moi vous dire une chose, jamais mon père ne nous a fait un seul reproche.

« Et puis, un jour Mme Hirsh meurt, et M. Hirsh a attendu juste un an, presque jour pour jour, pour se remarier. Or, vous savez comment ça se passe, on ne rencontre pas comme ça une femme, on ne lui demande pas de vous épouser du jour au lendemain, surtout à cet âge-là. Ça veut dire qu'il avait déjà combiné quelque chose pendant l'année du deuil, alors que sa femme était à peine refroidie dans la tombe. Ike travaillait alors pour le gouvernement — fameuse affaire après toutes ces brillantes études ! — et il n'est même pas venu pour le mariage. Et quand son père est mort, un an plus tard, il n'est pas venu pour l'enterrement. Mon père y est allé. Il voulait que j'y aille aussi, mais j'ai refusé.

« Entre-temps, avec la guerre, notre situation s'était améliorée. Nous habitions toujours la même vieille maison à Chelsea, dans le même vieux quartier, et pourtant à cette époque, nous avions les moyens de nous offrir beaucoup mieux. Quand la guerre a été terminée, nous avions amassé un joli pécule. Mon père avait fait un peu de spéculation immobilière. Il avait su acheter quelques actions. Et il continuait à aller travailler chaque matin au magasin. De ce côté-là aussi l'affaire avait prospéré, nous faisions la vente en gros, mais mon père était là-bas tous les matins, avec son tablier et son chapeau de paille. Voilà comment il est, mon père.

— Et pendant tout ce temps, je suppose, vous n'avez jamais entendu parler de Hirsh ?

— C'est exact. Et puis, un jour, le voilà qui débarque. Il a une idée pour fabriquer des transistors. Oh, rien de révolutionnaire, vous savez, mais le procédé permet d'arriver à un prix de revient dix ou vingt pour cent moins cher. Je savais à peine ce qu'était un transistor, et mon père encore moins, mais Hirsh était persuasif, et mon père, à force de l'avoir entendu dire et répéter, croyait dur comme fer que Hirsh était un génie. Il avait tout calculé, paraît-il, il avait des contacts, des relations, et on était sûr de décrocher des contrats avec le gouvernement. Bref, je vous passe les détails, mon père a accepté d'investir dix mille dollars. Hirsh n'a pas eu à mettre un sou et il était associé pour moitié. On a acheté un entrepôt, monté une usine, et on a démarré. Lui, dans l'affaire, c'était le cerveau, et moi le minus juste capable de s'occuper des livraisons, de surveiller les expéditions, et d'avoir l'œil sur le personnel. Et en une année, nous avions perdu dix mille dollars en plus de notre investissement de départ. Puis on a décroché un contrat. Oh ! Ce n'était pas le Pérou, mais ça allait nous permettre de nous renflouer un peu. Je suis allé acheter une bouteille pour fêter l'événement. On a bu quelques verres, on a trinqué à la réussite de notre affaire, et puis quelqu'un m'a appelé et j'ai dû m'absenter tout l'après-midi. A mon retour, j'ai trouvé Hirsh toujours dans le bureau — ivre mort. (Son visage exprimait encore le choc qu'il avait éprouvé à cette découverte.) Vous vous rendez compte, Monsieur le Rabbin ! Un juif instruit ! Ivrogne ! Je n'ai rien dit à mon père. J'avais peur. Je n'osais même pas me l'avouer à moi-même. Je continuai à me dire que c'était un accident, qu'il devait être un peu éméché et qu'il avait dû continuer à boire sans s'en apercevoir. Le lendemain, il n'est pas venu travailler. Mais le jour suivant, il est arrivé comme si de rien n'était, et le jour d'après, à nouveau, il était ivre. Je l'ai supporté pendant deux semaines, et puis j'ai tout raconté à mon père. « Débarrasse-toi de lui », m'a dit mon père, « débarrasse-toi de lui avant qu'il nous ruine ».

— Je gage que vous l'avez fait.

Goralsky acquiesça avec un sourire sardonique :

— Je lui ai mis le marché en main : Ou il nous rachetait ou nous le rachetions. Evidemment, il n'avait pas un sou vaillant, et de toute façon, ça ne l'aurait pas beaucoup avancé. Est-ce qu'un type dans son genre peut diriger une affaire ? Nous lui avons remis quinze mille dollars en argent liquide et bonsoir. Et vous savez, Monsieur le Rabbin, c'était comme de se débarrasser d'un boulet au pied. Deux mois plus tard, nous avons décroché une commande vraiment avantageuse du gouvernement et nous étions tirés d'affaire.

— Saviez-vous que vous alliez signer ce contrat quand vous lui avez proposé de racheter ses parts ?

— Sur mon honneur, Monsieur le Rabbin, nous avions envoyé une offre des mois auparavant, mais nous n'avions jamais eu la moindre réponse.

— Très bien. Alors quand l'avez-vous revu ?

— Je ne l'ai jamais revu. Nous nous sommes constitués en société anonyme, nous avons émis des parts, et nous sommes devenus une grosse affaire. Et puis, un jour, je reçois une lettre de Hirsh dans laquelle il me dit qu'il a sollicité un poste chez Goddard. Est-ce que je ne pourrais pas le recommander vu qu'ils doivent forcément me connaître. Alors, j'appelle Quint, et je fais exprès d'insister en sa faveur, et je lui demande de bien souligner dans sa lettre à Hirsh qu'il l'engage en grande partie grâce à ma recommandation.

— Mais je ne comprends pas. Vous dites que vous le détestiez.

— Justement. Voilà où il en était avec son grand Doctorat de l'Institut de de Technologie et moi je n'étais même pas allé plus loin que la première année de lycée. Je voulais qu'il sache qu'avec toutes ses études, il fallait qu'il passe par moi pour décrocher un emploi et que j'étais en mesure de le lui obtenir.

— Mais vous ne l'avez pas vu après son arrivée ?

Goralsky secoua la tête :

— Il a appelé une fois ou deux. Chaque fois j'ai fait répondre que je n'étais pas là. Je suis un peu superstitieux, Monsieur le Rabbin. Quand on a eu la guigne avec quelqu'un, je me méfie. Et si vous voulez tout savoir, j'avais raison. Il y a vingt ans, Hirsh manque de nous ruiner, il revient, et ça ne rate pas, ce salopard manque de me ruiner à nouveau.

— Comment cela ?

— Nous avions un petit problème et je me suis adressé au Laboratoire Goddard pour qu'ils essaient de nous mijoter une solution. Au bout de quelque temps, nous recevons un rapport préliminaire dans lequel il disent qu'ils ont trouvé un moyen — une sorte de nouveau procédé. A cette époque nous caressions le projet de fusionner avec une autre société — sur la base d'un transfert d'actions. Vous me suivez ?

Le rabbin inclina la tête

— Ce genre d'opérations est confidentiel, en principe.

— Je m'en doute.

Goralsky rit.

— Confidentiel ! Tous les courtiers en Bourse de Boston sont au courant, mais ce ne sont que des rumeurs. On ne peut pas garder ce genre de secret, c'est impossible. Mais je n'aurais pas aimé qu'on pense que ça venait de moi, vous comprenez ?

De nouveau le rabbin acquiesça.

— Nos actions commencent donc à grimper. C'est normal dès qu'il y a des rumeurs de fusion. Elles grimpent pendant quelques jours et puis elles redescendent, parfois même plus bas qu'elles n'étaient au départ. Mais ça ne se passe pas comme ça avec nous, Elles continuent à grimper et au bout de quelques semaines elles ont presque doublé. Et je sais fichtrement bien que ce n'est pas à cause des rumeurs de fusion. Il y a autre chose — le bruit que nous avons mis au point un procédé spécial. J'ai peut-être dans l'idée que ces gros malins du laboratoire jouent en Bourse, mais ça ne me dérange pas. Après tout je suis sur le point de fusionner sur la base d'un transfert d'actions. Alors que je comptais donner deux de mes parts pour une des leurs, il semble à présent que je vais transiger sur un pied d'égalité. Quel mal y a-t-il à cela ? Et c'est parfaitement légal, vous comprenez, parce que j'ai un nouveau procédé qui va sortir et mes actions valent bien la différence. Vous me suivez ?

— Oui.

— Et là-dessus, voilà que Quint m'appelle du laboratoire vendredi après-midi, au moment où j'allais partir — c'était le soir de Kol Nidre — et il me dit qu'il est absolument navré mais que le rapport préliminaire était prématuré — prématuré ! Voyez-vous ça ! Ces imbéciles s'étaient fichus dedans ! Vous saisissez ?

— Je crois, dit le rabbin d'un air de doute. Ils avaient commis une erreur.

— Exactement ! Alors, moi, de quoi j'ai l'air ? Je suis embarqué dans une histoire de fusion avec une grosse société, et on dirait que j'ai manœuvré pour faire grimper mes actions et réaliser une meilleure affaire.

— Je comprends.

— Qu'est-ce que je peux faire ? C'est Yom Kippour et en rentrant à la maison, je trouve mon père malade. Et le lendemain, il ne va pas mieux — peut-être même encore plus mal. Et le jour d'après — c'est dimanche — je reçois un coup de fil de l'autre société. Ils ont l'air furieux et je sens qu'ils doutent de ma bonne foi. Alors lundi, je fonce chez Goddard pour demander à Quint des éclaircissements. Je ne sais pas si vous avez déjà rencontré ce type d'homme. C'est un ancien général, tout d'une pièce, très efficace, très homme d'affaires. Bip. Bip. Bip. Mais je vois bien qu'il est embêté et qu'il est sur des charbons ardents. Et finalement, vous savez ce qu'il me dit ? « Le coupable, c'est votre protégé, Monsieur Goralsky. C'est vous qui l'avez fait entrer chez nous. Vous nous avez pratiquement forcé la main. Tout cela, c'est de la faute de votre ami — Isaac Hirsh ! » Qu'est-ce que vous dites de cela ? La première fois où nous avons travaillé ensemble, ce salaud m'a presque ruiné. Pendant vingt ans, je n'entends plus parler de lui. Il revient, je fais tout ce que je peux pour l'éviter, et encore une fois, il manque de me ruiner ! Vous comprenez maintenant pourquoi je dis qu'il faut se méfier de ce genre-là comme du loup blanc ? Et je vais même aller plus loin. Je parie, Monsieur le Rabbin, que vous vous demandez pourquoi je suis allé à son enterrement.

— Assister à un enterrement est une mitzvah, un devoir religieux.

— Rien du tout, oui ! Je voulais m'assurer de mes propres yeux qu'il était bel et bien mort et enterré !

La domestique apparut sur le seuil :

— Votre père est réveillé, Monsieur.

— Pas un mot au sujet du cimetière, Monsieur le Rabbin, souffla Goralsky pendant qu'ils montaient l'escalier. Je ne veux pas que mon père s'énerve.

— Bien sûr.

Le vieillard avait quitté son lit et était assis dans un fauteuil quand son fils et le rabbin pénétrèrent dans la chambre. Il tendit à son visiteur une main maigre et noueuse :

— Vous voyez, Monsieur le Rabbin, j'ai jeûné et maintenant je vais mieux.

Le rabbin sourit :

— Je suis heureux de vous voir guéri, Monsieur Goralsky.

— Guéri, je suis pas encore guéri. (Il se tourna vers son fils d'un air sévère.) Benjamin, tu vas pas laisser le rabbin debout. Va lui chercher une chaise.

— Ne vous donnez pas cette peine...

Mais Ben avait déjà quitté la pièce. Il revint avec une chaise qu'il disposa pour le rabbin et s'assit sur le rebord du lit.

— J'ai manqué Kol Nidre, reprit le vieil homme. Pas une seule fois depuis peut-être l'âge de cinq ans, j'avais manqué Kol Nidre. Mais Ben m'a dit que vous avez fait un bon sermon.

Le rabbin lança discrètement à Ben un regard étonné. Celui-ci en retour lui adressa une mimique silencieuse pour le supplier de ne pas le trahir. Le rabbin sourit :

— Vous savez ce que c'est, Monsieur Goralsky. Pour Yom Kippour, on essaie de faire de son mieux. L'année prochaine, vous pourrez en juger par vous-même.

— Qu'est-ce qu'on peut savoir où je serais l'année prochaine ! Je suis vieux et j'ai travaillé dur toute ma vie.

— C'est pourquoi vous avez conservé votre vitalité. Travailler dur...

— Du plus loin que je me souvienne, il a toujours dit ça, fit Ben.

Le vieux Goralsky regarda son fils d'un air de reproche :

— Benjamin, tu as interrompu le rabbin !

— J'allais simplement dire que travailler dur n'a jamais fait de mal à personne. Ne vous tracassez pas pour l'année prochaine, Monsieur Goralsky. Ne songez qu'à guérir vite.

— Vous avez raison. On sait jamais à qui ce sera le tour. Une fois, il y a quelques années, j'avais une espèce de bouton sur la figure, comme une verrue. Je lis les journaux Yiddish, Monsieur le Rabbin, et ils ont une colonne où un docteur écrit. Un jour, je lis qu'un bouton comme ça peut devenir, que Dieu me protège, un cancer. Alors je suis parti à l'hôpital. Le jeune docteur qui m'a examiné, il croyait peut-être que je venais parce que c'était pas très joli sur la figure. Il croyait peut-être que j'étais un acteur ou quoi. Il m'a demandé quel âge j'avais. A l'époque je pouvais avoir peut-être soixante-quinze ans. Quand je lui ai dit mon âge, il s'est mis à rire. Il a dit que si j'avais été plus jeune, on aurait peut-être opéré, mais qu'à mon âge c'était pas la peine de perdre son temps. Il m'a donné une pommade et il m'a dit de revenir la semaine suivante. Quand je reviens la semaine suivante, c'est déjà un autre docteur. Alors je demande où est le docteur de la semaine dernière, et on me répond qu'il s'est tué dans un accident d'auto.

— Bien fait pour lui, dit Ben.

— Idiot ! Tu crois que je me plaignais parce qu'il s'est moqué de moi ! Non, c'était un homme instruit, un *docteur !* Je voulais seulement dire qu'on ne sait jamais qui Dieu rappellera à lui le premier. J'ai appris que le petit Hirsh est mort le soir de Kol Nidre. C'était *quelqu'un,* lui aussi. Un garçon instruit.

— C'était un ivrogne, dit Ben.

— De mon temps, un ivrogne, c'était quelque chose de terrible. Mais il y a quelques jours, j'ai lu dans le journal Yiddish, toujours la même colonne, qu'un ivrogne est un malade. C'est pas sa faute s'il boit.

— Il s'est suicidé, papa.

Le vieil homme secoua tristement la tête :

— C'est une chose terrible. Il devait être très malheureux. Peut-être il était malheureux parce qu'il buvait. C'était un garçon qui avait fait des études. Alors pour lui, être ivrogne, c'était peut-être comme pour quelqu'un d'autre avoir un cancer.

— Vous le connaissiez bien ? interrogea le rabbin.

— Isaac Hirsh ? Si je le connaissais ! Je le connaissais presque avant qu'il soit né ! Je connaissais son père et je connaissais sa mère. Elle, c'était une brave femme, mais le mari, le père, il valait pas cher. (Il pencha la tête de côté d'un air songeur.) Qu'est-ce qu'on peut savoir dans la vie ! D'un côté regardez Hirsh qui a jamais rien fait de bon même une fois dans sa vie. Même quand sa femme vivait encore, il fallait qu'il tourne autour des autres. On disait qu'une femme honnête pouvait pas aller dans sa boutique pour un essayage. Il faisait avec les mains, vous savez ce que je veux dire. Et quand elle est morte, il pouvait presque pas attendre tellement il était pressé pour se remarier. Et pourtant son fils a fait des études, il a obtenu des bourses pour étudier, et il est même devenu un docteur. Et moi, j'ai travaillé dur toute ma vie, j'ai toujours craint Dieu, et aucun de mes enfants est jamais allé à l'Université.

— Ma foi...

— Et pourtant, Monsieur le Rabbin, d'un autre côté, tous mes enfants — je touche du bois — sont en bonne santé. Ils ont de l'argent et ils respectent leur père. Et Isaac Hirsh, il est même pas allé à l'enterrement de son père, et maintenant, lui aussi, il est mort. Vous voyez, on peut jamais savoir !

— Vous avez donc changé d'avis au sujet de l'enterrement de Hirsh, fit le rabbin.

Le vieil homme serra les lèvres :

— Non, Monsieur le Rabbin, la Loi, c'est la Loi.

27

Il n'y eut aucun avis officiel ; seul un entrefilet dans les pages intérieures du *Lynn Examiner* annonça que le bureau du D.A. enquêtait sur les circonstances de la mort d'Isaac Hirsh, demeurant 4, Bradford Lane, Barnard's Crossing, et décédé le 18 décembre. On s'attendait à ce qu'une demande d'exhumation soit déposée.

Marvin Brown aperçut l'article en feuilletant son journal pendant la pause-café. Il appela aussitôt Mortimer Schwartz :

— Je vous parie que c'est encore un coup fourré du rabbin !

Il paraissait très agité.

— Mais comment le rabbin pourrait-il intervenir auprès du D.A. ? Et qu'a-t-il à y gagner ?

— Il s'entend comme larron en foire avec le commissaire Lanigan, et Lanigan est dans les petits papiers du D.A. Quant à ce qu'il y gagne ? Il nous empêche de réaliser notre projet.

— Vous voulez parler de la route ? Qu'est-ce qu'elle a à voir avec l'enquête ?

— Vous ne croyez pas que ça leur paraîtra bizarre si nous commençons une route qui isole justement la tombe qui les intéresse ? On dit dans le journal qu'ils vont exhumer le corps. De quoi aurons-nous l'air si pendant qu'ils ouvrent la tombe nous sommes en train de construire une route autour ?

— Je ne vois pas en quoi cela nous gênerait. Manifestement il n'y a aucun rapport entre notre entreprise et la leur. Et franchement, j'imagine mal pourquoi le rabbin se donnerait toute cette peine, et pour rien ! Si vous voulez mon avis, c'est Beam, l'enquêteur de la compagnie d'assurances qui mijote quelque chose. Après tout, ils ont de gros intérêts en jeu. Et certainement plus d'influence auprès du D.A. que le rabbin.

— En tout cas, moi, je ne bouge pas tant que le procureur n'a pas tiré un trait.

— Personnellement, je ne vois pas pourquoi, mais si vous y tenez, d'accord. On attendra une semaine.

— Mais alors, qu'est-ce qu'on fait pour la réunion de dimanche ? Ce n'est pas très prudent d'amener la démission du rabbin sur le tapis tant que l'affaire Hirsh nous brûle les doigts.

— Oui, là vous avez raison, Marve. Vous êtes sûr que vous tenez à stopper notre projet ?

— Oui.

— Très bien. Alors, je vais vous dire ce que nous allons faire. Nous allons annuler la réunion du conseil.

— N'est-ce pas un peu arbitraire ?

— Pourquoi ? En tant que président, je peux demander une réunion du conseil, n'est-ce pas ?

— Bien sûr, mais...

— Alors pourquoi est-ce que je ne pourrais pas en annuler une ? Au fond, je peux même tout simplement passer un coup de fil à nos amis pour leur demander de ne pas venir. De la sorte, il n'y aura pas le quorum.

— Ce serait peut-être mieux.

— Bon, je m'en occupe.

— Entre-temps, tachez d'ouvrir l'œil.

Brown s'aperçut que la porte de son bureau était ouverte et que sa secrétaire se tenait sur le seuil. Il se demanda avec gêne ce qu'elle avait pu surprendre de sa conversation.

— Il y a là deux hommes qui demandent à vous voir, Monsieur Brown. Des policiers.

Depuis la mort de son mari, ses amis et ses voisins n'avaient jamais laissée Patricia Hirsh livrée à elle-même un seul jour. Elle avait été constamment conviée à dîner, et même quand elle était trop fatiguée pour accepter une invitation, il se trouvait toujours quelqu'un pour venir lui tenir compagnie une partie de la soirée. Elle ne fut donc pas surprise quand Peter Dodge frappa un soir à sa porte, bien qu'elle ne l'eût pas revu depuis l'enterrement.

— J'ai bien peur de vous avoir négligée, Pat, mais j'ai été très pris par l'organisation de notre Marche.

— Je comprends très bien. Et vous avez dû, je suppose, renoncer à vos promenades.

Il parut embarrassé :

— Non, je suis passé plusieurs fois devant chez vous et j'ai souvent failli m'arrêter, mais vous sembliez toujours avoir du monde.

— C'étaient seulement des voisins, des connaissances du quartier.

— Je sais, c'était probablement idiot de ma part,

mais je... je ne voulais pas qu'ils pensent que je venais vous voir pour... enfin, à titre professionnel.

— A titre professionnel ?

— Voyez-vous, vos amis, vos voisins sont juifs pour la plupart, et je craignais qu'ils ne s'imaginent en me voyant que j'essayais de vous récupérer, de vous faire revenir à notre Eglise, maintenant que votre mari n'est plus de ce monde.

— Mais je ne me suis jamais convertie. Ike et moi, nous nous sommes mariés civilement.

— Je sais, je sais, c'était stupide. Pardonnez-moi.

— Il n'y a rien à pardonner, Peter.

— Oh ! Mais si ! Vous étiez seule et j'aurais dû être à vos côtés, moi votre plus vieil ami...

Elle sourit :

— Bon, très bien. Vous êtes pardonné.

Elle lui tapota la main, et aussitôt il emprisonna sa main dans la sienne :

— Dites-moi, franchement, comment allez-vous ? Je sais que ça a été un choc terrible, mais vous êtes-vous un peu remise maintenant ?

Elle retira doucement sa main :

— Oui, Peter. J'éprouve un grand vide, bien sûr, mais tout le monde a été très gentil.

— Et quels sont vos projets ? Vous avez l'intention de retourner à South Bend ?

— Oh ! Je ne pense pas ! Pas à South Bend. J'avais déjà quitté South Bend quand j'ai rencontré Ike, et je n'ai personne là-bas, ni nulle part, d'ailleurs. Je n'y ai pas beaucoup réfléchi, mais je pense que je vais rester ici quelque temps et essayer de trouver du travail. J'aimerais garder cette maison, si je peux, mais je serai peut-être obligée de partir et de chercher un petit appartement à Lynn ou à Salem...

— C'est une bonne idée de prendre un travail. Cela vous changera les idées.

— Oui, sans doute, ça aussi. Mais ça me permettra surtout de manger à ma faim. (Elle sourit.) J'en ai pris l'habitude, maintenant.

Il fut stupéfait :

— Je ne me doutais pas... Ike ne vous a-t-il pas...

Elle secoua la tête :

— Laissé quelque chose ? Il doit rester une petite somme sur notre compte courant. Environ trois cents dollars. Et sur un livret de caisse d'épargne un peu plus de mille dollars. Nous avons payé quatre mille dollars pour la maison, et je suis sûre que je n'aurai aucun mal à en retirer le même prix. Il y a aussi la voiture que je compte revendre. Après ce qui est arrivé, je ne veux plus la revoir.

— Mais vous n'aviez pas d'assurance ?

— Si, Ike avait souscrit une assurance sur la vie. Mais elle comporte une clause en cas de suicide et il y a un type, un certain M. Beam, qui est venu faire une enquête. Si la compagnie décide que c'était un suicide, ils rembourseront le montant des primes versées, c'est tout.

— Encore faut-il qu'ils le prouvent, Pat ! Ils ne peuvent pas en décider eux-mêmes.

— Je sais, mais ils peuvent refuser de payer, et il faudra alors que je leur intente un procès. Cela peut traîner pendant des années. Le Dr Sykes dit qu'ils peuvent aussi me proposer un arrangement à l'amiable, mais ce sera très inférieur au montant de la police. Je crois, cependant, que j'accepterai si c'est une somme raisonnable.

— Mais pourquoi ? Vous ne pensez pas qu'il s'est suicidé ? Si ?

Elle secoua lentement la tête :

— Ce n'est pas impossible.

Elle lui raconta les déboires de Ike au laboratoire, ses erreurs, et la sanction qui l'attendait. Quand elle eut fini, Dodge resta un instant silencieux, puis il dit lentement :

— Je ne puis le croire. Je ne connaissais pas très bien votre mari, mais son intelligence... Enfin, c'était un des hommes les plus remarquables que j'aie jamais rencontré.

Il se leva :

— Ecoutez, Pat, il faut que je file à présent. Je dois boucler mes bagages. Mon avion part ce soir. Je descend en Alabama pour cette Marche et j'étais juste passé vous dire au revoir. Je serai absent une semaine ou deux, trois au maximum. On ne peut jamais prévoir dans ces cas-là.

Elle lui tendit la main et il la serra entre les deux siennes :

— Promettez-moi que vous ne ferez rien, que vous ne prendrez aucune décision pour l'assurance, ni quoi que ce soit avant mon retour. Nous avons des gens importants dans notre paroisse, des juristes, des hommes d'affaires. Je les consulterai. Si vous avez besoin de travailler, je suis sûr que l'un d'eux pourra vous aider. Je tiens à ce que vous restiez à Barnard's Crossing.

Elle lui sourit :

— D'accord, Peter. Je ne déciderai probablement rien dans les semaines qui viennent.

Elle l'accompagna jusqu'à la porte.

— Ayez confiance, Pat. On trouvera une solution.

— Ecoutez-moi, Monsieur le Rabbin, nous sommes l'un contre l'autre dans cette histoire de cimetière. Peut-être j'ai tort, peut-être j'ai raison. Pour moi, ce qui est bien, c'est ce qui est bon pour la congrégation. Quand j'ai vendu une chose à quelqu'un, je n'aime pas le lui reprendre, même si je me suis fait rouler. Si quelqu'un réussit à me couillonner, très bien. Je saurai pour la prochaine fois. A bon entendeur, salut. Et même si j'ai vendu à Mme Hirsh cette concession pour son mari et que je me suis aperçu que je n'aurais peut-être pas dû, sa mort n'étant pas strictement kosher, ce n'est pas moi qui vais me mettre à pleurnicher, même si j'estime que quand on fait une affaire, on est censé annoncer la couleur. Mais Mortimer Schwartz me dit que ce n'est pas kosher, et que ça risque de coûter cher à la congrégation. Ça peut lui faire perdre une donation de cent mille dollars. Alors j'ai trouvé une idée pour rattrapper le coup, et je l'ai fait uniquement pour le bien de la congrégation. Maintenant, vous n'êtes peut-être pas d'accord avec nous et peut-être vous avez raison. Mais tout ce que je vous demande, c'est de vous battre loyalement et de jouer cartes sur table.

— Si vous m'expliquiez un peu de quoi vous êtes en train de parler, Monsieur Brown ?

— Allons, allons, Monsieur le Rabbin, tout le monde en ville sait que le commissaire et vous, vous marchez la main dans la main.

— Et alors ?

— Alors j'estime qu'un étranger qui n'est même pas de notre confession n'a pas à venir se mêler d'une affaire qui regarde uniquement la congrégation.

— Vous n'allez pas me dire que le commissaire

Lanigan est venu vous trouver pour vous demander de changer de position dans l'affaire Hirsh.

— Il n'est pas venu lui-même, mais il a envoyé un certain Lieutenant Jennings avec un autre policier. Ils étaient tous les deux en civil, et ils sont entrés et ils ont demandé à me voir. Et ma secrétaire — ma secrétaire, que dis-je ! — c'est la comptable, la secrétaire, la réceptionniste, elle est au courant de tout — bref, elle leur dit que je suis occupé et demande si elle peut les renseigner. Mais, ils disent, non, ils veulent me voir personnellement. Elle répète que je suis occupé et qu'on ne peut pas me déranger. Alors ils lui mettent leur insigne sous le nez en disant qu'occupé ou pas il faut qu'ils me voient tout de suite. Vous imaginez l'effet que ça peut faire dans un bureau. Il y avait plusieurs vendeurs dans la pièce en train de parler avec des clients, sans compter la fille elle-même.

— Tout le monde peut être amené à participer à une enquête policière. Laisseriez-vous entendre que c'est moi qui les ai envoyés ?

— Est-ce que je sais? Ils sont venus pour me parler de Hirsh ! Ils voulaient savoir quelles étaient mes relations avec lui. Que voulez-vous que j'ai eu comme relations avec lui ? Je le connaissais à peine, moi, ce type ! Quand il est arrivé ici, je lui ai envoyé un dépliant. J'en envoie à tous les nouveaux résidents. Ça fait partie du boulot. Un peu plus tard, je lui en ai envoyé un autre, comme je fais d'habitude. Une sorte d'offre spéciale. Si on remplit la carte imprimée, on gagne un cadeau en prime. A l'époque, je crois que c'était une sorte d'agenda avec un petit bloc-notes et un crayon à bille. Vingt-huit dollars cinquante les douze douzaines. Il a renvoyé la carte signée. Alors je lui ai téléphoné et j'ai pris rendez-vous avec lui exactement comme je fais avec tous ceux qui remplissent la carte. Peut-être en avez-vous reçue une aussi à votre arrivée. Et puis, je suis allé là-bas et je lui ai vendu une police. Il n'y a rien de plus à dire. Ce n'est même pas moi qui lui apporté son contrat. J'étais trop pris à ce moment-là. J'ai envoyé un de mes vendeurs. Je ne l'ai jamais revu. Je ne sais même pas si je le reconnaîtrais si je devais le rencontrer dans la rue. Voilà mes relations avec Hirsh. Mais leurs questions et leur façon de m'interroger, on aurait dit que j'étais un criminel. Pourquoi est-ce que je tenais tellement à construire cette route ? Est-ce que je ne me rendais pas compte qu'elle isolait la tombe de Hirsh ? Qu'est-ce que j'avais contre Hirsh ? Je ne pouvais pas aller leur raconter notre affaire avec Goralsky. C'est une histoire entre nous et d'ailleurs Ben Goralsky n'a même pas encore donné son accord pour la chapelle. Alors, je leur ai dit que chez nous, c'est interdit de donner une sépulture aux suicidés. Et ils m'ont dit qu'ils vous avaient parlé et que vous n'aviez pas dit la même chose, et ils se demandaient s'il n'y avait pas une autre raison et qu'est-ce que je faisais le soir où Hirsh est mort.

— Ce n'était pas difficile de leur répondre que vous étiez à la synagogue.

— Rien n'était difficile et ils faisaient simplement leur boulot, n'est-ce pas ? Non, Monsieur le Rabbin ! Et ne me dites pas que ça ne peut pas me déranger si je n'ai rien fait de mal. Outre le temps que je perds, rien que leur visite peut me faire beaucoup de tort. Un homme d'affaires, surtout dans les assurances, doit être au-dessus de tout soupçon. Et si le bruit se répand que la police est venue dans mon bureau me questionner, vous croyez que c'est une bonne publicité ?

La sonnerie du téléphone épargna au rabbin de répondre. C'était Lanigan. Il avait l'air de jubiler :

— Vous vous souvenez, Monsieur le Rabbin, que je vous ai dit que c'était Goralsky, M. Ben Goralsky, qui avait recommandé Hirsh chez Goddard ?

— Oui.

— Eh bien, saviez-vous que Hirsh et Goralsky étaient autrefois associés, et que le procédé que Goralsky utilise actuellement et grâce auquel il a fait une fortune, était au départ une idée de Hirsh ! Ils ont monté l'affaire ensemble, et puis il a racheté ses parts.

— Oui, je le savais.

Il y eut un silence, puis le commissaire reprit d'une voix froide :

— Vous ne me l'aviez pas dit.

— Je ne pensais pas que c'était important.

— Je crois que nous devrions avoir un petit entretien tous les deux, Monsieur le Rabbin. Ce soir, ça vous va ?

— Entendu. Mais j'ai en ce moment près de moi M. Marvin Brown. Il me dit que deux de vos hommes sont allés le voir.

— Et il ne s'est pas montré franchement coopératif.

— C'est possible, mais surtout il semble penser que cette visite a été faite à mon instigation. Vos hommes ont-ils dit quelque chose qui ait pu lui donner cette idée.

— Vous savez bien que non, Monsieur le Rabbin.

— Très bien. Mais alors, pourquoi vous intéressez-vous à lui ?

— J'ai justement à ce sujet un élément nouveau. Puisqu'il est près de vous, pouvez-vous lui poser une question de ma part ? Demandez-lui donc pourquoi il a quitté la synagogue avant la fin de l'office ?

— Vous en êtes sûr ?

— Sûr et certain.

Lanigan raccrocha en riant. Le rabbin se tourna vers Marvin Brown.

— C'était le commissaire Lanigan. (La mimique entendue de Brown semblait signifier « Qu'est-ce que je disais ? ») Dites-moi, Monsieur Brown, le soir de Kol Nidre, avez-vous quitté la synagogue avant la fin de l'office ?

Marvin Brown rougit.

— C'est donc pour cela que vous n'avez pas répondu à l'appel de votre nom ! Mais pourquoi, Monsieur Brown, pourquoi ?

— Je... je n'ai pas à vous répondre. Je... je ne suis pas devant le tribunal et je n'ai pas à rendre compte de mes faits et gestes.

28

— Je suis d'abord et avant tout un flic, Monsieur le Rabbin, dit Lanigan, et je suis déçu que vous ayez gardé pour vous une information qui pouvait être utile pour la suite de notre enquête.

— Je ne vois pas comment le fait que Goralsky ait recommandé Hirsh pour un emploi pouvait me donner à penser qu'il désirait l'assassiner, répliqua le rabbin sur le même ton froid que son interlocuteur.

— Je vous ai déjà expliqué tout cela, Monsieur le Rabbin. Je vous ai dit que dans cette affaire, étant donné le caractère de l'arme et la fragilité du mobile, notre seul recours était de chercher qui avait eu la possibilité matérielle de commettre ce crime. Je vous ai dit que les membres de votre congrégation bénéficiaient d'un alibi collectif puisqu'ils se trouvaient à la même heure à la synagogue. Par conséquent tous ceux d'entre eux qui ne s'y trouvaient pas doivent s'en expliquer. Votre ami, Marvin Brown, par exemple. Je crois qu'il est un membre important de votre congrégation, il fait partie du conseil d'administration ou je ne sais quoi.

— C'est exact.

— Donc, s'il y en avait un qui aurait dû être là,

c'est bien lui. Or nous savons qu'il était à la synagogue, mais qu'il en est parti plus tôt. Pourquoi, il refuse de le dire. Par là-dessus, nous découvrons que c'est lui qui a vendu à Hirsh son assurance. D'accord, c'est peu. Mais Hirsh ne connaissait pas grand monde et c'est déjà un lien. Donc, nous l'interrogeons. Si ça lui déplaît, tant pis. Cela fait partie des obligations du citoyen.

— N'êtes-vous pas censé expliquer à un citoyen pourquoi vous l'interrogez ? Et lorsqu'il s'agit d'un homicide, n'êtes-vous pas censé l'avertir que tout ce qu'il dira pourra être retenu contre lui ?

— Nous n'avons pas porté d'accusation contre lui. Nous enquêtons, c'est tout. Si nous retournons le voir, j'adopterai peut-être ce parti. Pour l'instant, je le laisse mijoter. Et rappelez-vous que personne n'est censé savoir que Hirsh a été assassiné.

— Combien de temps comptez-vous garder le silence ?

Le commissaire sourit pour la première fois depuis son arrivée :

— En réalité, ce n'est déjà plus tellement un secret. A partir du moment où j'ai avisé le D.A., il était fatal que des bruits commencent à courir. Il y a des chances pour que votre ami Marvin Brown se soit douté que nous ne lui aurions pas envoyé deux bonshommes s'il n'y avait pas quelque chose comme un crime à la clé. Dans l'*Examiner* de ce soir, il y avait un petit écho de Fred Stahl dans sa colonne « les potins de la ville ». Vous ne l'avez pas lu ?

— Je ne lis pas les potins.

— C'est parfois instructif. « La police cache-t-elle quelque chose ? » écrit le chroniqueur, « Pourquoi le bureau du D.A. enquête-t-il sur la mort d'un savant bien connu d'une petite ville des environs ? Les circonstances de sa mort seraient-elles plus mystérieuses qu'il n'y paraissait ? La police aurait-elle des soupçons ? ».

— Et c'est ainsi qu'on traite des affaires les plus importantes de la collectivité ? interrogea tristement le rabbin. Des rumeurs, des potins ! Et si la secrétaire de Marvin Brown et ses autres employés en concluaient qu'il est suspect dans une affaire criminelle ? Ce sont les aléas du devoir de citoyen, me direz-vous ? Et tout ça, parce qu'il a vendu une police d'assurance à quelqu'un qui est décédé !

— Il n'y a pas que la police d'assurance. Il a également vendu une concession à la veuve et voulu isoler des autres la sépulture de Hirsh. Et dans cette affaire sans queue ni tête, nous n'avons que ce genre de coïncidences pour nous mettre sur la voie.

— Et Ben Goralsky ? Il est suspect parce qu'il a aidé Hirsh à obtenir un emploi et qu'il a été son associé il y a vingt ans ?

— Et parce qu'il n'était pas non plus à la synagogue. Or j'ai entendu dire que les Goralsky sont très pieux. N'est-ce pas étrange qu'il ne soit pas allé assister à l'office ?

— Vous avez également entendu dire, je suppose, que son père était très malade et qu'il craignait pour ses jours.

— Pas par vous.

De nouveau, un froid s'établit entre les deux hommes.

— Vous avez dit que vous étiez d'abord et avant tout un flic. Eh bien, moi, je suis d'abord et avant tout un rabbin. M. Goralsky fait partie de ma congrégation et je ne puis provoquer les confidences de mes fidèles pour les rapporter ensuite à la police.

— Alors, si vous appreniez qu'un membre de votre communauté avait commis un meurtre, vous le tairiez à la police ?

— J'accomplis mon devoir de citoyen exactement comme n'importe qui d'autre, répliqua sèchement le rabbin.

— Mais vous ne nous aideriez pas à démasquer le coupable ?

— Je ne vous aiderai pas à porter vos soupçons sur un innocent afin que vous puissiez le persécuter.

— Le persécuter ? Vous figurez-vous que nous mettons les gens sur le gril pour le plaisir ?

— Le résultat est le même. Marvin Brown était bouleversé — presque effrayé. Pas parce qu'il avait commis un crime, j'en suis certain. Il avait peur des ragots, de leur répercussion sur son travail, sur sa famille.

— Mais il a quitté la synagogue avant la fin de l'office et il refuse de s'en expliquer.

— Et alors ? Il y a probablement un tas de gens qui ont quitté la synagogue à un moment ou à un autre. C'est un office très long, très fatigant. Les gens sortent pour prendre l'air ou se dégourdir les jambes.

— Et ils auraient honte de l'avouer ?

— Non, bien sûr. Mais Marvin Brown a pu partir pour toutes sortes de raisons qu'il hésiterait à reconnaître. Il est peut-être allé chez lui manger un morceau, et il a honte d'avouer qu'il a rompu le jeûne.

— Ou il est peut-être allé tuer Hirsh.

— Pourquoi ? Parce qu'il lui a vendu une police d'assurance ? Vous pourriez aussi bien interroger tous ceux qui ont eu affaire avec Hirsh. Le boulanger qui lui a vendu son pain, le boucher qui lui a vendu sa viande, le garagiste qui a réparé sa voiture. Et la plupart n'étant pas des juifs, ils n'étaient pas à la synagogue et seraient sans doute bien en peine de dire où ils se trouvaient.

— Je ne dis pas que Brown est coupable parce qu'il a quitté plus tôt la synagogue, je dis que dans une affaire comme celle-là où le mobile n'était pas...

— N'accordez-vous pas trop d'importance à cette idée ?

— Comment cela ?

— Sous prétexte que le passage à l'acte était facile, vous êtes parti du principe que le mobile ne devait pas être bien puissant. C'est peut-être le cas, mais pas nécessairement. L'assassin projetait peut-être de tuer Hirsh depuis des mois, mais il n'avait pas encore eu le sang-froid de le faire, ou bien l'occasion ne s'était pas encore présentée et il a sauté sur celle-là.

— Je ne vois pas à quoi cela nous avance.

— Je vous suggère d'élargir le champ de vos investigations. Nous savons par exemple que Hirsh a travaillé sur le Manhattan Project. Il pourrait être intéressant de fouiller dans son passé. Sans tomber dans le roman d'espionnage, il est possible qu'il ait détenu des secrets que quelqu'un voulait lui arracher, ou au contraire l'empêcher de révéler.

— Mais c'était il y a plus de vingt ans ! Il est peu probable que de tels renseignements aient encore de la valeur aujourd'hui. Et pourquoi avoir attendu si longtemps pour agir ?

— Cette hypothèse est peut-être fausse, mais qu'en savons-nous ? Jusqu'à ces derniers temps, il vivait à l'autre bout du pays. Il revient à présent dans cette région où sont concentrés la plupart des physiciens. Qui sait s'il n'est pas tombé sur une vieille connaissance — peut-être chez Goddard ?

— On peut toujours vérifier les dossiers du personnel pour voir si personne d'autre là-bas n'a travaillé sur le Manhattan Project, admit le commissaire sans conviction.

— Et puis il y a Mme Hirsh qui est une jeune femme bien séduisante.

Lanigan regarda le rabbin :

— En tant que rabbin, je n'aurais pas cru que vous noteriez ce genre de choses.

— Même vos prêtres, qui pourtant font vœu de célibat, sont capables, j'en suis sûr, de faire la distinction entre une jolie femme et une autre.

Lanigan médita cette pensée, puis un sourire éclaira son visage :

— Oui, le Père O'Keefe, sûrement, mais le Père Chilsholm, j'en doute fortement. Vous pensez que la veuve avait un amant...

— Elle ne m'a pas donné l'impression d'être ce genre de femme, mais on ne sait jamais. Non, je pensais plutôt que quelqu'un — un homme plus jeune que son mari — aurait pu être amoureux d'elle et se dire qu'en supprimant le mari, il augmentait ses chances.

— Oui, c'est une idée à creuser...

Il se tourna vers son hôte d'un air brusquement soupçonneux :

— Vous n'êtes pas en train d'essayer de détourner mes soupçons pour que je laisse tranquilles Marwin Brown et Goralsky, n'est-ce pas, Monsieur le Rabbin ?

— Je vous fais simplement remarquer que vous pourriez orienter vos recherches ailleurs que sur les membres de ma congrégation qui, pour une raison ou une autre, ont pu être amenés à manquer l'office de Kol Nidre.

— Ah oui ? C'est possible. Mais nous n'en continuerons pas moins à vérifier les faits et gestes de vos amis ce vendredi soir quelque direction que nous puissions donner à notre enquête par ailleurs. Et maintenant, bonsoir, Monsieur le Rabbin. Mais laissez-moi vous dire que je suis un peu déçu de votre attitude. Je n'ai pas besoin de vous préciser, je suppose, que si vous cherchiez à couvrir Goralsky ou n'importe lequel de vos fidèles, je serais obligé de considérer votre geste comme une entrave à l'action de la justice.

29

Dans une petite ville, il n'y a pas de secrets. Un secret n'y est pas une chose qu'on ignore, mais une chose dont on ne parle pas ouvertement. Quand le D.A. reçut enfin les journalistes, tout le monde à peu près savait qu'un mystère entourait la mort d'Isaac Hirsh. Le D.A., d'ailleurs, dans sa conférence, n'apporta guère d'autre précision. Malgré un feu roulant de questions, il admit seulement qu'un certain nombre de faits avaient attiré l'attention de la police et laissaient à penser que cette mort ne serait pas dûe à une cause accidentelle.

— Entendez-vous par là qu'il s'est suicidé ?

— C'est certainement une des possibilités.

— Pensez-vous qu'il ait été assassiné ?

— Nous n'écartons pas cette hypothèse.

— Quels sont les faits qui ont attiré l'attention de la police ?

— Il m'est impossible de les révéler pour l'instant.

— Isaac Hirsh a autrefois travaillé sur le Manhattan Project. Pensez-vous qu'il y ait un rapport entre sa mort et ses activités pour le gouvernement ?

— Nous n'écartons pas cette hypothèse.

— Comment comptez-vous procéder ?

— Pour l'instant l'enquête a été confiée à la police de Barnard's Crossing qui a toute latitude pour faire appel à la police fédérale, si elle le juge nécessaire.

— Avez-vous l'intention de faire exhumer le corps d'Isaac Hirsh ?

— Ce n'est pas impossible.

Ce fut tout ce qu'il voulut bien révéler. A toutes les autres questions, il répondit : « Je n'ai rien à déclarer pour le moment. »

Le Lieutenant Eban Jennings était un grand type maigre à cheveux gris et aux yeux bleus larmoyants qu'il tamponnait sans cesse avec un mouchoir plié.

— Je suis allé voir la veuve, comme vous m'avez dit, commissaire. Et vous savez c'est un morceau !

— Ah oui ?

— Bien en chair et roulée comme une déesse, des cheveux d'un roux flamboyant, la peau laiteuse, des seins comme des coupes d'argent...

— Quel lyrisme !

— C'est vraiment une pépée du tonnerre. Il ne faudrait pas beaucoup me forcer pour que je...

— Vieux vicieux !

— Je vous explique seulement l'effet qu'elle m'a fait, dit Jennings avec reproche. Je n'arrive pas à comprendre, une femme comme ça, pas plus de trente-cinq ans je dirais, et elle épouse un petit pot à tabac, chauve, bedonnant, assez âgé pour être son père, et juif par-dessus le marché ! D'accord, elle en avait peut-être bavé, et elle avait envie de se faire un peu dorloter, mais, bon sang, ça ne pouvait pas durer longtemps. Au bout d'un moment, il n'y a plus de gratitude qui tienne, et elle a dû commencer à regarder autour d'elle. Et ce n'est pas les hommes prêts à l'emballer qui devaient manquer.

— Vous avez entendu raconter quelque chose dans ce sens ? Des bruits, des commérages ?

— N...non, mais je ne me suis pas spécialement renseigné. J'ai seulement demandé à la veuve s'il n'y avait rien eu de particulier ce jour-là, vous savez, une lettre, un coup de fil, une visite. Et elle s'est brusquement rappelé que ce jeune pasteur de St Andews, Peter Dodge, avait téléphoné pour dire qu'il passerait peut-être voir Hirsh ce soir-là.

— Peter Dodge ? (Brusquement Lanigan se souvint.) Mais oui, ça me revient ! La fois où il est venu porter plainte au sujet d'une bagarre qui avait éclaté au café de Bill, il a dit qu'il était de South Bend. Et c'est là que Mme Hirsh est née...

— Tiens ! Eh bien, écoutez ça : après qu'elle m'eut signalé la chose, je me suis dit qu'il était peut-être passé voir Hirsh, ce soir-là et je suis allé faire un saut chez lui — il loge chez Milly Oliphant. Une simple visite de routine. Eh bien, il s'était fait la malle !

— Il s'était fait la malle ?

— Pas pour tout de bon. D'après Milly, Dodge a juste emporté quelques affaires, et il s'est envolé pour l'Alabama. Il s'occupe de je ne sais plus quelle association de pasteurs qui descendent là-bas pour manifester. Or — écoutez bien — le départ du groupe n'est fixé que pour dans deux jours. Je tiens l'information du Révérend Sturgis, son supérieur. Il m'a dit que Dodge avait décidé de partir plus tôt pour organiser la manifestation.

— Peter Dodge. Un pasteur.

— C'est là que je ne suis pas d'accord, Hugh. Vous autres, catholiques, vous n'arrivez pas à imaginer qu'un prêtre puisse s'intéresser aux femmes. Mais pour moi, ce sont des hommes comme les autres. Je me fous de savoir si un gars est pasteur, curé, ou rabbin. Qu'une pépée bien roulée vienne à passer, et il en pincera comme un autre. Et ce Dodge, il est nouveau dans le métier. Avant, je crois qu'il était footballeur. Et c'est un beau grand gaillard, ce qui n'est pas pour déplaire à une femme. Et il a le même âge qu'elle. Et il est célibataire. Et il s'est fait la malle.

— Vous pensez qu'il s'est enfui ?

— Je dis seulement qu'il faut regarder les choses en face. Son groupe ne doit partir que dans deux jours, et il devait partir avec eux, et il est parti plus tôt.

— Alors, dites-moi le fond de votre pensée.

— Eh bien vous ne trouvez pas bizarre qu'il ait filé juste au moment où paraissait cet écho dans l'*Examiner*, l'écho qui insinuait qu'il y avait du louche dans la mort d'Isaac Hirsh ?

30

Le vendredi soir, il y avait deux offices : le miniane ordinaire à la mémoire des morts, au moment du coucher du soleil, qui durait un quart d'heure, et l'office du sabbat proprement dit qui commençait à huit heures, durait une heure, et était suivi d'une collation préparée par la congrégation féminine. Miriam assistait toujours au second, non seulement parce qu'elle considérait que c'était son devoir en tant qu'épouse du rabbin, mais parce qu'elle sentait que sa présence lui était un encouragement pendant qu'il disait son sermon.

Ce vendredi-là, cependant, pour la première fois depuis le début d'une grossesse relativement facile, elle se sentit fatiguée et, plutôt que de l'inquiéter en proposant de rester à la maison, elle lui demanda s'il voyait un inconvénient à ce qu'elle se rende à la synagogue en voiture.

Aussitôt, il s'alarma :

— Tu ne te sens pas bien, Miriam ? Tu ne crois pas que c'est…

— Non, non, ce n'est pas encore pour maintenant. Simplement, j'ai été debout toute la journée et je n'ai pas le courage de faire le trajet à pied. Je vais demander aux Margolis de passer me prendre.

— Tu plaisantes ! Je vais t'emmener.

— Mais, David, tu ne roules pas en voiture pendant le sabbat.

— Ce n'est pas réellement par conviction religieuse. Ce serait hypocrite de ma part. Je suis le rabbin d'une congrégation consistoriale et tout le monde utilise sa voiture. Non, c'est plutôt par habitude, mais je peux très bien te conduire.

— Tu ne penses pas qu'en te voyant arriver en voiture, les gens vont faire un rapprochement entre la rumeur de ta démission...

— Tu crois qu'ils vont penser que j'ai été jusque-là hypocrite et qu'à présent que je démissionne je me montre enfin sous mon vrai jour ? Eh bien, qu'ils pensent ce qu'ils veulent. Viens, je t'emmène.

Il la prit par le bras, l'entraîna vers la voiture, ouvrit toute grande la portière, et s'inclinant, lui fit signe de prendre place. Le geste n'eût pas manqué de majesté, si la voiture avait bien voulu démarrer. Mais cinq minutes plus tard, il s'acharnait encore sur le démarreur, et Miriam s'apprêtait à dire que, tout compte fait, elle ne se sentait plus tellement fatiguée, quand enfin le moteur se mit à tourner.

— Prends tout de suite à gauche, ordonna Miriam.

— Mais la synagogue est à droite.

— Puisque nous sommes en voiture, nous avons du temps devant nous.

Il haussa les épaules comme pour signifier « Allez donc discuter avec une femme enceinte », mais il fit comme elle voulait. Ils roulèrent un moment, puis elle dit : « Arrête-toi ici », et il s'aperçut alors qu'ils étaient devant la compagnie de taxis.

— Mon mari a des ennuis en ce moment avec sa voiture, expliqua Miriam, et bientôt il faudra peut-être m'emmener d'urgence à la maternité. Vous êtes toujours ouvert ?

— Vingt-quatre heures sur vingt-quatre, Madame.

— Et si tous vos véhicules sont en service ? demanda le rabbin.

— Ne vous inquiétez pas, Monsieur le Rabbin, nous avons quatre voitures, et ces deux derniers mois, la seule fois où elles ont été toutes les quatre dehors, c'est ce vendredi soir où vous célébriez une grande fête. On n'a pas cessé de faire la navette avec la synagogue jusqu'à sept heures et demie, huit heures moins le quart, et puis plus rien sauf un appel un peu avant minuit. Je suppose que les gens se sont fait raccompagner par des amis, fit-il d'un ton vaguement offensé.

— Nous pouvons donc compter sur vous au cas où mon mari n'arriverait pas à démarrer ?

— Ne vous inquiétez pas, ma p'tite dame, du train où vont les affaires en ce moment, je peux vous garantir que vous serez là-bas à temps même si c'est des jumeaux.

Il accompagna sa plaisanterie d'un rire bruyant. Voyant le rabbin se battre de nouveau avec son démarreur, il manifesta un intérêt de professionnel :

— On dirait que c'est le carburateur. Vous devriez demander à un garagiste de jeter un coup d'œil.

Au même moment, le moteur se mit à tourner, et le rabbin appuya sur l'accélérateur, pour le plaisir de l'entendre rugir :

— C'est ce que je vais faire, cria-t-il en s'éloignant. Je suis content que tu aies songé à te renseigner sur les taxis, ajouta-t-il. C'est plus sûr.

— Tu ne dis pas cela parce que tu préfères ne rien avoir à demander au commissaire Lanigan ?

— Mais non, tu te fais des idées.

Pour un vendredi soir, le parking de la synagogue était exceptionnellement plein.

— Tu crois qu'ils sont venus nombreux parce qu'ils ont entendu parler de ta démission et qu'ils veulent te montrer qu'ils sont derrière toi ?

— Plutôt par curiosité, à mon avis. Ils veulent voir la tête que je fais. Ils ont probablement aussi entendu des rumeurs contradictoires sur la mort d'Isaac Hirsh.

— Tu es bien cynique, David.

Il la regarda avec surprise :

— Pas du tout. Au contraire, je suis ravi. Cette affluence prouve que la synagogue remplit une de ses fonctions principales qui est de constituer le centre de la vie communautaire juive.

Mais ceux qui s'attendaient à ce que le rabbin parle de son éventuelle démission et s'en explique, en furent pour leurs frais. Rien dans ses propos ne laissa supposer que ce vendredi soir fût différent d'un autre. Quand il rejoignit les fidèles pour la collation, des bribes de conversation frappèrent çà et là son oreille. La plupart tournait autour de la mort d'Isaac Hirsh. « Je parie que le rabbin en sait plus long là-dessus que n'importe qui », entendit-il quelqu'un déclarer ; « Et je ne serais pas étonné que sa démission soit liée à cette histoire. Avouez tout de même que la coïncidence est troublante. » Pourtant à ceux qui eurent le courage de lui demander en face ce qu'il pensait de cette affaire, il répondit à chaque fois : « Je ne sais pas. Je ne connaissais pas cet homme. » Il vit avec plaisir que Miriam, qui d'ordinaire se tenait debout à ses côtés, avait eu le bon sens de prendre une des chaises pliantes disposées contre le mur. Entourée d'un petit groupe de femmes, elle écoutait avec patience leurs propos et leurs conseils. Morris Goldman, un garagiste, se dirigea vers l'endroit où se tenait le rabbin, tout en continuant à parler d'une voix forte :

— Un petit pot à tabac, chauve comme un caillou, marié à une beauté de vingt ans sa cadette... Oh ! *Gut Shabbès,* Monsieur le Rabbin. Je parlais d'Isaac Hirsh.

— Vous le connaissiez ?

— Je le connaissais comme on connaît un client. Vous savez comment ça se passe. En attendant que la voiture soit prête, on bavarde un peu. Lui, je le voyais peut-être un peu plus souvent parce qu'il avait une vieille bagnole et qu'avec ce genre de voitures, il y a toujours quelque chose à réviser, un jour, c'est les freins, un jour, c'est les pneus. Une fois, je lui ai même changé son pot d'échappement.

— Comment se fait-il qu'il venait chez toi ? demanda quelqu'un. Ton garage est au diable.

— Il travaillait chez Goddard. C'est moi qui répare toutes leurs voitures. Mon garage est juste derrière la Nationale 128, à cinq cents mètres du labo, même pas. Ils me laissent au passage leur voiture pour une vidange ou une révision, et ils continuent à pied.

— Vous faites toutes les réparations ? demanda le rabbin.

— Absolument tout ! Sans me vanter, j'ai la meilleure équipe de la région. J'ai un gars qui est spécialiste de l'allumage. Je connais des gens qui viennent jusque de Gloucester pour le voir. Pourquoi ? Vous avez des ennuis avec votre voiture, Monsieur le rabbin ?

— J'ai du mal à la faire démarrer ces temps-ci, et parfois, à l'arrêt, elle cale.

— Si ça se trouve, c'est seulement une bricole. Passez donc chez moi un de ces jours, je jetterai un coup d'œil dessus.

— Volontiers, merci.

Il aperçut Miriam qui lui adressait des signaux de détresse, et il s'excusa un instant.

— Tu es fatiguée, Miriam ? Tu voudrais rentrer ?

— Oui, je crois que ce serait plus raisonnable. Je vais chercher mon manteau.

Pendant qu'elle se rendait au vestiaire, Jacob Wasserman, la mine épanouie, et Al Becker se dirigèrent vers lui.

— Alors, Monsieur le Rabbin, la situation a bien changé de tournure !

— Comment cela ?

— Cette enquête de la police, la conférence de presse du D.A. ! Bien sûr, le procureur est resté évasif. C'est un politicien, et comme tous les politiciens il sait manier les phrases creuses. Mais il ne fait plus de doute à personne que Hirsh a été assassiné ! Vous voilà tiré d'un mauvais pas ! On ne peut plus rien vous reprocher !

— Si vous faites allusion à l'enterrement religieux auquel j'ai procédé, Monsieur Becker, je n'avais pas besoin d'être disculpé. Et même si cela était, je ne vois pas que j'ai lieu de me réjouir d'être tiré d'un mauvais pas, comme vous dites, au prix du meurtre d'un homme.

— Bien sûr, bien sûr. Personne n'aime apprendre

que quelqu'un a été assassiné. J'en suis navré le premier. Qui ne le serait pas ? Mais enfin, ne voyez-vous pas que ça coupe l'herbe sous le pied à Morton Schwartz et à ses amis ? Vous savez qu'il a annulé la réunion de dimanche ?

— Non, je l'ignorais.

— Vous recevrez probablement une circulaire au courrier de demain.

— Et quelle signification attachez-vous à ce geste ?

Wasserman se frotta joyeusement les mains :

— Vu les circonstances, ils veulent probablement voir comment l'affaire Hirsh va tourner avant d'amener votre démission sur le tapis. Je tiens de source sûre que Marvin Brown refuse pour l'instant qu'on commence la route.

— Et pourquoi ?

— Parce que le D.A. risque de demander l'exhumation de Hirsh.

Le rabbin eut un sourire triste :

— Ainsi, il en arrive à ses fins quand même, c'est bien cela, Monsieur Wasserman ?

— Ah ! Pardon ! Ce n'est pas la même chose. Il s'agit d'un mandat officiel dans le but d'éclairer la justice.

— Bien sûr.

— Il nous faut maintenant réfléchir à ce que nous allons faire. En ce qui concerne Hirsh (il haussa les épaules) pour lui, qu'il soit mort d'une façon ou d'une autre cela ne change plus rien. Il est mort. Occupons-nous des vivants et parlons plutôt de votre démission. Vous n'avez pas réellement envie de démissionner, n'est-ce pas ?

— Je n'en aurais pas eu envie sans cette affaire.

— Parfait. Il nous faut donc trouver le moyen d'empêcher Schwartz de présenter votre lettre au conseil d'administration. J'en ai discuté avec Becker et nous sommes tombés d'accord là-dessus. Le mieux serait que vous écriviez à Schwartz pour lui dire que vous retirez votre démission. (Comme le rabbin allait protester, il poursuivit sans lui laisser le temps de placer un mot.) Il vous suffit de dire qu'à la lumière des récents événements, vous considérez qu'il n'y a plus de différend entre le conseil et vous. Vous annulez donc votre lettre précédente.

— Non.

— Voyons, réfléchissez, si vous ne le faites pas, il ne restera plus que votre lettre de démission. Il suffira à Schwartz de la lire et de demander un vote. A la limite, il n'a même pas besoin de demander un vote. Il lui suffit d'annoncer que vous démissionnez. Mais s'il y a deux lettres, il sera bien forcé de les lire toutes les deux et d'expliquer les raisons de votre litige. Même alors, vous n'êtes pas encore tiré d'affaire, mais du moins, nous avons l'avantage.

Le rabbin secoua la tête :

— Je suis désolé, Messieurs, mais...

— Ecoutez, Monsieur le Rabbin, dit Becker sèchement, Jake et moi, on s'est décarcassés pour vous, mais il faut que vous y mettiez un peu du vôtre. Vous ne pouvez pas nous demander de nous casser la tête, de téléphoner aux gens, d'aller les voir, de leur expliquer, et ne pas bouger le petit doigt !

— Je ne demande rien. (Il aperçut Miriam qui sortait du vestiaire.) Vous voudrez bien m'excuser. Ma femme est très fatiguée.

Becker le regarda s'éloigner, puis il se tourna vers Wasserman :

— Allez donc rendre service !

— Il est froissé, Becker. Il est jeune, c'est encore presque un enfant...

Pendant qu'ils regagnaient leur voiture, Miriam remarqua :

— M. Becker et même M. Wasserman paraissaient fâchés. Tu leur as dit quelque chose ?

Il lui rapporta leur conversation. Elle eut un sourire triste :

— Alors, maintenant tu n'as plus personne derrière toi. Ni M. Schwartz, ni le Commissaire Lanigan, ni M. Wasserman. Faut-il vraiment que tu te mettes tout le monde à dos, David ?

— Je ne me suis pas querellé avec eux. J'ai simplement refusé de demander à Schwartz de ne pas tenir compte de ma lettre. Cela revenait à le supplier de me garder.

— Mais tu désires rester, n'est-ce pas ?

— Bien sûr. Mais ce n'est pas à moi de le demander. Dans les relations entre le rabbin et le conseil d'administration il y a un équilibre délicat à maintenir. Si je dois les supplier pour qu'ils me gardent quand je fais seulement mon travail, comment aurais-je sur eux la moindre influence ? Comment pourrais-je les guider ? Une fois qu'ils auront compris qu'ils peuvent me plier à leur gré, il ne me restera plus qu'à m'incliner devant toutes leurs décisions.

— Tu as sans doute raison, dit-elle doucement, mais...

— Mais quoi ?

— Mais je ne suis qu'une jeune femme loin de sa

mère et de toute sa famille, et je vais avoir un enfant d'un jour à l'autre.

— Et alors ?

— Alors, j'aimerais bien que mon mari ait un gagne-pain.

31

— Je ne me mêle jamais de ce qui ne me regarde pas, Hugh, vous le savez très bien. Je ne suis pas un flic et ce n'est pas à moi de vous apprendre votre métier. Mais la police est sous le contrôle administratif du conseil municipal, et quand il s'agit de certaines questions d'intérêt général — il balaya l'espace d'un grand geste — j'estime qu'il est de notre devoir d'examiner avec vous la politique à suivre.

Alford Braddock n'était pas un conseiller municipal comme les autres. Certes, c'était un authentique Crosser — il était impensable que quelqu'un qui ne soit pas du pays fût élu au conseil — mais tandis que les autres étaient de quelconques citoyens ayant un goût pour les affaires de la cité, il était considérablement riche, une grosse fortune de famille qui comprenait une firme d'agent de change à Boston. Tandis que les autres candidats devaient faire campagne eux-mêmes, aller visiter les électeurs, apparaître dans les meetings des sociétés de secours, parler devant les ligues féminines, il inondait littéralement la ville d'affiches électorales et une équipe de « volontaires » rétribués bombardaient les électeurs de visites à domicile. Dans ces conditions, il n'avait pas grand mal à obtenir la majorité des voix, et il était régulièrement élu président du conseil municipal. C'était un grand monsieur distingué à cheveux blancs, le teint coloré du yachtman, des yeux bleus candides et francs mais qui pouvaient prendre une expression de dignité outragée quand on n'était pas de son avis.

— Qu'est-ce qui vous turlupine, Alford? demanda Lanigan avec calme.

— Me turlupine ? Moi ! Enfin, oui, si vous voulez. C'est une phrase du Révérend Strugis. Il m'a dit que vous vous intéressiez à Peter Dodge, et il s'est mis dans la tête que ça avait un rapport avec l'affaire Hirsh. Je lui ai naturellement affirmé qu'il devait se tromper. Voyons, qu'est-ce que Peter Dodge pouvait avoir à faire avec Isaac Hirsh !

— Il tentait peut-être de le convertir, suggéra Lanigan avec un sourire.

— Ah? Vous croyez? Ma foi, c'est possible. Un garçon très enthousiaste, ce Dodge. Il est du Midwest, je crois, ajouta-t-il, comme si cela expliquait tout.

— En fait, nous savons qu'il devait aller voir Hirsh le soir de sa mort. Peut-être au sujet de cette Ligue des Droits civiques.

— Mais oui! Bien sûr! C'est sûrement ça. Il défendait avec beaucoup d'enthousiasme cette cause, je peux vous l'affirmer, Hugh. Je le tiens de source sûre.

— Il y avait encore un autre lien entre eux, Alford. Il connaissait Madame Hirsh. Tous deux étaient de la même ville, South Bend.

— Comment ça il connaissait Madame Hirsh? Qu'est-ce que vous essayez d'insinuer, Hugh ?

— Rien du tout. Je n'insinue rien. Nous aimerions simplement poser quelques questions à M. Dodge. Nous lui avons télégraphié en Alabama pour lui demander de se mettre en contact avec nous, et il n'en a rien fait. Nous avons téléphoné à l'hôtel de Birmingham où il était censé descendre, et il n'y était pas. Je ne veux pas dire qu'il ait filé. Il n'y était pas, un point c'est tout. En fait, il n'avait pas réapparu depuis le jour de son arrivée. J'ai parlé aux gens de l'hôtel. D'après eux, ça arrive souvent avec ces gars de la Ligue des Droits Civiques. Ils remplissent leur fiche, et puis ils rencontrent les sections locales de leur organisation, et ils ne remettent plus les pieds à l'hôtel. D'ordinaire pourtant, ils viennent retirer leurs bagages. Nous avons donc demandé aux autorités de l'Alabama de retrouver sa trace, mais jusqu'à présent nous n'avons pas eu de nouvelles.

— Que voulez-vous insinuer, Hugh? Bon sang, qu'est-ce que vous allez chercher là! Laisseriez-vous entendre que Dodge, un ministre anglican, se compromettait avec la femme d'un Juif, que de ce fait il est mêlé à une affaire criminelle, et qu'il s'est tiré — qu'il a mis les voiles, qu'il a déguerpi!

— Vous voulez dire qu'il s'est fait la malle, qu'il s'est barré...

— Bon sang, Hugh, ce n'est pas le moment de plaisanter! C'est ça que vous essayez d'insinuer?

— C'est possible.

— Mais, nom d'une pipe, un pasteur! Et de ma propre Eglise!

— Mais il est jeune, célibataire, et — pour reprendre vos propres termes — enthousiaste.

— Hugh, est-ce que vous vous rendez compte de la voie dans laquelle vous vous engagez?

— Oui, mais honnêtement, je ne crois pas que cela nous mène très loin. Nous n'avons rien contre lui. Nous aimerions simplement lui poser quelques questions. Savoir s'il a vu Hirsh ce soir-là et, si c'était le cas, à quelle heure il l'a quitté.

Braddock était visiblement soulagé :

— Vous découvrirez probablement que son absence n'avait rien de mystérieux. D'après ce que j'en sais par les journaux, tous ces gars qui descendent dans le sud pour manifester, faire des piquets de grève, etc., se font un point d'honneur de vivre avec — euh — avec ceux qu'ils soutiennent. Vous découvrirez probablement qu'il est allé habiter dans la cabane d'un fermier noir, en pleine brousse et sans téléphone. (Braddock eut un large sourire.) Vous savez, Hugh, un moment vous avez vraiment failli me faire sortir de mes gonds. (Lanigan sourit.) En réalité, vous avez un vrai suspect, n'est-ce pas ? Ce type qui est dans les assurances ?

— Marvin Brown ? On l'a à l'œil. Du moins, on aimerait bien savoir où il était à la même heure.

— Pas d'alibi, hein ?

— On ne lui a pas encore posé la question.

— Pourquoi ?

— Rien ne presse. On n'a rien contre lui si ce n'est qu'il a rencontré Hirsh deux fois. On attend. Ce n'est pas plus mal de le laisser mijoter un peu. Ce genre de gars qui ne tiennent pas en place, ils s'affolent dès qu'on ne bouge plus, et au bout d'un moment ils sont capables de commettre une grosse bourde.

Braddock se frotta les mains. Le métier de policier était passionnant, et en tant que conseiller municipal il était aux premières loges.

— Je vois, je vois, dit-il.

— A vrai dire, nous nous intéressons beaucoup plus à M. Benjamin Goralsky.

Braddock se redressa d'un bond :

— Goralsky? Ben Goralsky des Goraltronics! Alors là, attention, Hugh! Vous êtes en train de vous fourrer le doigt dans l'œil jusqu'au coude. Je connais ce bonhomme. C'est un des exemples les plus remarquables de sa race. Son usine emploie plus de mille travailleurs de la région. Quand ils se sont constitués en société anonyme, notre maison les a aidés à émettre les parts de fondateurs, et depuis nous n'avons pas cessé de rester en relation étroite avec eux. Non, là vous faites erreur, je vous assure.

— Possible. Mais nous avons l'intention de poser quelques questions à M. Ben Goralsky.

— Je ne le permettrai pas Hugh. Vous voulez y aller à l'intimidation, et je ne vous laisserai pas faire. Vous n'avez rien contre lui. Vous vous lancez absolument à l'aveuglette. Je ne suis pas d'accord. Il y a des intérêts en jeu dont vous ignorez jusqu'à l'existence. L'affaire pourrait avoir pour tout le monde des répercussions que vous ne soupçonnez même pas.

— Vous voulez parler de la fusion?

— Qui parle d'une fusion? Qu'est-ce que vous me chantez là?

— Allons, allons, Alf, chacun sait qu'il est question que Goraltronics fusionne avec une Société de l'ouest.

— Bon. Peut-être. Disons que c'est un bruit qui court. Et puis après tout, d'accord, c'est vrai. Mais gardez ça pour vous, compris? Il y a en effet une fusion en perspective. Et ça peut être une aubaine inespérée pour toute la région. J'admets que ma firme a des intérêts dans l'affaire, et en ce moment la situation est justement un peu délicate. Vu ? Alors je vous demande de laisser Goralsky tranquille.

— Que je le laisse se tirer tranquillement d'un meurtre ?

— Bon sang, qui parle de le laisser se tirer tranquillement d'un meurtre ? Prouvez qu'il l'a commis, et il est à vous. Mais tant que vous n'aurez aucune charge précise contre lui, fichez-lui la paix. C'est un ordre. Parce que si vous l'inquiétiez pour rien, j'aurai votre tête.

32

Le sergent Whitaker était jeune et ambitieux. Trois soirs par semaine il suivait des cours de droit. Avec un peu de chance, d'ici quatre ans il pourrait passer son examen d'avocat. En attendant, il lui faudrait bosser dur, mais heureusement le commissaire Lanigan était compréhensif et s'efforçait de ne pas le mettre de service de nuit les soirs où il devait étudier. Ce jour-là, malgré l'heure tardive, le sergent Whitaker travaillait encore, mais puisque c'était vendredi et qu'il n'avait pas cours, cela n'avait pas d'importance. Evidemment, il serait en retard pour le repas et Aggie n'était pas très contente lorsqu'il ne rentrait pas dîner en famille, mais tant pis. Le lieutenant Jennings tenait à ce qu'il ne quitte pas le service avant d'avoir terminé. Les galons du sergent Whitaker étaient encore récents et il ne voulait pas mécontenter le lieutenant.

A la minute présente, il était assis dans la cuisine des Goralsky, en face de Madame Chambers, la femme de charge, son calepin ouvert devant lui, et s'efforçait de son mieux de jouer les officiers de police imperturbables menant une importante enquête. Ce n'était pas chose facile. Madame Chambers était une vieille Crosser et elle l'avait connu quand il n'était pas plus haut que trois pommes.

— Bon, alors qu'est-ce que c'est que tu veux savoir ? J'espère que tu n'as pas l'intention de causer des ennuis à Monsieur Goralsky parce que sinon tu auras affaire à moi. Monsieur Ben est un honnête gentleman et son père un adorable vieux monsieur bien qu'il ne soit pas d'ici et qu'il parle d'une drôle de façon.

— Je vous l'ai déjà expliqué, Madame Chambers, il s'agit d'une simple enquête de routine...

— Non, mais écoutez-le avec son enquête de routine ! C'est quoi cette enquête ?

— Nous interrogeons tous ceux qui sont susceptibles d'avoir été en relation avec feu Isaac Hirsh, la personne dont je vous ai montré la photo. C'est la procédure habituelle. (Il fit claquer son carnet.) J'y ai passé toute la journée. J'ai dû questionner au moins vingt personnes.

— J'ai jamais vu cette tête-là.

— N'est-il jamais venu ici à un moment ou à un autre ? Réfléchissez bien.

— C'est à moi que tu dis de réfléchir, Henry Whitaker ? Puisque je te dis que je l'ai jamais vu !

— Monsieur Goralsky, Monsieur Ben Goralsky n'a-t-il jamais prononcé son nom ?

— Pas devant moi.

— Et le vieux monsieur ?

— J'ai pas remarqué.

— Bon. A présent, tâchez de vous souvenir : le 18 septembre, le vendredi 18 septembre, c'était le soir de cette grande fête juive...

— C'était le soir que le vieux monsieur était si malade.

— Monsieur Ben est rentré tôt ce jour-là, j'imagine. Je veux dire que tous les autres juifs ont quitté le travail plus tôt que d'habitude. Je suppose donc que lui aussi.

— C'est exact. Et tous les domestiques ont eu congé pour que ce soit pas comme si c'étaient que les juifs qui travaillaient pas.

— Mais vous êtes restée.

— Evidemment. Qui c'est d'autre qui se serait occupé du pauv' monsieur qu'était dans son lit avec la fièvre !

— Donc M. Ben est rentré à la maison vers trois heures ? Quatre heures ?

— Quatre heures, je dirais.

— Et il est resté ici jusqu'à ce qu'il soit l'heure d'aller à la synagogue, je suppose ?

— Il est pas allé à la synagogue. Enfin pas pour prier. Il a seulement conduit là-bas le rabbin et sa femme, et il est revenu tout de suite après.

— Et pendant son absence, vous étiez seule ici avec le vieux monsieur ?

— C'est ça. J'étais là-haut dans sa chambre à le veiller.

— Et quand M. Ben est rentré après avoir reconduit le rabbin et sa femme, il est monté probablement dans la chambre pour voir comment allait son père ?

— Non, il est pas monté parce qu'il ne voulait pas que son père le voit. Son père croyait qu'il était allé à la synagogue, et il aurait été très fâché s'il avait su qu'il n'y était pas. Aussi Monsieur Ben s'est pas montré.

— Alors comment savez-vous qu'il est rentré aussitôt ?

— Parce qu'il me l'a dit, pardi !

— Le lendemain matin, sans doute ?

— Non, plus tard dans la soirée. Le vieux monsieur s'était assoupi et je suis descendue à la cuisine manger un morceau. C'est là que j'ai aperçu Monsieur Ben dans le salon.

— Quelle heure était-il ?

— Neuf heures, neuf heures et demie.

— Vous ne l'avez donc pas vu entre sept heures, heure à laquelle il a conduit le rabbin à la synagogue, et neuf heures, neuf heures et demie, quand vous l'avez aperçu dans le salon ? (Il regarda ses notes les sourcils froncés.) Mais je suppose que vous l'avez entendu aller et venir à l'étage inférieur ?

— Non, ça je peux pas le dire, fit-elle avec mauvaise humeur. La porte de la chambre de Monsieur Goralsky était fermée parce qu'il y a un courant d'air qui vient du corridor et le salon est à l'autre bout de la maison.

— Mais vous avez bien dû entendre sa voiture arriver, insista-t-il.

— Non, j'ai rien entendu.

— C'est bizarre.

— Qu'est-ce qui est bizarre, Henry Whitaker ? Tu te figures que Monsieur Goralsky roule dans un de ces engins qu'on entend arriver à travers les murs d'une maison comme celle-là, avec le bruit des vagues, et moi qui quittais pas de l'œil le pauvre monsieur si malade que j'en avais les sangs tout retournés.

— Non, sans doute, admit-il d'un ton las.

— Bon, alors si t'as plus de questions à poser, je vais continuer mon travail. Monsieur Ben ne va pas tarder à rentrer de la synagogue et il voudra manger quelque chose en arrivant.

33

— Alors, vous avez tout découvert ? lança Lanigan. Vous savez exactement comment elle s'y est prise pour tuer son mari ? Pourquoi ne resteriez-vous pas ici à attendre qu'elle passe aux aveux ? Je vous garderais un exemplaire de sa confession pour que vous l'accrochiez dans votre bureau.

Mais Beam ne se démonta pas :

— Ecoutez, commissaire, je fais mon boulot tout comme vous. Ce n'est pas à moi de découvrir le coupable. Je mène ma petite enquête et je rédige mon rapport pour le siège. Je les ai eus hier au téléphone. D'après eux, il y a suffisamment de points obscurs dans cette affaire pour qu'ils diffèrent le paiement de l'assurance. Si c'est elle qui a tué son mari, elle ne touchera pas un rotin. Si vous découvrez que c'est quelqu'un d'autre qui a fait le coup, nous paierons de bon cœur.

— Et si on ne découvre pas le coupable, votre compagnie ne bouge pas et déclare à la veuve qu'elle n'a qu'à les poursuivre en justice si elle veut toucher son fric. Ce qu'à Dieu ne plaise ! Parce que si elle portait l'affaire devant les tribunaux, vous dénicheriez le moindre ragot, le moindre commérage, en sorte que même si elle gagnait, elle serait obligée de quitter la région à tout jamais.

— Mais non, Hugh, ils n'ont même pas besoin de se donner cette peine, dit Jennings. Il suffit qu'ils la menacent de le faire, et puis ils lui proposent un arrangement à l'amiable : dix pour cent du montant de l'assurance.

— C'est le procédé normal, dit Beam.

— Et maintenant, je suppose que vous allez partir fouiner du côté de South Bend.

— Les flics ne peuvent pas encadrer les enquêteurs privés, dit Beam avec philosophie. Tout le monde en veut aux compagnies d'assurances. Si une affaire passe devant les tribunaux, nous sommes toujours le grand méchant loup, surtout si la partie adverse est une jolie femme. Mais je ne suis pas venu me disputer avec vous, les gars. Je suis venu dire au revoir.

— Eh bien au revoir !

Lanigan regarda d'un air morose Beam s'éloigner.

— Qu'est-ce que vous en pensez ? demanda Jennings.

— Je pense qu'il accuserait sa propre mère si ça pouvait servir les intérêts de sa compagnie.

— Ils jouent sur du velours. La veuve doit pratiquement prouver que ce n'est pas elle qui a fait le coup.

— Exactement. Et elle ne peut le prouver que si nous prouvons que c'est quelqu'un d'autre qui l'a fait. Or, pour l'instant nous n'avons pas le moindre indice.

— Moi, j'en tiens toujours pour Peter Dodge. C'est quand même bizarre qu'il ait filé tout de suite après l'écho paru dans l'*Examiner*. D'après sa logeuse, il ne devait pas partir avant la fin de la semaine.

— Ce n'est peut-être qu'une coïncidence. Je doute fort qu'il lise la rubrique des potins de Fred Stahl.

— Alors pourquoi a-t-il disparu de la circulation ?

— Il a dû passer son temps par monts et par vaux à organiser sa manifestation de sorte que la police n'a pas réussi à le joindre. De plus ils n'ont pas dû beaucoup se fouler pour rechercher de notre part un agitateur nordiste. Ils devaient être suffisamment occupés à briser les piquets de grève, rétablir l'ordre, etc., pour ne pas se soucier outre mesure de notre affaire.

— Un type comme Dodge, médita Jennings, un beau grand gaillard dans son genre, qui croirait qu'il soit tellement difficile à repérer ?

— Pourquoi faut-il toujours, Eban, que vous essayiez d'incriminer le clergé ? Le fait est, pourtant, que nous n'avons rien contre lui.

— Sauf qu'il avait toutes les possibilités de le faire : il passe près de la maison chaque soir vers la même heure. Et il connaissait Madame Hirsh d'autrefois, et elle est très attirante, et il est célibataire, et il a son âge. L'ennui avec vous autres, catholiques, c'est que vos curés vous ont tellement bourré le mou que vous n'arrivez pas à imaginer que les prêtres ne sont pas tous des petits saints.

— Bon, d'accord. Mais je n'ai pas dit non plus que je l'éliminais. Seulement je ne l'ai pas sous la main et en attendant qu'on le retrouve, je ne peux pas rester ici à me tourner les pouces.

— Il y a Marvin Brown.

— On n'a pas grand-chose contre lui non plus.

— Sauf qu'il s'est montré drôlement peu coopératif quand je suis allé l'interroger.

— Mmmm.

— Et qu'il n'a pas d'alibi, et qu'il a refusé de dire au rabbin pourquoi il avait quitté la synagogue avant tout le monde.

— Cela ne pèsera pas très lourd devant le D.A.

— Admettons. Alors il y a Goralsky.

— Ah ! Celui-là, par contre, il m'intéresse.

— Pourquoi ? Vous avez plus d'éléments contre lui que contre Brown ?

— Si j'ai plus d'éléments contre lui ! Ecoutez-moi un peu ça : (Il se mit à énumérer sur les doigts), un, il n'était pas à la synagogue, deux il tenait absolument à vider Hirsch du cimetière, trois, il connaissait Hirsh d'autrefois et il est le seul ici dans ce cas, il a également été son associé et c'est à lui qu'il doit sa fortune. Et pour couronner le tout, c'est lui qui lui a fait obtenir son emploi chez Goddard.

— Ouais, mais depuis que Hirsch était dans le pays, il ne l'a jamais rencontré.

— C'est lui qui le dit.

— Mme Hirsh l'a confirmé.

— Il l'a peut-être contacté par téléphone ou rencontré en cachette.

— Seulement on n'en sait rien.

— D'accord. Tenons-nous-en à ce que nous savons. Goralsky et Hirsh étaient autrefois associés, Goralsky force Hirsh à lui revendre ses parts, et aussitôt après il se retrouve à la tête d'une affaire de plusieurs millions de dollars. Cette fois-ci, on a un mobile !

— Mais bon sang, Hugh, c'est exactement le

contraire ! S'il y en a un qui aurait pu avoir envie de tuer l'autre, c'est Hirsh, pas Goralsky !

— C'est ce que vous croyez. Mais réfléchissez. Qu'est-ce que nous savons de leurs relations ? Ils se sont autrefois brouillés quand ils étaient associés. D'accord ?

— D'accord.

— Puis vingt ans plus tard, Hirsh demande à Goralsky de le pistonner pour un emploi chez Goddard, et Goralsky non seulement le recommande chaudement, mais encore il leur force presque la main.

— D'accord.

— Pourtant quand Hirsh arrive ici, il refuse de le revoir. Ça ne colle pas ensemble. S'ils étaient brouillés, il n'aurait pas dû accepter de le recommander et Hirsh n'aurait pas dû lui demander de le faire. S'il l'a recommandé, il n'aurait pas dû refuser ensuite de le voir. Pour moi, je ne vois qu'une seule explication.

— Le chantage !

— Exactement. Et si vous voulez bien faire marcher un peu votre cervelle, vous ne trouvez pas bizarre que ce soit justement Hirsh qui l'ait mis dans le pétrin pour son projet de fusion ?

— Hé ! Là ce serait une bonne raison pour que Goralsky ait envie de l'éliminer !

Lanigan réfléchit :

— C'est un peu faible. D'abord, ce n'est pas une raison pour le tuer. Ensuite, l'affaire n'est pas encore tombée à l'eau. Enfin, puisque Hirsh allait être viré, il ne risquait plus de lui causer beaucoup de tort.

— Mais justement, Hugh ! (Jennings était tout excité.) C'est exactement comme vous l'avez dit depuis le début ! Pour ce meurtre, il n'était pas nécessaire que le mobile soit très puissant !

— Ouais, fit Lanigan. Et s'il y en a un que j'aurais plaisir à épingler, c'est bien lui.

— Je ne savais pas que vous connaissiez Goralsky.

— Je ne le connais pas.

— Alors, pourquoi lui ?

— Parce que j'ai mon amour-propre. D'abord le rabbin intervient pour le protéger, ensuite c'est Alf Braddock qui m'annonce que si je touche à lui, il aura ma tête. Je ne serais pas mécontent de leur donner une petite leçon. Et si par-dessus le marché, c'était comme je l'ai dit — un mobile peu puissant — je ne serais pas mécontent non plus de river son clou au rabbin.

— Alors, on l'arrête ?

Lanigan secoua la tête :

— A quoi bon ? Il a un alibi. Son père et la femme de charge jureront leurs grands dieux qu'il n'a pas bougé de la maison sauf pour accompagner le rabbin et sa femme à la synagogue et qu'il est revenu aussitôt.

— On a déjà démoli d'autres alibis. Moi je dis qu'il n'y a qu'à l'arrêter.

— Oui, mais ce n'est pas votre tête qui est sur le billot, c'est la mienne.

Le sergent de garde entrebâilla la porte du bureau :

— Il y a un type qui demande à vous parler, commissaire. Un certain Marvin Brown. Il dit qu'il veut faire une déposition.

Lanigan ramassa les feuillets fraîchement dactylographiés :

— Quel est votre avocat, Monsieur Brown ?

— Oscar Kahn, du cabinet Kahn, Kahn, Channing, et Spirofsky. Pourquoi ?

— Je préfère être franc avec vous. Il s'agit d'une affaire grave, une affaire criminelle, et je ne veux pas vous prendre en traître. Je vais vous demander de signer cette déposition. Je vous avais prévenu avant que vous ne commenciez. A mon avis, il vaudrait mieux que votre avocat jette un coup d'œil dessus avant que vous n'apposiez votre signature.

— Je ne comprends pas, dit Marvin. (Il faisait de son mieux pour paraître à l'aise.) Vous m'expédiez deux hommes à mon bureau pour me questionner. Vous ne prenez pas la peine de leur recommander la discrétion. Alors je me dis, si ça se trouve, peut-être qu'ils vont revenir, peut-être qu'ils vont aller chez moi interroger ma femme, peut-être qu'ils vont commencer à me filer. (Il rit nerveusement.) C'est sans doute ça que vous appelez la méthode psychologique. Alors, je décide de vous épargner cette peine, et je viens de mon plein gré faire une déposition. Et maintenant vous me dites que je ferais mieux de prendre un avocat.

— Je vous explique simplement quels sont vos droits. Je ne...

On frappa à la porte et la tête du sergent Whitaker apparut :

— Puis-je vous voir un instant, commissaire ?

34

Le rabbin regarda la voiture s'engager dans le parking et se ranger devant l'entrée. Un chauffeur en livrée ouvrit la portière et aida le vieux Goralsky à descendre. Bien qu'on fût en octobre, il faisait ce matin-là exceptionnellement doux pour la saison — un véritable été de la St Martin. Le vieux Goralsky cependant était emmitouflé dans un pardessus et une grosse écharpe. Il s'appuya sur le bras du chauffeur. Le rabbin se précipita à sa rencontre :

— Quel plaisir de vous voir, Monsieur Goralsky ! Vous êtes venu pour le miniane ! Mais est-ce bien prudent ? Qu'en pense votre médecin ?

— Merci, merci, Monsieur le Rabbin. Mais quand j'ai une chose à faire, je demande pas son avis au médecin. Aujourd'hui, j'ai décidé qu'il faut que je viens prier. Ils sont venus ce matin, et ils ont emmené mon Benjamin.

Sa voix se brisa sur ces mots et ses yeux se remplirent de larmes.

— Comment cela ? Qui est venu ? De quoi voulez-vous parler ?

— Ce matin, nous avions même pas encore fini le petit déjeuner, j'étais même pas habillé — depuis que je suis malade, je reste en robe de chambre toute la journée — vous savez comment c'est, je me lève, je me recouche — la police est venue. Très gentils, très polis. Un policier montre son insigne — il le garde dans sa poche — l'autre sort sa carte — comme quand on vient pour faire la quête. C'est un commissaire. « Qu'y a-t-il pour votre service, Messieurs ? » demande mon Benjamin. Moi, j'ai tout de suite pensé que quelque chose était arrivé à l'usine, ou que Gamison, le jardinier avait trop bu encore une fois. C'est un brave homme sérieux, travailleur, mais il peut pas s'empêcher de boire. Après, il a honte. Il a des embêtements avec sa fille qui a deux enfants et son mari c'est un bon à rien. Qu'est-ce que vous voulez ? Je peux pas le jeter dehors. Mais non, c'est pour mon fils Benjamin qu'ils sont venus. Ils veulent lui poser des questions au sujet de ce Isaac Hirsh que tout le monde croyait qu'il s'était suicidé et maintenant on dirait que c'est pas un suicide. Bon ! Vous voulez poser des questions ? Alors posez des questions. Asseyez-vous, prenez une tasse de café, et posez vos questions. Mais non, dans ma maison, ils ne peuvent pas poser des questions à mon fils. Elle est peut-être pas assez grande ? Il y a pas assez de place ? Ils ont peur que quelqu'un les dérange ? Non, il faut que mon Benjamin vient avec eux au commissariat. Et ils sont pressés encore. C'est même pas s'ils peuvent attendre qu'il met sa cravate et qu'il prend son manteau.

— Vous voulez dire qu'ils l'ont arrêté ? Quelles charges avaient-ils contre lui ?

— J'ai posé la même question, et mon Benjamin aussi. Ils ont dit que c'était pas pour l'arrêter. Ils l'emmenent seulement pour l'interroger. Alors, si c'est pas pour l'arrêter, pourquoi ils l'emmenent? Quelle différence s'ils l'avaient arrêté? Ils l'auraient porté au lieu de l'emmener? Je leur ai dit : vous voulez poser des questions à mon fils? Alors posez des questions à mon fils. Vous ne voulez pas les poser ici? Il faut que vous les posiez au commissariat? D'accord. Il ira au commissariat. Mais pourquoi tout de suite? Aujourd'hui, c'est samedi. Chez nous, c'est sabbat. Laissez-le aller d'abord à la synagogue. Après, il ira tout seul au commissariat. Vous avez ma parole. Mais non, il faut qu'ils l'emmenent tout de suite. Alors qu'est-ce que je pouvais faire? Je me suis habillé et je suis venu ici.

Le rabbin le prit par le bras.

— Vous sentez-vous la force de conduire aujour d'hui les prières, Monsieur Goralsky?

— Si vous me le demandez, je trouverai la force.

— Très bien, venez, nous parlerons après.

Les fidèles qui étaient venus pour le miniane avaient hâte de commencer, mais quand Goralsky fit son entrée au bras du rabbin, chacun vint lui serrer la main et le féliciter de son prompt rétablissement. Le rabbin l'aida à retirer son manteau et son écharpe, drapa autour de ses maigres épaules un châle de prières, et le conduisit devant l'Arche. Le vieil homme commença à psalmodier d'une voix brisée et chevrotante, mais à mesure que l'office progressait, il semblait retrouver ses forces et quand il entonna la prière finale, l'*Olenu,* il paraissait droit et ferme comme un if.

L'office terminé, tous les fidèles vinrent leur souhaiter *Gut Shabbes,* puis ils quittèrent la synagogue d'un pas lent et nonchalant, comme il sied pendant le sabbat.

— Asseyez-vous, Monsieur Goralsky. A présent, nous pouvons parler.

— Il y a quelque chose qui me tracasse. C'est la première fois de ma vie que je roule en voiture le samedi, et pourtant vous m'avez demandé de conduire les prières.

— Ce n'est pas quelque chose de mal, vous pouvez me faire confiance. Maintenant venons-en à votre affaire. Avez-vous averti votre avocat ?

Le vieil homme secoua la tête :

— Pour avertir l'avocat, on a toujours le temps. Mon Benjamin aussi, il veut toujours appeler un avocat. Autrefois, chez nous, en Europe, on aurait jamais eu même l'idée. Quand on avait des embêtements — et quels embêtements on pouvait avoir ? comme ouvrir sa boutique un peu trop tôt le dimanche — on allait voir quelqu'un — quelqu'un qui connaissait quelqu'un, ou qui connaissait le parent de quelqu'un qui pouvait intervenir. En tout cas, mon Benjamin, je suis sûr qu'ils sont venus le prendre seulement pour lui poser des questions. Ils sont persuadés qu'il a quelque chose à voir avec la mort de ce Isaac Hirsh. Ils doivent le soupçonner ou quelque chose.

Il observa le rabbin pour voir s'il allait protester.

— C'est également mon avis.

— Mais c'est impossible, ils se trompent, Monsieur le Rabbin. Je connais mon fils. C'est un brave garçon. Il a l'air grand et fort comme ça, mais il est sensible comme une fille. Quand on avait cette affaire de volailles, pour rien au monde il aurait touché à un couteau. Je parle bien sûr de la viande non-kosher. Pour la viande kosher, c'était naturellement le shochet (1) qui venait. Je connais bien mon fils. Avant, quand j'étais plus jeune, j'étais un peu déçu par lui. Un père veut toujours que ses enfants aient le plus d'instruction possible. Lui, il a voulu arrêter l'école. D'accord, c'était une époque difficile, et il m'aidait au magasin, mais s'il avait aimé les études, j'aurais fait le sacrifice pour qu'il puisse continuer. Mais il voulait pas étudier, et la maison à côté de chez nous, habitait Hirsh, et il avait un fils, ce Isaac Hirsh, justement qui était toujours le premier, et il avait même de bourse pour étudier. Et puis plus tard, j'ai commencé à voir que mon Benjamin, pourquoi se faire du souci, c'était un brave garçon, et il a bien réussi dans les affaires, et qu'est-ce qu'on peut savoir, regardez Isaac Hirsh, après il est plus jamais allé à la synagogue, après il a commencé à boire, après il a épousé une non-juive, et après on a même dit qu'il s'était suicidé. (Le rabbin secoua la tête.) Je sais maintenant que c'était pas vrai. Je vous explique seulement comment je pensais. Et mon fils, il a pas fait des études, et il est resté un vrai juif, et c'est devenu un vrai crack pour les affaires, et il y a même eu un article sur lui dans le *Time,* je sais pas si vous l'avez vu. Non, croyez-moi, la police se trompe. Qu'est-ce que mon Benjamin pouvait avoir affaire avec ce Isaac Hirsh, et après tant d'années?

— Vous devez comprendre la situation. Isaac Hirsh n'était dans le pays que depuis peu de temps. Il n'avait pas d'amis ici, pas de relations. Il ne connaissait personne. On découvre que votre fils l'a connu autrefois qu'ils ont été plus tard associés, et que votre

(1) Abatteur rituel.

fils s'oppose formellement à ce que le corps de Hirsh repose dans notre cimetière.

Le vieil homme se tordit les mains :

— Que Dieu me pardonne ! C'était ma faute ! Il connaissait rien à tout ça. C'est moi qui le poussais.

— Je sais. Il y a aussi le fait que c'est votre fils qui a obtenu à Hirsh cet emploi chez Goddard.

— Vous voyez bien ! Ça prouve quel grand cœur c'est mon Benjamin. Jamais il a été ami avec Isaac Hirsh, même quand ils étaient petits. Je le blâme pas. C'est peut-être qu'il voyait que je faisais la comparaison et que j'en souffrais. J'ai été trop dur avec lui, et après, quand j'ai compris quel bon fils j'avais, est-ce que je pouvais aller lui dire que j'étais fier de lui ?

— Je comprends. Mais voyez-vous, dans ces conditions il est normal que la police veuille s'assurer que votre fils et Isaac Hirsh n'avaient plus rien à voir ensemble. Je vous conseille vivement de consulter un avocat qui...

— Non. (Le vieil homme secoua énergiquement la tête.) Si on prend un avocat, ça devient déjà quelque chose d'officiel. Il va voir le juge. Il dépose une requête. Il obtient un papier. Aussitôt tout le monde est au courant, les journaux commencent à s'intéresser. Mon fils, c'est pas n'importe qui. C'est une personnalité connue. Si on sait que la police l'interroge, ça fait tout de suite un scandale.

— Alors que comptez-vous faire ?

— C'est pour ça que je suis venu vous voir, Monsieur le Rabbin. Je sais que le commissaire et vous, vous êtes des grands amis.

— Je crains que nous ne soyons en froid ces

derniers temps, dit le rabbin tristement. Mais admettons. Que pourrais-je faire ?

— Vous pouvez lui parler, essayer de découvrir ce qu'ils cherchent, leur expliquer. Je vous en supplie, Monsieur le Rabbin, faites votre possible !

Le Rabbin n'eut pas le cœur de refuser :

— D'accord, je parlerai au commissaire, mais n'attendez pas trop de mon intervention. Ecoutez mon conseil et prévenez votre avocat.

— Pour l'instant, on a toujours le temps. Je veux d'abord que vous parliez au commissaire. Je ne vous demande pas tout de suite, c'est sabbat. Mais ce soir, si vous avez l'occasion...

— La réputation d'un homme est en jeu. Pour la sauver, vous êtes venu jusqu'ici en voiture. Je peux bien, à mon tour, accepter de travailler. D'ailleurs, pour un rabbin, le samedi est jour ouvrable !

35

Le commissaire partait quand le téléphone sonna :

— Il faut absolument que je vous vois au sujet de Goralsky, Commissaire.

— Désolé, Monsieur le Rabbin, j'étais sur le point de sortir.

— Mais c'est extrêmement important.

— Impossible, j'ai rendez-vous dans vingt minutes avec Amos Quint et Ronald Sykes chez Goddard. Cette fois-ci je crois qu'on tient le bon bout.

— Vous faites une terrible erreur, Commissaire. Vous vous êtes braqué sur Goralsky et vous vous apprêtez à commettre une injustice.

— Ecoutez, je suis navré, mais il faut que je file. Je tacherai de passer chez vous plus tard.

— Mais plus tard, ce sera trop tard.

— Je ne vois rien qui presse.

— La réputation d'un homme est en jeu. Vous retenez Goralsky au commissariat. D'ici quelques heures, toute la ville le saura.

— Bon, d'accord. Mais tout ce que je puis faire, c'est vous proposer de me rejoindre au labo. Vous pourrez assister à l'entretien, si vous le désirez. Je vous dois bien cette faveur. A moins que cela ne vous gêne de rouler en voiture le samedi ?

— Sur ce point je peux faire une exception. Mais j'hésite à laisser Miriam seule en ce moment.

— Emmenez-la avec vous.

— Si vous n'y voyez pas d'inconvénient, je préfère.

Pendant qu'ils se dirigeaient vers le laboratoire, Miriam demanda :

— Crois-tu que le commissaire ait vraiment une preuve contre Goralsky ?

— Comment savoir ? Voilà plus d'une semaine que je ne l'ai pas vu. Peut-être ont-ils découvert un élément que j'ignore. Mais dans ce cas, ils auraient lancé un mandat d'arrêt contre lui au lieu de l'emmener simplement pour interrogatoire. Cependant, ils trouveront toujours le moyen, j'en suis sûr, de lui attribuer un mobile. L'ennui, de la façon dont Lanigan envisage cette affaire, c'est qu'ils peuvent attribuer un mobile à peu près à n'importe qui.

— Comment cela ?

— Lanigan est convaincu que le crime n'a pas été le résultat d'un plan préconçu et que dans la mesure où il impliquait seulement de passer son chemin, il n'était pas nécessaire que le mobile fût très puissant. N'importe qui peut avoir ce genre de réaction — son voisin parce qu'il n'aime pas sa façon d'entretenir son gazon ou que sa tête ne lui revient pas. De surcroît, Goralsky avait la possibilité matérielle de se trouver sur les lieux puisqu'il n'était pas là à la synagogue et naturellement il sait conduire une voiture. Vu sous cet angle, Lanigan n'aurait évidemment aucun mal à retenir contre lui un certain nombre de charges justifiant son arrestation !

— Mais il serait forcément acquitté, non ?

— Même s'il l'était, il ne serait pas pour autant lavé de tout soupçon. A supposer même qu'on le relâche sans qu'il passe devant le tribunal, tout le monde saura qu'il a été arrêté. S'il obtient un non-lieu, que diront-ils ? Monsieur Goralsky a été relaxé faute de preuves suffisantes. Ce qui ne signifierait pas qu'il est innocent mais qu'on n'a pas pu prouver qu'il était coupable. De même, s'il passe en jugement et qu'il est acquitté. Non, pour qu'il soit complètement blanchi, il faudrait qu'on trouve le véritable coupable. Et le plus souvent, on ne le découvre jamais.

La voiture ralentit.

— Pourquoi t'arrêtes-tu ici ?

— Ce n'est pas moi, c'est la voiture !

Il appuya à fond sur l'accélérateur, peine perdue, puis rétrograda en seconde. La voiture parcourut encore quelques mètres, et s'arrêta tout à fait. Il essaya en vain de remettre le moteur en marche.

— Qu'est-ce qui se passe, David ?

— Je ne sais pas !

— Nous voilà frais ! Qu'allons-nous faire ?

— Nous sommes passés un peu plus bas devant l'embranchement d'une petite route secondaire. C'est probablement celle qui mène au garage de Morris Goldman. La route est en pente. Je peux essayer de redescendre là-bas en roue libre.

— En marche arrière sur la Nationale 128 ! C'est de la folie !

— Tu as sans doute raison. Je ferais mieux de pousser la voiture sur le bas-côté et de lever le capot. C'est signe qu'on a des ennuis mécaniques. La police de la route va sûrement passer d'un moment à l'autre. Ils patrouillent constamment sur la 128. Mais qu'est-ce que tu as ?

Elle se mordait les lèvres en serrant les poings et son front était baigné de sueur. Au bout d'un instant, elle sourit faiblement.

— Je crois que tu es en train de devenir papa, David !

— Tu en es sûre ? Il ne nous manquait plus que cela ! Ecoute, ne t'énerve pas. Tu vas rester tranquillement assise, sans bouger, pendant que j'essaie d'arrêter une voiture.

— Sois prudent, David !

Quelques minutes plus tôt la circulation était normale, mais à présent on n'apercevait plus un seul véhicule. Il sortit son mouchoir et se planta bien en vue sur le bord de la route. Il distingua bientôt une voiture au loin et commença à faire des signes. A son grand soulagement, l'auto ralentit, le dépassa, se rabattit sur le côté et vint se ranger à quelques mètres de la sienne. Le chauffeur descendit et le rabbin reconnut alors le Dr Sykes.

— Mais c'est le Rabbin Small ! Vous avez un pépin ?

— Ma voiture ne veut plus avancer.

— Panne d'essence ?

— Non, j'ai fait le plein. J'ai déjà eu plusieurs fois des ennuis mécaniques.

— Bon, en arrivant au labo, j'appelle tout de suite un garage. J'ai rendez-vous là-bas avec le commissaire Lanigan. Elle a calé pendant que vous étiez en train de rouler, hein ? C'est probablement...

— Ecoutez ma femme est sur le point d'accoucher.

— Aïe ! C'est plus ennuyeux ! (Il regarda dans la

direction de la jeune femme, l'air navré.) Je pourrais peut-être... Non, j'ai une idée ! Si vous preniez ma voiture ? J'irai à pied, le labo n'est qu'à quelques centaines de mètres.

— C'est très aimable à vous, Dr Sykes.

Le rabbin s'installa derrière le volant de la petite voiture de sport et considéra d'un œil perplexe la rangée de cadrans qui occupaient le tableau de bord.

Sykes se pencha vers lui en souriant :

— C'est un levier à quatre vitesses vers l'avant. Elle grimpe facilement à cent cinquante. Je l'ai faite réviser il n'y a pas longtemps et elle est réglée au quart de tour.

Le rabbin désigna du menton la vignette de contrôle de vidange fixée sur la portière ;

— Oui, je vois. *Chai !*

— Pardon ?

— C'est un mot hébreu qui veut dire « vie ».

Le Dr Sykes le contempla, un peu interloqué, puis il crut avoir compris, et il hocha la tête d'un air entendu :

— C'est vrai. Vous vous faites du mouron tous les deux. Ne bougez pas. Je vais aider Madame Small à s'installer.

— Non.

— Qu'est-ce qu'il y a ?

Le rabbin était descendu de la voiture :

— Non, c'est impossible. Je... Je n'oserai jamais la conduire. Je... Je ne la connais pas. Nous nous retrouverions dans un fossé. Ecoutez, j'ai une meilleure idée. Si vous pouviez aller tout de suite au laboratoire expliquer à Lanigan notre situation et lui demander de venir nous chercher ? Et pouvez-vous aussi avertir le Dr Morton Selig ? Il est dans l'annuaire. Dites-lui que nous nous rendons immédiatement à l'hôpital.

— Si vous êtes sûr de préférer cette solution.

Sykes remonta dans la voiture et fit rugir le moteur.

— Bonne chance et tous mes vœux à la future maman.

— Ne vous faites pas de souci, tous les deux, lança Lanigan au jeune couple installé sur le siège arrière. Quand j'ai commencé dans le métier, j'ai d'abord été affecté à police secours et je serais même incapable de vous dire combien de femmes j'ai conduites à l'hôpital. A l'époque, on les emmenait à Salem. Nous n'avions pas encore de maternité ici. Sans me prendre pour un spécialiste, je sais par expérience que le premier-né met toujours longtemps à arriver. Le travail ne commence que quand les contractions sont très rapprochées, toutes les deux minutes, ou toutes les minutes. Ce n'est qu'à la deuxième ou troisième naissance que les bébés arrivent inopinément. Et ne croyez pas que je n'ai pas déjà procédé moi-même ou aidé à un accouchement. Vous ne pouviez donc pas tomber entre de meilleures mains.

Il parlait manifestement pour les distraire, et le rabbin, conscient de ses efforts, lui en était reconnaissant.

— Je peux réclamer une escorte de motards, proposa Lanigan quand ils atteignirent l'entrée de la ville. Nous gagnerions du temps.

— Je ne crois pas que ce soit nécessaire, dit Miriam (Elle rougit.) On dirait que les contractions ont cessé.

— Ça ne veut rien dire, fit Lanigan.

Mais il ralentit et conduisit désormais à une allure plus modérée jusqu'à l'hôpital.

— Je vous attends ici jusqu'à ce que vous sachiez comment la situation se présente, dit Lanigan au rabbin.

Le rabbin et Miriam se dirigèrent vers le service des admissions. Un peu embarrassés, ils expliquèrent que les contractions avaient cessé. L'infirmière de service leur affirma que c'était assez fréquent et s'occupa de faire escorter Madame Small jusqu'à sa chambre. Le rabbin demeura dans la salle d'attente. Au bout d'une dizaine de minutes, le Dr Selig, un jeune médecin à l'expression tout à la fois assurée et rassurante, vint le rejoindre :

— Les contractions ont en effet cessé. Nous allons cependant la garder ici pour la nuit. Même si elles reprenaient, il y en a encore pour des heures. Il est donc inutile que vous restiez ici à attendre.

— Mais elle va bien ?

— Parfaitement bien.

— Je peux la voir ?

— Il ne vaut mieux pas. Nous lui avons administré un sédatif et elle se repose. Rentrez donc tranquillement chez vous. Nous vous téléphonerons dès que le moment sera venu.

36

Le rabbin regagna la voiture de Lanigan :

— Le médecin dit qu'il y en a pour des heures, annonça-t-il.

— Je m'en doutais. Il faut maintenant que je retourne au labo, je vous déposerai chez vous en passant.

— Vous avez été très chic, Commissaire. J'avoue que nous n'en menions pas large au moment où Sykes s'est arrêté.

— Il vous a proposé, je crois, sa voiture, mais vous n'avez pas osé la prendre. En fait, ces petites voitures étrangères ne sont pas tellement différentes des nôtres. Il faut changer de vitesse plus souvent et le volant est plus sensible, mais on s'habitue très vite.

— Oh ! Je ne doute pas que j'aurais su la conduire. C'est seulement que pour la naissance de mon enfant, je ne voulais rien devoir à un assassin.

— A un assassin ?

Le rabbin hocha calmement la tête.

Lanigan freina et se rangea sur le bas-côté :

— Racontez-moi un peu cela !

Le rabbin se cala confortablement sur le siège :

— La personne qui a raccompagné Hirsh chez lui

devait forcément être à pied, c'est évident. Si elle avait été elle-même en voiture et s'était arrêté pour prendre le volant de Hirsh, il lui aurait fallu abandonner son propre véhicule. La police de la route, après que vous l'eûtes alertée, aurait aussitôt remarqué une voiture vide en stationnement. D'autre part, ce n'était pas un auto-stoppeur. Le stop est formellement interdit sur la Nationale 128. Il y a des panneaux d'interdiction à l'entrée et à la sortie de la route, et la police veille étroitement à ce qu'ils soient respectés.

— C'est exact.

— Par contre, les gens du labo ont l'habitude de porter leur voiture à réviser chez Morris Goldman. Son garage n'est qu'à quelques centaines de mètres du laboratoire. Ils la laissent le matin et terminent le trajet à pied. A la fin de la journée — Goldman comme la plupart des garages reste ouvert tard le soir — ils repartent à pied et récupèrent leur voiture.

— Chacun sait cela.

— Or, pour aller du labo au garage, on passe forcément devant l'accotement sur lequel Hirsh s'était garé. Il est exactement à mi-chemin.

— En effet, on l'aperçoit de chez Goddard.

— Eh bien, j'ai découvert que Sykes avait porté ce jour-là sa voiture à réviser. Quand je suis monté dedans tout à l'heure, j'ai aperçu une de ces vignettes de contrôle de vidange que les garages apposent à l'intérieur. Elle était datée du 18 septembre, c'est-à-dire vendredi.

— Cela ne veut pas dire pour autant qu'il était à pied. Il a très bien pu être allé récupérer sa voiture après son travail — et avant que Hirsh ne retourne au laboratoire.

Le rabbin secoua la tête.

— Pourquoi pas ? Vous avez dit vous-même que Goldman restait ouvert tard.

— Pas ce jour-là. C'était le soir de Kol Nidre. Goldman a dû fermer avant six heures et nous savons qu'à cette heure-là Sykes était encore au laboratoire puisqu'il a téléphoné à Mme Hirsh. Il a demandé que son mari le rappelle là-bas.

— Cela ne signifie pas qu'il ne pouvait pas rentrer chez lui. Il a pu appeler un taxi.

De nouveau le rabbin secoua la tête :

— Miriam le sait comme moi : la compagnie de taxis la plus proche se trouve à Barnard's Crossing — nous sommes justement passés là-bas pour un renseignement — et le propriétaire nous a dit que les seuls appels qu'il avait reçus ce jour-là provenaient de gens qui se rendaient à la synagogue.

— Admettons ! (Lanigan paraissait excédé.) Mais ce ne sont que des suppositions !

— Non, Sykes est resté sans voiture pendant tout le week-end.

— Comment le savez-vous ?

— Il n'a pas récupéré sa voiture vendredi, et il n'a pas pu le faire samedi parce que c'était Yom Kippour et que Goldman était fermé. Et dimanche, j'ai pu constater moi-même qu'il ne l'avait pas.

— Ah oui ?

— Quand il est venu me voir pour discuter du détail des funérailles, il est arrivé et reparti en taxi. Pourquoi ne l'aurait-il pas prise s'il l'avait récupérée ? Par contre, nous savons que lundi, il l'avait puisqu'il est venu avec à l'enterrement.

Lanigan resta un moment silencieux :

— Ainsi votre hypothèse — car ce n'est qu'une

hypothèse — c'est que Sykes est resté là-bas à attendre que Hirsh le rappelle. Comme Hirsh ne le rappelait pas, il s'est décidé à partir à pied chercher sa voiture. Il a aperçu Hirsh garé sur l'accotement. Il lui a offert ou Hirsh lui a proposé de le ramener chez lui...

— Et Hirsh a perdu connaissance en cours de route.

— Mais pourquoi Sykes aurait-il souhaité sa mort ? Il était probablement son meilleur ami à Barnard's Crossing ! Il lui a sauvé la mise une demi-douzaine de fois. Amos Quint m'a déclaré qu'il aurait vidé Hirsh depuis longtemps si Sykes n'avait intercédé en sa faveur.

— Et pourquoi Sykes aurait-il intercédé en sa faveur ?

— Que voulez-vous dire ?

— Quint n'a jamais eu aucun rapport avec Hirsh excepté le jour où il l'a engagé. Là-bas, rappelez-vous, tout passait par la voie hiérarchique. Il n'était tenu au courant des faits et gestes de Hirsh que par Sykes. Si Sykes tenait tellement à ce que Hirsh conserve sa place — s'il lui portait une telle amitié — pourquoi signalait-il à Quint ses erreurs pour ensuite prendre sa défense ? Quint n'est pas un scientifique. C'est un administrateur. Il eût été plus simple de ne pas en souffler mot et Quint n'aurait jamais rien su. Mais supposons maintenant que ces erreurs — au moins une demie-douzaine, m'avez-vous dit — ce soit Sykes qui les ait commises et non pas Hirsh. C'était bien pratique d'avoir là-bas quelqu'un à qui les attribuer.

— Raison de plus pour ne pas le tuer. Pourquoi renoncer à une précieuse couverture ? De toute façon, Quint était résolu à renvoyer Hirsh lundi et Sykes était tiré d'affaire.

— Le voilà votre mobile ! s'exclama le rabbin d'un ton triomphant. Cette fois-ci, apparemment, il s'agissait d'une faute grave et qui ne pouvait échapper à Quint. Nous savons qu'il avait pour règle, quand il renvoyait quelqu'un, de le convoquer dans son bureau afin de lui expliquer le motif de son renvoi. C'est vous-même qui me l'avez raconté. Vous saisissez à présent ? Il apprend à Hirsh le motif de son renvoi et Hirsh réplique : « Mais non, Monsieur, vous vous trompez, c'est Ron Sykes qui a fait cette erreur, moi, au contraire, je l'ai découverte. » On confronte les deux hommes, Hirsh montre ses notes de travail...

Le commissaire croisa les mains derrière la tête et réfléchit.

— Ça se défend. Mais ce ne sont que des hypothèses. Nous n'avons pas la moindre preuve.

— Demandez simplement à Sykes comment il est rentré du laboratoire vendredi soir. Posez-lui simplement la question.

— D'accord. (Il sourit.) Vous savez, Monsieur le Rabbin, finalement vous ne vous y entendez pas mal pour défendre votre petite troupeau !

— Vous pensez à Goralsky et à Brown ?

— Brown, à vrai dire, on n'avait pas grand-chose contre lui. On tâtait le terrain. Savez-vous, en fin de compte, pourquoi il a quitté la synagogue plus tôt ? Il avait honte de vous le dire, mais il est venu déposer au commissariat. Il était sur une affaire, une grosse police d'assurance, et le client tenait absolument à ce que les papiers soient signés le soir-même.

— Je me doutais que c'était quelque chose dans ce genre.

— Vous devez être scandalisé, je suppose.

Le rabbin réfléchit :

— Non, je ne suis pas scandalisé. Dans un certain sens, je suis même content.

— Content qu'il ait quitté la synagogue pour aller régler une affaire ?

— Non, content qu'il en ait eu honte.

37

Le dimanche matin, le clan Schwartz se tenait penaud dans le couloir de la salle de réunion.

— Vous croyez que le rabbin va venir ? questionna Marvin Brown.

— J'en doute, répliqua le président. Logiquement, la place d'un futur père serait plutôt à l'hôpital.

Herman Fine vint se joindre à eux :

— J'ai appris que la rebbitzin était entrée hier à l'hôpital. Nous devrions peut-être remettre à plus tard le débat sur la démission du rabbin. Je sais que pour ma part, je serais gêné...

— Vous voulez plaisanter, grogna Schwartz. La démission est définitivement à l'eau. Vous n'avez sans doute pas entendu ce que j'étais en train de raconter aux amis. Ce matin, après le miniane, je suis tombé sur Ben Goralsky, et pendant au moins vingt minutes il a fallu que je l'écoute me chanter les louanges de notre « petit rabbin », comme il l'appelait. A l'entendre, on aurait cru que le rabbin lui avait sauvé la vie.

— Il l'a peut-être fait, dit Marvin Brown. On prétend toujours qu'un innocent n'a rien à craindre, mais de temps en temps un type avoue un crime pour lequel un autre a purgé vingt ans de prison. (Il passa un doigt dans son col.) Moi-même, j'avoue que j'étais dans mes petits souliers. Et puis même s'il avait été acquitté, avez-vous songé à son vieux père ? Une histoire comme celle-là l'aurait tué.

— Très bien. On laisse tomber la démission, dit Fine. Moi, je suis d'accord. Mais alors qu'est-ce qu'on fait ? Je trouve qu'on devrait agir dans les règles et avec élégance. Morton devrait lire la lettre, expliquer qu'elle résultait d'un malentendu, et demander au conseil de la rejeter à l'unanimité.

— Vous êtes cinglé !

— Pourquoi, Morton ?

— Je me réjouis que Ben Goralsky soit tiré d'affaire et je veux bien que ce soit grâce au rabbin. D'accord on enterre la démission parce que sinon on peut dire adieu aux Goralsky. Mais je veux être pendu si je vais me traîner aux genoux du rabbin. Il se croira ensuite tout permis et si jamais nous sommes de nouveau en désaccord... Tenez, voilà Wasserman et Becker qui arrivent.

— Bonjour, Messieurs. J'ai de bonnes nouvelles. Je viens d'appeler l'hôpital et on m'a dit que la rebbitzin avait eu un garçon.

— Bravo !

— Voilà une bonne nouvelle !

— Comment va la jeune maman ?

Ils faisaient tous cercle autour des nouveaux arrivants, les pressant de questions.

— Ecoutez, les amis, dit Schwartz, nous n'allons pas rester ici toute la journée à papoter. Ouvrons la réunion.

— Bon, allons-y.

— Que comptez-vous faire au sujet de la lettre du rabbin, demanda Wasserman pendant qu'ils se dirigeaient vers la salle.

Schwartz prit l'air étonné. Le groupe s'arrêta pour écouter.

— La lettre du rabbin ? De quelle lettre voulez-vous parler ?

Les hommes se regardèrent entre eux et certains échangèrent un sourire.

Mais Becker rougit de colère :

— Qu'est-ce que c'est que cette salade, Morton ? Vous savez très bien de quelle lettre Jake veut parler. Vous essayez de...

Wasserman retint son ami par le bras :

— Voyons, Becker, si Morton n'est pas au courant de cette lettre, c'est qu'il ne l'a jamais reçue.

— Pourquoi ? C'était quelque chose d'important ? demanda Schwartz.

Wasserman haussa les épaules :

— Je ne crois pas. Probablement une affaire courante.

38

— La jeune dame est rentrée ? demanda Lanigan.

— Demain, annonça le rabbin joyeusement. Je les ramène demain à la maison.

— J'espère que je verrai le jeune homme.

— Il est tout ridé. On dirait un petit vieux. Le docteur affirme que c'est un bébé magnifique, mais à le voir, on ne le dirait pas. Il a l'air d'un poulet déplumé.

— C'est toujours comme ça au début. D'ailleurs je suis persuadé qu'il est superbe.

— Si vous passiez demain avec Gladys, vous pourriez le voir.

— C'était bien mon intention. Mais comme j'étais dans le coin, j'espérais avoir la primeur. J'arrive du bureau du D.A. Il est tombé d'accord avec l'avocat de Sykes pour présenter l'affaire comme un meurtre au second degré.

— Au second degré ? Mais c'est nier la prémédita-tion !

— Je sais, je sais. Mais le D.A. pense que c'est mieux ainsi.

— Pourtant vous avez obtenu des aveux.

— Oui, mais pas pour un meurtre prémédité. A

l'audience, nous nous sommes gardés de parler des empreintes effacées. Nous avons dit à Sykes que nous savions qu'il était sans voiture pendant le week-end, que nous avions découvert ce qui se passait au laboratoire, et nous avons laissé entendre qu'à notre idée, la mort de Hirsh était accidentelle, et que tout se passerait bien s'il se montrait coopératif.

Le rabbin resta silencieux. Lanigan rougit et détourna les yeux :

— C'est un procédé classique. Si on peut de cette façon obtenir des aveux, quel mal y a-t-il ? Ce n'est pas comme s'il était innocent.

— Je ne vous reproche rien.

— Bref, Sykes a reconnu qu'il avait aperçu Hirsh sur l'accotement, comme vous le pensiez, qu'il l'avait reconduit chez lui, et que Hirsh avait perdu connaissance en cours de route. Il a affirmé qu'en arrivant il avait vainement tenté de le ranimer. Il a donc décidé de le laisser là cuver son vin. Ce n'est qu'en rentrant chez lui qu'il s'est dit qu'il avait peut-être oublié d'arrêter le moteur. Mais il a eu peur de retourner voir.

— Et il n'a pas parlé du fait qu'il utilisait Hirsh comme couverture ?

— Il l'a admis. A vrai dire, il nous a retracé exactement ce qui s'était passé au laboratoire. Je pense qu'il était assez malin pour comprendre que nous finirions par tout découvrir et qu'il valait mieux pour lui cracher tout de suite le morceau. Il semble que ce soit Hirsh qui ait eu au départ l'idée d'un nouveau procédé pour Goraltronics. Sykes a fait figurer leurs deux noms sur le rapport préliminaire, mais ensuite il a attelé Hirsh à un autre travail et a continué seul. Il affirme que ce n'était pas pour s'attribuer tout le mérite de la découverte. Simplement Hisrh n'était plus tellement sûr lui-même de sa propre idée. Toutefois ils en discutaient ensemble de temps à autre, et parfois Hirsh vérifiait ses calculs. Puis Hirsh a découvert une erreur. Sykes lui a demandé de ne rien révéler pour l'instant. Il voulait préparer le terrain peu à peu. D'abord, il aurait dit que des difficultés imprévues avaient surgi, puis dans un autre rapport, que de nouvelles recherches étaient nécessaires. Et finalement il aurait reconnu que c'était un fiasco. Hirsh aurait sans doute marché n'était que son nom figurait sur le premier rapport et que l'étude avait été entreprise pour Goraltronics.

— Voilà qui est intéressant. C'est une idée à vous ou bien Sykes l'a-t-il dit explicitement ?

— Non, je le tiens de Sykes. Evidemment Hirsh se sentait des obligations vis-à-vis de Goralsky à qui il devait son emploi. Il a même laissé entendre que si Sykes ne révélait pas la vérité, il parlerait lui-même à Goralsky. Peut-être bluffait-il, mais Sykes ne pouvait pas le savoir. Vendredi soir, Sykes est donc allé voir Quint. Il jure qu'il était prêt à reconnaître qu'il était seul fautif, mais Quint était tellement hors de lui qu'il s'est dégonflé. Voyant que Quint était persuadé que c'était Hirsh le coupable, il ne l'a pas détrompé. Vous pouvez imaginer la fureur de Quint. Il savait que Goraltronics devait fusionner, que leurs actions avaient subitement grimpé, etc. Il voulait faire venir Hirsh et le virer sur-le-champ, mais Sykes a menti et prétendu que Hirsh était rentré plus tôt parce que c'était Yom Kippour. C'est assez ironique, n'est-ce pas ?

— Encore plus que vous ne le croyez. Quand

Sykes est venu me voir le dimanche, il a observé que Hirsh serait encore en vie s'il avait été pratiquant.

— Il disait vrai. Quoi qu'il en soit, nous avons consigné ses aveux, et il les a signés. Puis nous lui avons balancé les empreintes effacées. Nous pensions que ça lui en flanquerait un coup. Vous comprenez, si nous en avions parlé au début, il aurait compris que c'était un meurtre au premier degré et il aurait probablement refusé de parler. De cette façon, nous avions au moins des aveux partiels et s'il avait craqué, nous aurions eu des aveux complets. Mais il a déclaré qu'il ne parlerait plus qu'en présence de son avocat.

— Mais vous teniez votre accusation.

Lanigan se rembrunit :

— Après que son avocat se soit entretenu avec le D.A. nous n'avions plus grand-chose. Si nous avions sorti l'histoire des empreintes effacées, la défense aurait démontré que nos hommes avaient fourragé partout dans la voiture, que l'un d'eux avait pu les effacer avec sa manche. Elle aurait soutenu que les aveux avaient été obtenus sous la menace ou par des moyens d'intimidation.

— Comment Sykes aurait-il prétendu qu'il était rentré au laboratoire ?

— Il l'aurait expliqué facilement. Il se rendait à pied au garage quand quelqu'un lui a proposé de l'emmener. Il ne se rappelle plus la marque de la voiture et le conducteur ne lui a pas dit son nom. Après tout, personne ne l'a vu autour de la maison de Hirsh.

— Si, Peter Dodge.

— Peter Dodge ! Quand l'avez-vous vu ?

— Il est passé ici ce matin. Il rentrait d'Alabama.

— Et il a vu Sykes ?

Le rabbin acquiesça :

— Tous les soirs, au cours de sa promenade, il passe près de Bradford Lane. Ce soir-là, il avait l'intention de s'arrêter un moment chez Hirsh, mais en arrivant à l'angle, il a vu la maison plongée dans l'obscurité et poursuivi son chemin. Mais il a aperçu Sykes — il est sûr que c'était bien lui — qui redescendait Bradford Lane dans l'autre direction. A l'époque Dodge ne l'avait encore jamais rencontré et il a supposé que c'était un promeneur comme lui-même.

— Pourquoi n'est-il pas venu tout de suite le dire ?

— Pourquoi en aurait-il eu l'idée ? Il ne savait pas que Hirsh avait été assassiné.

Lanigan se mit à rire :

— Les bras m'en tombent. Nous avons joué de déveine du début jusqu'à la fin. Lorsque nous cherchions à joindre Dodge en Alabama, nous avons demandé à la police locale de mettre la main sur lui afin que nous puissions l'interroger. Dès qu'ils ont vu que la police le recherchait, ses amis noirs se sont évertués à le cacher et à brouiller sa piste. Je suppose que Dodge lui-même ne devait rien comprendre à leurs précautions ! Lorsqu'il est finalement retourné à son hôtel, la police de Birmingham lui est tombé sur le paletot et nous a appelés pour nous demander s'ils devaient le garder. Nous leur avons dit de le laisser repartir. Après tout, entre-temps nous tenions notre homme. En fait, je ne pense pas que cela change grand-chose. Mais cela montre bien le rôle du hasard dans une affaire policière. Nous avons d'abord joué de malchance sur toute la ligne, et puis c'est par un coup de hasard extraordinaire que nous avons trouvé la solution. Que Sykes soit juste passé quand vous étiez en panne et vous ait proposé sa voiture si bien que vous avez pu voir la vignette du garage, avouez que c'était du bol !

— Certes, mais je ne suis pas si sûr que tout n'ait été que hasard dans cette affaire. Le fait qu'elle se soit déroulée sous le signe de Yom Kippour a joué un rôle déterminant. Inconsciemment je pense, j'ai beaucoup réfléchi aux relations entre Hirsh et Sykes, me demandant pour quelle raison Sykes désirait le protéger. Et c'est pourquoi l'explication m'est si vite apparue lorsque j'ai aperçu la date sur la vignette du garage. Voyez-vous, je pouvais comprendre toute l'affaire à la lumière de notre office religieux.

— Comment cela ?

— Eh bien, ce jour-là, une partie de l'office relate la cérémonie qui entourait le sacrifice du bouc émissaire par le Grand Prêtre dans l'ancienne Judée. C'était même le thème de mon sermon. Je la comparais au sacrifice d'Abraham et j'essayais d'en tirer la leçon. Or dans notre affaire, c'était justement la clef du problème. Bien qu'il se fût retranché de la communauté juive, Hirsh jouait encore le rôle qui a été si longtemps dévolu aux juifs.

— Vous voulez dire...

— Je veux dire qu'il était le bouc émissaire. Son nom même aurait dû me le suggérer.

— Hirsh ? demanda Lanigan intrigué.

Le rabbin sourit tristement :

— Non, Isaac.

39

Le rabbin arpentait de long en large le salon. Il répétait son sermon de *'Hanoukka* (1) et de temps à autre jetait un coup d'œil sur son auditoire, le jeune Jonathan Small, solidement calé dans un coin du divan.

— Tu sais, Miriam, je suis sûr qu'il comprend, cria-t-il à sa femme qui vaquait dans la cuisine. Viens voir, il me suit des yeux.

— Bien sûr. Il le fait depuis des jours. Il apprend à accommoder.

— Ah ! ... « *Nous pouvons donc considérer le miracle des lumières non seulement comme un exemple de l'intervention divine...* » (Le visage du bébé se congestionna.) La phrase te déplaît ? Je n'en suis pas tellement content moi-même. Si je disais : « *Nous sommes trop enclins à considérer le miracle des lumières comme...* » (Le bébé se mit à pleurer.) C'est si mauvais que cela ? Que dirais-tu...

Miriam apparut sur le seuil :

— Il a faim, je vais lui donner son biberon.

(1) Fête de l' « inauguration » du sanctuaire, environ trois mois après Yom Kippour.

— Tu as raison, je reprendrai tout à l'heure. Il sera plus réceptif, l'estomac plein.

— Je te le défends bien, David Small. Quand il aura mangé, il ira au lit. N'est-ce pas, Jonathan ? (Elle berça le poupon contre son cœur.) D'ailleurs je crois que tu as une visite.

C'était Moses Goralsky. A travers la fenêtre le rabbin le vit descendre de sa voiture et, refusant l'aide de son chauffeur, se diriger seul, d'un pas ferme, vers la maison.

— Entrez, Monsieur Goralsky. Voilà une agréable surprise !

— J'ai une question, un problème, si vous voulez. Et à qui je peux m'adresser sinon au rabbin ?

Il aida le vieil homme à retirer son manteau et le fit entrer dans son bureau.

— Je vous écoute.

— Voilà, quand mon Ben a eu ses ennuis, je suis venu à la synagogue pour prier.

— Je me rappelle.

— Il faut que je vous dise une chose : quand je dis les prières, elles sont en hébreu. Je peux prononcer les mots, mais le sens, je le connais pas. Quand est-ce que j'aurais eu le temps d'étudier ? Nous étions une famille pauvre. Mon père travaillait dur…

— Oui, je sais.

— Alors parce que je ne comprends pas les mots, est-ce que ça veut dire que je ne suis pas en train de prier ? Je pense dans ma tête en même temps que mes lèvres remuent, et d'après moi, c'est prier. J'ai tort ou j'ai raison, Monsieur le Rabbin ?

— Tout dépend, j'imagine, des pensées que vous avez à ce moment-là.

— Ah ! Voyons, ce samedi-là, qu'est-ce que je

pensais. Je pensais à mon fils Ben. Je pensais : que Dieu lui vienne en aide, qu'Il fasse que la police découvre la vérité pour qu'ils me rendent mon fils.

— Je dirai que c'était prier, Monsieur Goralsky.

— Alors, pendant que j'étais en train de prier, j'ai fait une promesse. Si mon Ben revient, je ferai une certaine chose.

— On ne fait pas de présent au Seigneur, Monsieur Goralsky, et on ne marchande pas sa faveur.

— Ce n'était pas un présent. Même pas un marché. Je me suis fait avec moi-même une promesse, un... un vœu.

— Bon.

— Et voilà ma question. Est-ce que je dois tenir ma promesse ?

Le rabbin se garda de sourire. Les mains dans les poches, il arpentait songeusement la pièce. Finalement, il se tourna vers le vieil homme :

— Tout dépend de la promesse. Si c'était une chose irréalisable, alors, évidemment, vous n'êtes pas lié. Si c'était une chose interdite ou illégale, vous ne l'êtes pas davantage. De toute façon, puisque vous vous êtes fait la promesse à vous-même, c'est à vous de décider jusqu'à quel point vous êtes engagé.

— Laissez-moi vous expliquer. Ça fait déjà un moment, un jour je parlais avec Morton Schwartz, le président de la congrégation, et je lui dis que j'aimerais faire quelque chose pour rappeler le souvenir de ma chère Hannah qui était morte c'était déjà quelques mois. Après tout, j'ai les moyens maintenant, mon fils aussi, et ma chère Hannah a partagé toute sa vie ma misère et quand j'ai eu de l'argent, elle a même pas pu en profiter parce qu'elle était déjà malade, tout le temps au lit sans pas pouvoir manger.

Schwartz me demande si j'ai déjà pensé à une idée. On aurait besoin par exemple d'installer l'air conditionné dans la synagogue, ou peut-être un orgue neuf. Est-ce que je vais installer l'air conditionné en souvenir de ma femme ? Où est-ce qu'il y aura son nom écrit ? Sur les tuyaux ? Et un orgue, c'est mieux ? Pendant longtemps, il a fallu que je me dispute avec moi-même avant d'aller dans cette synagogue, justement parce qu'il y avait un orgue. Alors je vais offrir un orgue en souvenir de ma femme ? « Non, Monsieur Schwartz, je lui dis, je veux pas l'air conditionné et je veux pas d'orgue. Je pensais à quelque chose comme à une construction. » Oïe ! J'ai pas eu besoin d'en dire plus et il a pas eu besoin d'écouter davantage. Aussitôt, il me dit qu'il pense à agrandir la synagogue, ajouter un autre corps de bâtiment, un sanctuaire spécial, qui servirait seulement pour la prière, pas pour les réunions ou les affaires privées. Je lui dis que l'idée m'intéressait.

— Vous a-t-il parlé du prix ?

— Pour le prix, je me tracassais pas. Est-ce que je peux emporter mon argent avec moi ? Mon fils Ben, j'ai plus à me casser la tête pour lui non plus Schwartz a dit peut-être cent mille dollars. J'ai dit même deux cents.

— Dans ce cas...

— Un peu plus tard, il me montre un dessin et il m'explique qu'il y aura une sorte de galerie où on peut rester bavarder, aller se dégourdir les jambes, on est pas dedans et on est pas dehors...

— Et alors, vous a-t-il montré la maquette ?

— Il m'a montré la maquette.

— Et alors ?

— Alors la maquette... (Il fit une grimace), franchement j'étais pas tellement chaud. La construction par elle-même — gentille —. Mais côte à côte avec la synagogue, c'était déjà ni ci ni ça. Notre synagogue est toute droite, toute simple. La construction de Schwartz, elle est chargée, compliquée. Mais est-ce que je suis un architecte ? Qu'est-ce que je sais de la construction ? Bref, je savais pas quoi penser. Et puis, ce samedi que je vous parle, quand je suis venu prier pour mon Ben, j'ai fait la promesse que s'ils relâchent mon fils, je financerai la construction.

— Et vous vous demandez si vous êtes lié par cette promesse ?

— C'est justement la question.

— Et ce qui vous retient, c'est que les deux bâtiments, l'ancien et le nouveau, ne vont pas ensemble ?

— Pas seulement ça, il y a encore autre chose. Toute ma vie j'ai été un homme d'affaires. Vous savez ce que c'est un homme d'affaires, Monsieur le Rabbin ? Un homme d'affaires, quand il dépense un dollar, il en veut pour un dollar. Et ça, que ce soit pour n'importe quoi. S'il le dépense pour la charité, il veut pour un dollar de charité. Vous comprenez ?

— Je crois.

— Et pour moi, cette construction, il me semble que c'est surtout l'argent jeté dehors. Est-ce que nous avons besoin plus de place ? Bâtir pour bâtir, juste pour le plaisir de dépenser l'argent, c'est pas dans ma nature.

— Et si c'était un bâtiment séparé, accepteriez-vous plus volontiers ?

— Et il servirait pour quoi ?

— On pourrait en faire une école, émit le rabbin. Ou même un centre communautaire.

— Vous avez besoin d'un bâtiment séparé pour faire une école ? Si vous enlevez l'école de la synagogue pour la mettre dans un autre endroit, alors quand est-ce que vous vous servirez de la synagogue ? Deux jours par an ? Et un centre communautaire, ici, à Barnard's Crossing ? Vous avez besoin ici d'un centre pour que les enfants jouent au baskett ? En ville, quand on a pas de jardins, et avec les rues dangereuses, je dis pas. Mais ici, vous avez besoin d'une salle de jeux ?

— Vous avez probablement raison...

— Croyez-moi, Monsieur le Rabbin, rien que construire pour construire, c'est idiot. Autant laisser la place pour l'herbe et les fleurs du Bon Dieu.

Le rabbin eut une illumination :

— Vous avez raison, Monsieur Goralsky. Mais il y a une construction dont nous aurions besoin. (Il regarda le vieil homme gravement.) Nous aurions besoin d'un sanctuaire dans notre cimetière. Oh ! Il ne serait pas aussi grand que le projet initial, mais on pourrait garder l'idée générale du plan. Et ce serait particulièrement approprié puisque votre femme a été l'une des premières à être enterrée là-bas...

Le visage ridé de Goralsky s'éclaira d'un sourire :

— Cette fois vous y êtes ! Le même dessin, peut-être un peu plus petit. Ça ferait une gentille construction dans le cimetière. On pourrait même mettre une barrière autour, planter des fleurs, des arbres.

Puis son visage se rembrunit :

— Mais mon vœu, Monsieur le Rabbin ! J'ai promis une construction côte à côte avec la synagogue, ici, à Barnard's Crossing. Dans ma tête, je voyais même exactement la maquette de Morton Schwartz...

— Mais votre vœu impliquait-il cette disposition particulière ? Vous avez fait le vœu de faire don d'un bâtiment en souvenir de votre femme...

— Ecoutez, vous croyez que j'ai fait un vœu comme on signe un papier devant un notaire ? Je soussigné Moses Goralsky m'engage par les présentes... Non, dans ma tête, je pensais à des choses, je voyais les deux bâtiments l'un à côté de l'autre. Je sais bien ce que j'ai promis !

Le rabbin secoua la tête d'un air songeur. Evidemment le vieil homme n'avait pas formulé clairement sa promesse, mais il était assez vieux et assez riche pour se contraindre à l'observer scrupuleusement même s'il se rendait compte par ailleurs que l'autre projet, le sanctuaire dans le cimetière, serait plus utile et plus approprié.

Le rabbin se leva et se mit à arpenter la pièce tandis que Goralsky attendait avec la patience des très vieilles gens. Plus il y songeait, plus la seconde solution lui paraissait la meilleure. Il n'était pas moins conscient que Marvin Brown de l'importance du cimetière pour la congrégation, et Morton Schwartz pourrait réaliser son œuvre. Sans doute pas exactement telle qu'il l'avait conçue. Mais le résultat serait quand même assez proche. Enfin le vieil homme pourrait commémorer, comme il le désirait, le souvenir de sa femme. Seulement comment convaincre Goralsky de faire ce qu'il avait envie de faire ?

Il se dirigea vers la bibliothèque et choisit un volume qu'il porta sur son bureau. Il le feuilleta jusqu'à ce qu'il eût trouvé le passage qu'il cherchait, puis il se tourna vers Goralsky :

— Je vous ai dit tout à l'heure que si votre vœu se

rapportait à quelque chose d'illégal ou d'interdit, vous étiez délié de votre promesse, vous vous souvenez ?

— Pourquoi ? Financer la construction de Schwartz, c'est un péché ?

Le rabbin sourit :

— Je pense que dans le cas qui nous occupe il convient de nous en rapporter à la loi des *shatnes.*

— *Shatnes ?* Mais est-ce que ça concerne pas les vêtements ? — On doit pas mélanger la laine et le lin.

— C'est ainsi qu'on l'interprète généralement. Mais la prescription est mentionnée à deux reprises dans la Bible, une fois dans le Lévitique et une fois dans le Deutéronome. Pourquoi à deux reprises ? Quand la Bible répète deux fois la même chose, cela peut signifier soit que la prescription est très importante soit qu'elle a une portée beaucoup plus générale. Dans le Lévitique, la prescription s'accompagne de l'interdiction d'accoupler deux bêtes d'espèce différente et de semer deux espèces différentes de graines. Dans le Deutéronome, la prescription s'accompagne de l'interdiction de semer autre chose dans la vigne et de labourer avec un bœuf et un âne attelés ensemble. Maintenant si les deux passages étaient exactement identiques, on pourrait avancer que la répétition indique que la prescription est importante et doit être strictement appliquée. Mais quand la prescription est dans chaque cas accompagnée de deux autres prescriptions et les deux autres prescriptions dans le Lévitique ne sont pas les mêmes que les deux autres prescriptions dans le Deutéronome, nous pouvons en déduire qu'il est interdit en règle générale de mélanger deux choses d'espèce différente.

Il se renversa dans son fauteuil :

— Alors, me direz-vous, où cela s'arrête-t-il ? Nous mélangeons toutes sortes de choses d'espèce différente. Les chaussures sont en cuir et en caoutchouc, les maisons en bois et en pierre. Si on étend la règle au-delà des prescriptions nettement spécifiées, il faut trouver un critère. Sur quel critère se fonder ? Et bien, évidemment, sur ce qui paraît mauvais à chacun. Dans quel autre dessein Dieu aurait-il donné l'intelligence à l'homme sinon pour qu'il l'utilise ? Quand Schwartz vous a montré son projet, vous avez spontanément objecté que les deux bâtiments étaient de deux sortes différentes. Cela vous choquait de les voir accolés. J'estime donc que c'est un exemple de *shatnes*, et par conséquent c'est interdit.

Le vieil homme se gratta la tête d'un air perplexe. Puis un sourire illumina son visage ridé :

— Mais dans le cimetière, c'est permis puisque c'est séparé. Ça c'était un fameux *pilpul,* Monsieur le Rabbin ! Mais vous savez quoi ? Tout d'un coup je suis content.

Achevé d'imprimer en octobre 1985
sur les presses de l'Imprimerie Bussière
à Saint-Amand (Cher)

N° d'édit. 1447. — N° d'imp. 2697.
Dépôt légal : Août 1983.
Imprimé en France